Un français en Suisse

nouvelle par

Urbain Olivier

SAMIZDAT

Urbain Olivier (1810-1888)
Un français en Suisse : nouvelle fut publié initialement en 1889.
ISBN: 978-2-9814604-1-7

Les italiques proviennent de l'édition originale et, à moins d'avis contraire, il en est de même des notes. Ce texte conserve l'orthographe originale du XIXe siècle.
[NdE = Note de l'Éditeur]

Issu d'une famille protestante de La Sarraz et d'Eysins, **Urbain Olivier** est né le 3 juin 1810 à Eysins. En 1832, il épouse Louise Prélaz, fille de médecin et publiera trente-cinq romans et nouvelles. Olivier décède le 25 février 1888 à Givrins.

Samizdat 2015
COP Jean-Gauvin
CP 25019
Québec, QC
G1X 5A3   Canada
http://www.samizdat.qc.ca/publications/

Couverture: PogoDesign

L'homme qui se contente de n'être que lui-même, et par conséquent d'être moins qu'un être humain, vit dans une prison. Mes propres yeux ne me suffisent pas, à moi, je veux voir avec ceux des autres. La réalité, même vue par les yeux d'une multitude d'hommes ne me suffit pas. Je veux voir ce que les autres ont inventé. Et même, il n'y a pas assez des yeux de toute l'humanité. Je regrette que les bêtes brutes ne puissent pas écrire des livres. C'est avec joie que j'apprendrais quelle face présente le monde à une souris ou à une abeille. Et c'est avec un plaisir plus grand encore que je percevrais le monde olfactif chargé de toutes les informations et de toutes les émotions qu'il apporte à un chien. (...) Mais en lisant de la bonne littérature, je deviens un millier d'hommes et pourtant je demeure moi-même. Comme le ciel nocturne du poème grec, je vois avec une myriade d'yeux, mais c'est encore moi qui vois. Alors, comme dans la foi, l'amour, l'acte de morale et l'acte de connaissance, et je ne suis jamais plus moi-même qu'à ce moment-là.
(CS Lewis — Expérience de critique littéraire. — 1965)

Il serait possible d'affirmer que dans un sens les âges à qui nous devons notre civilisation chrétienne estimaient moins que nous la civilisation. Sans doute ils ne la sous-estimaient pas, mais lui donnaient simplement une place secondaire. On pourrait dire que cette civilisation a été engendrée comme le sous-produit d'une chose bien plus estimée encore. *
(John Baillie — What is Christian Civilisation ? — 1945)

TABLE DES MATIÈRES

ADIEUX AUX LECTEURS

e 25 février 1888, l'auteur de cette nouvelle s'en-dormait paisiblement du dernier sommeil, après un mois de maladie. Jusqu'au jour où il ressentit les premières atteintes du mal qui devait l'enlever, il travailla avec ardeur à corriger et à copier son manuscrit pour la seconde fois. Il avait hâte de terminer son œuvre, et malgré les instances de sa famille pour qu'il ne se fatiguât pas, il consacrait toutes ses matinées à cette révision.

Le 27 janvier, il m'écrivait : «Ma copie tire à sa fin : encore trente pages à mettre au net et j'aurai fini.» Le lendemain, il dut renoncer à sa tâche quotidienne, et ne put pas reprendre la plume. Plus d'une fois, dans le cours de sa maladie, il exprima, à cet égard seulement, un regret, modéré par une soumission complète. C'est que son travail d'écrivain était devenu sa vie ; ses lecteurs étaient ses amis ; il se sentait en communauté d'idées avec eux ; il considérait comme le premier de ses devoirs de leur dire la vérité, et ses ouvrages étaient pour lui comme une correspondance intime.

Deux jours avant sa fin, il me dit : «J'aurais voulu écrire quelques mots d'adieu à tous mes amis, et les remercier de leur bonne amitié ; mais je n'en ai plus la force. Tu le feras de ma part.»

Amis lecteurs, recevez ce suprême adieu de l'auteur qui vous a été fidèle pendant tant d'années, et qui vivement joui de votre fidélité.

G. O.

PREMIÈRE PARTIE

AU PRINTEMPS

CHAPITRE PREMIER

ntre Bossens et Collongin, deux villages vaudois, est une propriété nommée *la Tourelle*. La maison a un peu l'apparence d'un château, grâce à une tour carrée, dont le toit pointu s'élève à plusieurs mètres au-dessus du bâtiment principal. De là son nom de la Tourelle. Elle fut construite vers la fin du siècle dernier, par un négociant qui avait fait fortune aux Indes, lequel vint s'y retirer. Après sa mort, cette propriété passa à des neveux qui la vendirent. Elle changea de maître plusieurs fois, et fut achetée en dernier lieu, dans des circonstances assez particulières, par un jeune Français nommé Ernest de Cange.

En face de la maison d'habitation sont les dépendances rurales, servant à l'exploitation du domaine, dont les terrains en un seul mas comprennent environ trente hectares. Ce sont des prairies, des champs en culture, et un petit clos de vigne qui produit un assez bon vin. Autour des bâtiments et dans le verger voisin sont de grands arbres fruitiers, dont les plus anciens ont été plantés par le négociant revenu des Indes. Un ruisseau longe la propriété à l'ouest et dans sa partie inférieure, où il sert de limite. Ses rives boisées et son eau courante donnent au paysage une délicieuse fraîcheur.

Bâti sur une petite éminence, le château de la Tourelle, — comme on le nomme dans la contrée, bien qu'il n'ait jamais possédé de droits seigneuriaux, — se voit d'assez loin. Sa physionomie particulière attire le regard des passants qui circulent plus bas, dans le chemin tracé entre les deux villages voisins. De ses fenêtres, de celle de la tourelle en particulier, la vue plonge sur une plaine verdoyante. Le lac Léman, vanté par Voltaire, décrit par J.-J. Rousseau et chanté par les poètes de la Suisse romande, déroule sa nappe bleue sur une étendue de plusieurs lieues. De l'autre côté sont les Alpes de la Haute-Savoie. À deux kilomètres en arrière de la maison est le vieux rempart du Jura, qui nous sépare de la France, au nord et à l'ouest.

Au début de notre histoire, Ernest de Cange arriva un soir, accompagné d'une tante, qui s'était décidée à venir vivre avec lui. Quelques jours à l'avance, ils avaient envoyé leur unique servante, pour mettre en ordre l'appartement et préparer ce qu'il fallait pour les recevoir. On peut déjà conclure de ce fait qu'ils n'étaient pas millionnaires. Ils étaient même fort loin d'être riches, dans le sens qu'on donne aujourd'hui à ce mot. La campagne de la Tourelle était tout ce que possédait Ernest de Cange ; et sa tante, Mlle Marthe Saint-Hélier, n'avait qu'une rente de 3000 fr. en fonds d'État français. Le domaine étant affermé 2400 fr., c'était donc avec moins de 5500 fr. que la tante et le neveu allaient vivre. On comprend qu'il ne pourrait être question pour eux d'avoir cocher et voiture, et qu'il leur faudrait se contenter d'un genre de vie très modeste, vu leur condition sociale.

Ernest de Cange avait trente et un ans ; Mlle Marthe le double de cet âge. Bien conservée, avec peu de rides au front et peu de fils argentés dans ses cheveux blonds, la vieille demoiselle était un type de ces excellentes santés françaises, qu'on ne rencontre plus guère parmi les dames de notre pays. Petite, alerte et vive, Mlle Saint-Hélier devait se conserver longtemps sans déchéance ni infirmités. Elle était fort sobre, buvant bien un doigt de vin à son repas, et ne touchant jamais aux sucreries qui détruisent les dents. Aussi les siennes étaient-elles encore intactes. Au point de vue du caractère, elle était la bonté même, gaie, prenant toutes choses par leur bon côté ; elle avait de l'esprit naturel et ne craignait pas de lancer de temps en temps, dans la conversation, le mot que les personnes de son sexe ne se permettent guère.

Son neveu était un assez bel homme, aussi brun que la tante était blonde. Maigre de visage, les traits tirés, on voyait bien que la vie n'avait pas été bonne pour lui. C'était sa faute, en grande partie du moins, et aussi celle de son éducation. Fils unique de parents riches qui habitaient la province et avaient amassé à la longue, en thésaurisant, une fort belle fortune, Ernest fut envoyé au lycée, où il obtint avec distinction les grades de bachelier ès lettres et ès sciences.

Tout occupés de leurs épargnes, son père et sa mère ne cherchèrent pas à développer en lui des sentiments élevés, qu'ils ne possédaient pas eux-mêmes et qui seuls cependant peuvent former le cœur et l'esprit d'un jeune homme à son entrée dans la vie. Ils laissèrent agir leur fils à sa fantaisie, au lieu de veiller sur son éducation morale. Aussi se fit-il de bonne heure des idées à lui, idées absolument contraires à celles de ses parents sur la manière de s'enrichir. Ceux-ci se bornaient à dépenser le moins possible, plaçant chaque année le surplus de leurs rentes et créant ainsi de nouveaux capitaux qui s'ajoutaient aux anciens. Ernest se promettait de ne pas agir de cette manière, quand il aurait le maniement de la fortune qui devait lui revenir. Depuis sa majorité, il fit quelques voyages, passant une année en Angleterre et six mois en Allemagne. À son retour de ce dernier pays, son père trouva que c'était assez comme cela, et qu'il fallait choisir une profession, afin d'être en état de faire son chemin dans le monde, avant tout pour gagner de l'argent. Dans ce but, Ernest vint à Paris, où il suivit des cours à l'université. Mais dès la même année, son père et sa mère moururent, à peu de distance l'un de l'autre, emportés par une épidémie qui fit bien des victimes dans la ville qu'ils habitaient.

À la suite de ce double deuil, Ernest se trouva en possession d'un demi-million en toutes sortes de titres, qui rapportaient en moyenne le 4 %. Au lieu de se contenter de cette opulence, le jeune homme ambitieux et rempli de présomption revint à Paris dans le dessein de spéculer. Ses parents avaient mis cinquante ans à constituer cette fortune, lui saurait bien la doubler en peu de temps. Il avait à Paris quelques relations, hommes de plaisir, ou brasseurs d'affaires peu scrupuleux. L'un lui proposait de mettre des fonds dans une entreprise qui donnerait certainement le 30 % ; l'autre lui vantait une mine de sel qui serait une mine d'or ; un troisième lui proposait de jouer à la Bourse, etc. Sans expérience, Ernest se laissa prendre plus d'une fois dans les filets tendus devant son argent, et perdit ainsi des sommes importantes. Voyant que ces faiseurs le trompaient ou se trompaient, il ne se fia plus qu'à lui-même. Et naturellement il fit des bêtises, des placements ruineux. Dans une opération de Bourse, il perdit en une seule fois 40 000 francs. Et comme il dépensait largement, sans toutefois donner dans les écarts où tombent tant de jeunes hommes à Paris, il sa trouva, au bout de cinq ans, n'avoir plus qu'un cinquième de son héritage, soit une centaine de mille francs. Il eût suffi de peu de temps passé dans le désordre des mœurs pour le dépouiller jusqu'à son dernier sou ; mais il faut dire à sa louange qu'il repoussa toujours l'idée de liaisons immorales. C'était là le beau côté de son caractère. Son ambition d'argent l'avait quasi ruiné, mais c'eût été bien pis encore s'il avait jeté dans le gouffre des coupables amours les 400 000 fr. perdus en faisant de mauvaises spéculations.

Aussitôt que Mlle Saint-Hélier connut la situation véritable de son neveu, elle vint le rejoindre à Paris et lui conseilla d'assurer, par l'achat d'une propriété rurale en Suisse, le capital qui lui restait, offrant de venir l'habiter avec lui et d'ajouter son revenu personnel pour les dépenses de leur ménage en commun. Elle avait fait autrefois un séjour dans le canton de Vaud et conservait un bon souvenir de notre pays.

Voilà donc où Ernest de Cange en était réduit. S'il avait lu la Bible, il y aurait trouvé cette parole si vraie : « Ceux qui veulent devenir riches tombent dans la tentation et dans le piège, et en plusieurs désirs fous et nuisibles, qui plongent les hommes dans le malheur et dans la perdition. » Mais il lisait la littérature du jour plus souvent que les conseils de la sagesse divine.

Ernest eut pourtant assez de bon sens, lui qui en avait tant manqué pendant cinq années, pour entrer dans les vues de sa tante. Plus d'un, dans sa position, eût joué quitte ou double, se réservant pour suprême ressource de se faire sauter la cervelle, si la chance lui était contraire. Il n'en fit rien, mais vint en Suisse et s'arrêta quelques jours dans une petite ville du canton de Vaud. Comme il faisait une longue promenade pour secouer ses préoccupations, il passa près de la Tourelle, dont la situation lui plut. À son retour à l'hôtel, il s'informa d'un notaire auquel il demanda si cette campagne était à vendre. Justement celui-ci venait de recevoir l'avis que le propriétaire cherchait un acheteur, lequel traiterait avec un M. Moser, à Collongin, ce dernier étant son régisseur depuis de longues années.

Ernest chargea immédiatement le notaire des démarches nécessaires et lui demanda de lui adresser à Paris une photographie de la maison ainsi qu'un plan du domaine, si le prix demandé était abordable pour lui.

Tout cela lui fut promptement envoyé. Le prix était 96 000 francs, meubles compris, payable comptant. La tante engagea son neveu à traiter sur ce pied, et l'acquisition fut conclue, sans que le nouveau propriétaire fût entré dans la maison et eût fait le tour de la campagne qui était maintenant à lui. Une telle manière d'agir montrait bien qu'il n'était guère propre aux affaires. Mais il y a quelquefois d'heureuses imprudences, et d'ailleurs, dans le cas en question, il fallait se décider tout de suite ou n'y plus penser. Il est bien possible, au reste, que, sans l'intervention active et bienfaisante de sa tante, Ernest eût été absolument ruiné à Paris au bout de peu de temps.

C'était vers la fin de mai, après la fête de l'Ascension, que les nouveaux hôtes de la Tourelle arrivaient chez eux. À ce moment, toute la campagne est fleurie. Lès bois sont couverts d'un feuillage frais et lustré. Dans la seconde quinzaine de mai, il y a d'ordinaire un grand mouvement de vie dans la nature. S'il fait beau, les oiseaux chantent. Grossis par la fonte des neiges, les ruisseaux descendent gaiement de la montagne à la plaine et vont verser sans hésitation leurs ondes limpides dans le grand réservoir qui s'échappe à Genève par les deux bras du Rhône. Pour le cultivateur, c'est un temps de repos relatif. Les travaux des vignes sont terminés. Semées depuis un mois, les céréales de printemps couvrent déjà la terre d'un vert tapis. L'homme des champs s'occupe à des préparatifs de culture potagère ; ou bien, si sa demeure est rapprochée des taillis de chênes, il coupe ces jeunes arbres et enlève leur écorce en pleine sève ; puis il la fait sécher avant de la mettre à l'abri de la pluie. Ces rouleaux gris à odeur acre, à suc astringent de tannin, se vendent fort bien ; et le bois, pour être écorcé, n'est que meilleur combustible. — Mais il arrive parfois que la température se refroidit à ce moment de l'année. S'il survient une gelée, la récolte des vignes est perdue, et les noyers laissent tomber leurs pousses devenues noires. Le paysan superstitieux en accuse les *saints de glace*, qui en sont bien innocents. C'est une époque de crise, que les cultivateurs passent toujours dans l'anxiété.

Cette année-là, le temps était charmant, les vergers

en fleur, égayés par un doux soleil. Le coucou, le torcol qui annonce la chaleur se faisaient entendre dans toutes les directions. C'était comme une joie de vivre chez toutes les créatures inférieures, et même dans les plantes. Le ciel, serein dès le matin, était d'un bleu profond dans le milieu du jour.

— Quel beau pays ! quelle riche et gracieuse nature ! disait Mlle Saint-Hélier. N'en es-tu pas frappé comme moi, Ernest ?

— Non, ma tante ; et convenez que ce n'est pas gai pour moi d'être condamné à vivre ici. Sans vous, je n'y tiendrais pas deux jours. Vous savez trop bien que c'est pour vous obéir que j'ai acheté cette bicoque.

— Pas si bicoque, mon cher ami. J'ai le bon espoir que tu finiras par t'y plaire et y être heureux, si tu veux prendre la vie avec courage, comme il faut la prendre, par le bon bout.

— Il faudra bien, parbleu, la prendre comme elle viendra. Une vie d'ermite enfermé dans sa tanière. Adieu la liberté !

— Au contraire, Ernest. La liberté saine, le grand air, une bonne : santé, des occupations agréables, tu trouveras tout cela, j'en suis persuadée : il ne faut que le vouloir. Mais quittons ce sujet. Nanette dit que nous sommes servis ; allons nous mettre à table. Je me sens de l'appétit et tu n'en dois pas manquer non plus.

Une partie du mobilier ayant été, ainsi que nous l'avons dit, compris dans la vente de la maison, les nouveaux maîtres n'avaient pas eu besoin de se préoccuper de ce qui était nécessaire à une installation. Ils trouvèrent sur la table un menu simple, mais excellent : Un aloyau de boeuf, un plat de pommes de terre pilées, cuites au four, ce qui leur donnait une belle croûte dorée, puis des asperges magnifiques et bien plus délicates que celles de Paris.

— Ah ! dit Ernest, qui n'était pourtant pas un gourmet, voilà de bonnes asperges, il faut en convenir. D'où les avez-vous, ma tante?

— Demande à Nanette.

— C'est la fermière qui me les a données, dit la servante, sachant que mademoiselle et monsieur arrivaient aujourd'hui.

— Et ce petit vin blanc?

— Le fermier m'a demandé, reprit Nanette, si monsieur avait du vin: j'ai dit que non: et alors il m'a priée, très poliment, d'accepter quatre bouteilles du sien. J'ai remercié. Les trois autres bouteilles sont dans le dressoir.

— Bien, dit Mlle Marthe. — Il est bon, ce vin, n'est-ce pas, Ernest?

— Oui, agréable même.

— C'est du vin de la vigne à monsieur, reprit Nanette.

— Il faudra demander au fermier de nous en vendre une barrique, dit la tante.

— Comme vous voudrez.

— Je ne me souviens plus du nom de ces braves gens, dit encore la vieille demoiselle.

— Ni moi non plus, fit le neveu.

— C'est *Gattel* qu'ils se nomment, dit Nanette; le mari, François; la femme, Adèle.

— Ça m'est bien égal, dit le jeune propriétaire. Peu importe le nom du fermier, pourvu qu'il paie. C'est sans doute un descendant du lexicographe: peut-être un savant?

— Je ne sais pas, monsieur, dit naïvement la brave servante; mais sa femme et lui sont des gens excellents; et quand monsieur les connaîtra...

— C'est bon; ne nous cassez pas la tête plus longtemps.

Nanette se tut. Elle enleva le couvert et retourna dans sa cuisine.

— Veux-tu du café? demanda la tante.

— Non; Je ne veux plus rien, si ce n'est un cigare.

Ernest sortit, s'assit sur le banc adossé au mur de la

ferme et alluma son Havane.

C'était six heures ; le soleil s'abaissait vers l'horizon. Bientôt il disparaîtrait derrière la crête du Jura. En ce moment, il éclairait toute la contrée. Ses rayons égayaient les bois ; ils illuminaient les grands poiriers aux fleurs blanches, les pommiers légèrement rosés, les cerisiers qui se feuillaient. Un souffle léger venant de la montagne, faisait ressortir la voix du ruisseau. C'est une heure paisible que celle d'un soir de mai, au coucher du soleil. Elle est pleine d'une douce poésie pour celui dont l'âme est en communion avec Dieu, pour celui qui comprend la beauté d'une nature bénie par le Créateur.

Mais les pensées d'Ernest étaient ailleurs. Ses regards distraits ne voyaient guère que les spirales de fumée bleuâtre qui s'échappaient de son cigare.

En ce moment, la porte de l'étable s'ouvrit. Six belles vaches propres et luisantes, en sortirent une à une, et se dirigèrent vers la fontaine qui coulait non loin, à l'un des angles de la dépendance. Un homme en bras nus jusqu'au-dessus du coude les accompagnait à l'abreuvoir. Voyant M. de Cange assis sur le banc, il s'approcha pour le saluer et lui souhaiter la bienvenue.

C'était François Gattel.

CHAPITRE II

De taille moyenne, les cheveux bruns, les yeux bleus, grands et expressifs, Gattel avait une apparence de santé physique et morale qui faisait un contraste frappant avec l'air fatigué et mécontent du jeune propriétaire. Tandis que l'abattement et l'ennui se lisaient sur le visage de celui-ci, un sourire aimable et franc se montrait sur les lèvres du fermier. Il y avait entre ces deux hommes l'énorme différence que l'un, pour avoir voulu trop vite doubler sa fortune, se trouvait aujourd'hui presque ruiné, le coeur sans joie et l'esprit sans force, tandis que l'autre, resté fidèle au devoir du travail quotidien, était content et serein. À quarante ans, Gattel était en réalité plus jeune qu'Ernest, qui n'en avait que trente et un. Cultivateur intelligent, il avait épousé à vingt-sept ans une aimable et jolie femme, et ces époux modèles élevaient avec une judicieuse autorité leurs trois enfants, deux garçons de neuf et douze ans, et la fillette de cinq.

— Monsieur, dit le fermier, quand il fut à deux pas du propriétaire, je vous souhaite une heureuse arrivée.

— Merci, dit Ernest, sans lui tendre la main.

Ce que voyant, Gattel n'avança point la sienne.

— J'espère, continua-t-il, que monsieur et mademoiselle sont en bonne santé ?

— Oui ; pas mal.

— Et comment monsieur trouve-t-il le pays ? Il est bien

beau en ce moment. C'est comme une résurrection partout dans la nature. Un soir de printemps, tel que celui-ci, est un spectacle dont je jouis toujours vivement.

— C'est possible. Ces vaches sont à vous ?

— Oui, monsieur.

— Qu'est-ce que ça vaut, une vache ?

— Le prix dépend de l'âge, de la grosseur et de la qualité de l'animal. En moyenne, mes vaches valent 500 francs.

— Cela fait une jolie somme. Est-ce là tout votre bétail ?

— Non, monsieur ; j'ai encore quatre génisses, deux boeufs et un cheval.

— Et tout cela se nourrit du produit de mon domaine ?

— Oui, monsieur ; mais je ne ménage pas à la terre l'engrais dont elle a besoin. — Les vaches ont fini de boire ; elles retournent à l'écurie ; il faut que j'aille les attacher. Je vous salue, monsieur.

Le maître répondit par un léger signe de tête et continua de fumer son cigare, sans donner aucune attention aux derniers rayons du soleil qui venaient caresser les campagnes et leur souhaiter aussi le bonsoir.

Bientôt les quatre génisses sortirent de l'étable et vinrent, en gambadant, plonger leur muffle dans le bassin de la fontaine. La fermière y vint aussi, les bras nus, un arrosoir à chaque main. C'était une belle blonde au teint pur, avec de superbes cheveux enroulés en tresse opulente au-dessus de la nuque. En passant près du maître, elle le salua d'une inclination de tête. Celui-ci se leva. Avec les femmes, un Français, même de mauvaise humeur, est toujours poli.

— Bonjour, dit-il : vous êtes Mme Gattel, je suppose ?

— Oui, monsieur, et voici mon mari qui vient chercher les jeunes bêtes.

— Je l'ai déjà vu. Vous avez l'air heureux, il me semble ?

— C'est que vraiment nous le sommes.

— Allons; je vous félicite, dit-il au mari qui s'était rapproché. Peu de personnes peuvent affirmer ce que dit votre femme. Les gens heureux sont rares en ce monde.

En ce moment, une fillette traversait la cour.

— Lina! viens ici, lui dit sa mère.

L'enfant accourut.

— Salue monsieur.

La petite tendit sa main en disant un bonjour timide, assez haut cependant pour être entendue. Comme sa mère, elle était blonde. Ses cheveux retenus par un peigne demi-circulaire, frisottaient derrière ses oreilles roses.

Ernest avait jeté son cigare. Il enleva l'enfant dans ses bras et la baisa au front.

— Est-ce la cadette? demanda-t-il à la mère.

— Oui, monsieur; ses deux frères ont neuf et douze ans.

— Laisse tes arrosoirs sur le bassin, Adèle, dit le mari. Je viendrai les prendre quand les génisses seront attachées.

Gattel s'éloigna de nouveau, suivant son jeune bétail. Le propriétaire reprit en s'adressant à la fermière:

— Vous vous êtes mariés bien jeunes, pour avoir déjà un fils de douze ans?

— Mon mari avait vingt-sept ans, moi vingt-deux.

— Et vous avez été toujours fermiers ici?

— Non, monsieur; nous n'y sommes que depuis quatre ans. Nous n'avons quitté Collongin, où nous avons un petit bien de terre, qu'après la naissance de Lina; c'est alors que nous sommes venus ici, pour tâcher de gagner davantage, puisque nous avons trois enfants à élever.

— Et faites-vous de bonnes affaires comme fermiers?

— Il faut demander cela à mon mari. Quand nous pouvons payer la ferme, le produit de notre petit bien nous reste comme bénéfice. Notre maison est louée.

Votre servante monsieur. Il faut que je retourne à ma cuisine. Nos domestiques ne tarderont pas à revenir de l'ouvrage et leur soupe doit être prête pour le moment où ils seront là.

— Bonsoir, madame. Je suis bien aise d'avoir fait votre connaissance et celle de votre mari.

— C'est aussi pour nous une satisfaction. Si mademoiselle désire des asperges, nous en avons à son service. Elles sont assez belles cette année. Nous avons aussi des œufs frais.

— Merci, dit le propriétaire, que cette conversation avait tiré pour un moment de sa sombre taciturnité.

Quand il fut seul, il se promena dans la cour de sa maison, livré à des pensées qui ressemblaient vaguement à des remords. Pour la première fois de sa vie peut-être, il venait de voir des gens heureux, dans une condition des plus modestes. Ce mari aux yeux bleus si intelligents ; cette femme jeune encore, et belle malgré sa tâche de mère ; cette jolie enfant, tout cela, et jusqu'au bétail du fermier, lui avait fait entrevoir un horizon jusqu'alors inconnu à son esprit. Il se disait que, lui aussi, s'il l'avait voulu, il aurait pu avoir une, belle part en ce monde, les satisfactions du cœur et toutes les bonnes joies de la vie. Les 400 000 francs qu'il avait perdus en cinq années auraient pu, bien administrés, lui faire une position indépendante, même élevée, non à Paris, mais dans un des mille endroits plantureux et agrestes qu'on trouve dans chaque département français. Et au lieu d'avoir fait ce choix heureux, de s'être donné une aimable et vertueuse compagne, il s'était jeté en insensé dans une vie d'ambition égoïste, d'où il revenait le cœur desséché, l'esprit plein de regrets et d'amertume. Voilà ce qu'il avait gagné à suivre l'exemple de ceux qui disaient déjà du temps de Salomon : « Rompons ces liens et jetons loin de nous ces cordes. » Moins malheureux que l'enfant prodigue, il n'était pas obligé de garder les pourceaux chez un étranger ; il était chez lui, dans une bonne maison solide, quoique déjà vieille ; il possédait une campagne de trente hectares : mais que faire là ? Quelle position aurait-il dans le pays ? Pour qui le prendrait-on, quand on verrait qu'il n'avait pas même un cheval ? Les riches propriétaires ses voisins se riraient de lui, et ne lui feraient aucune avance, car un homme réduit à aller à pied n'est pas quelqu'un avec qui l'on fraie, quand on a soi-même équipage. Entre gens qui respectent la convenance des positions, cela ne se doit pas. Mais si Ernest de Cange possédait 100 000 francs de rente ; s'il avait des chevaux, des voitures, des meutes, des valets en livrée, oh ! ce serait bien différent. Il serait accueilli partout avec empressement. C'est l'esprit de notre époque, aussi bien dans les démocraties que dans les états monarchiques, et il y a des siècles qu'il en va ainsi dans le monde.

Notre jeune Français ne faisait pas toutes ces réflexions en se promenant dans la cour ; c'était en gros et d'une manière plutôt vague qu'il considérait sa position actuelle. Mais il est certain que la vue du couple heureux avec lequel il venait d'échanger quelques paroles avait fait sur lui une vive impression. Il allait rentrer dans sa demeure, triste et sans but, comme un oiseau auquel on a coupé les ailes et qui se cache, afin qu'on ne voie pas qu'il ne peut plus prendre son essor. — Un léger croissant de lune apparaissait à l'occident, et l'étoile du soir, vive et brillante, s'approchait du Jura, lorsque Ernest regagna la porte d'entrée. Il n'avait regardé ni la lune ni l'étoile, et encore moins remarqué la teinte violette qui, semblable à un voile mystérieux, s'étendait sur les pentes boisées de la montagne, à cette heure paisible du soir.

CHAPITRE III

rnest de Cange trouva la lampe allumée, et sa tante finissant d'arranger diverses choses dans l'appartement.

— Où es-tu donc allé, lui demanda-t-elle? As-tu peut-être fait le tour de la campagne?

— Pour ça non. Elle m'intéresse trop peu ce soir. Je suis resté à fumer sur un banc dans la cour, et j'ai fait connaissance avec les fermiers et leurs vaches. La fermière a dû être furieusement jolie il y a dix ans, et elle est encore bien, pour la mère de trois enfants. Le mari est un homme intelligent, un peu fier de ses vaches et ses génisses. Ne s'est-il pas mis à me faire de la poésie, à propos des arbres et du soleil à son couchant! Ce doit être un mystique, un piétiste, ou je ne sais trop quoi. Il m'a l'air de savoir très bien conduire son affaire. Je crois que le fermage est trop bas. Il faudra que je voie cela avec le régisseur. Je n'entends pas que les fermiers s'enrichissent à mes dépens. Ils ont une jolie fillette de cinq ans. — C'est ce que dit Nanette. J'irai les voir demain.

Tu leur as donc parlé?

— Nous avons causé un moment, près de la fontaine, où le bétail buvait. Je me suis ensuite promené dans la cour, en pensant que ces gens ont eu la bonne chance et moi la mauvaise. Çà n'a pas contribué à m'égayer.

— Ainsi, tu as fait de bonnes réflexions?

— Quelles réflexions voulez-vous que je fasse ? Tout a été contre moi depuis cinq ans. Je sais que j'ai mal débuté ; je m'y suis mal pris ; j'ai été trompé ; et quand j'ai voulu réparer mes pertes en jouant à la Bourse, la chance m'a été contraire. Me voilà réduit à planter des choux à un âge où l'homme a toute sa force et où il doit pouvoir prendre la vie avec bonheur. Pour peu que cette impression augmente chez moi, je...

— Tu n'y vois pas juste, Ernest. Un grand nombre de jeunes gens et même beaucoup d'hommes plus âgés que toi, qui se sont donné du mal à travailler, n'ont pu faire que gagner leur entretien ; certes, ils voudraient bien avoir une belle propriété comme la tienne, et, permets-moi d'ajouter, une tante qui né désire que le bonheur de son neveu.

— Ah ! certes, je ne suis pas un ingrat ; je sens tout ce que vous êtes pour moi, et c'est pourquoi je voudrais vous donner une existence large et facile, au lieu qu'il nous faudra vivre de pain et d'eau, et que je n'aurai pas même un char à bancs pour vous promener dans les environs. Nous aurons l'air de pauvres gens, et on se moquera de nous.

— Tant pis, mon cher, pour ceux qui se moqueront. Ils montreront par là bien peu d'esprit. Quant à me promener en voiture, j'ai encore de bonnes jambes, Dieu merci. Pour ce qui est du pain et de l'eau, nous n'en sommes pas encore là. Il me semble même que notre souper de ce soir valait bien la cuisine des restaurants.

— Ce n'est pas avec vos pauvres rentes et le misérable revenu de cette campagne, que nous pourrons subvenir à nos dépenses, du moins cela me paraît impossible.

— Eh bien, mon cher ami, moi je crois, au contraire, que nous nous tirerons d'affaire parfaitement. Il ne faut pas voir les choses en noir. Établissons-nous simple-ment, vivons simplement, et ayons confiance dans l'avenir. C'est ma philosophie.

Ernest ne répondit pas. Peut être pensait-il au temps où

l'argent ne lui coûtant rien, il l'engageait dans des affaires trompeuses. Peut-être aussi regrettait-il celui qu'il avait dépensé follement, jeté par les fenêtres, comme on dit. Quelles que fussent ses réflexions, comme il était fatigué, il se coucha de bonne heure et dormit fort bien pour la première nuit passée dans sa nouvelle demeure. Le lendemain, il avait l'air moins maussade que la veille, surtout après avoir fait une promenade autour de la maison et respiré l'air frais, toujours suave d'une matinée de printemps. Ayant échangé de nouveau quelques mots avec Gattel, et vu les deux petits garçons qui partaient pour l'école, il se disait :

« Quand je pense que j'aurais pu être encore plus heureux que cette famille de fermiers, je serais tenté d'aller me jeter dans ce lac qu'on voit là-bas. Non, j'ai été un fou, un être absurde ; et maintenant j'en porte la peine. Que ferai-je ici ? Rien, c'est évident. Quelle vie ! et pourtant, ajoutait-il, c'est joli par là autour. On voit que la terre est bonne, puisqu'elle nourrit ces grands arbres fruitiers. La vue est superbe. C'est un beau pays, certainement. Le mal, c'est d'y être pauvre. Nous irons loin avec les 3000 francs de ma tante et les 2000 de la ferme. Juste pour trois mois à Paris. Et encore, je suis sûr qu'il y a en Suisse de forts impôts. Ma tante se fait de grandes illusions. »

Il fut interrompu dans son monologue par Nanette, qui le cherchait.

— Mademoiselle attend monsieur pour déjeuner, lui dit-elle.

— Bien ; je vais.

La veille, le neveu et la tante avaient décidé de mettre leurs repas aux heures des familles bourgeoises qui habitent la campagne : le déjeuner à huit heures ; le dîner à midi et le souper à six heures. Nanette était française et très brave fille ; elle servait Mlle Saint-Hélier depuis plusieurs années et lui était toute dévouée.

Quelque dégoûté qu'il fût de sa vie actuelle, Ernest fit

honneur au café dans lequel on versait du lait qui aurait pu passer pour de la crème. Nanette s'était procuré du beurre, apporté de la laiterie de Collongin par Gattel, et un rayon de miel qui, pour être de l'année précédente, ne s'était point cristallisé pendant l'hiver. La fermière, qui l'avait fourni, le tenait en lieu sec, à l'abri des fourmis et de la gelée. Voyant que son neveu mangeait de bon appétit, sans se lamenter sur la dureté de son existence, la tante risqua une question qu'elle n'eût pas osé faire la veille.

— Le temps est charmant, dit-elle. Je compte vider nos malles ce matin avec Nanette et arranger ici ce que nous pourrons. Pendant que nous serons occupées à cela, que feras-tu?

— Ce que je ferai? J'avais d'abord pensé à me pendre à l'un de nos arbres, ou bien à me jeter au lac; mais, réflexion faite, je crois que j'irai à Collongin, parler au régisseur. Il faut que je sache exactement où en sont les comptes d'achat du domaine et ceux de la ferme. Ce régisseur, nommé Moser, — un Allemand, je suppose, — offrait de me les envoyer à Paris. J'ai écrit que je viendrais les recevoir ici. J'espère que ce dit régisseur n'a rien à me réclamer. Il a correspondu avec mon homme d'affaires, pour tout ce qui a rapport à ma principauté.

— Ainsi, tu vas y aller. C'est précisément ce que je voulais te proposer. Dans l'après-midi, tu me montreras ta propriété en détail. Je serai bien aise de marcher un peu; ces longues heures en wagon m'ont enraidi les jambes. Quant à te pendre ou à te noyer, rien ne presse, me semble-t-il. Il faut y réfléchir pendant quelque temps encore. Et puis, lorsque tu seras bien décidé, avertis-moi, afin que je puisse voir comment on s'y prend. Je n'ai jamais vu quelqu'un se pendre ou se noyer. Mais trêve de plaisanteries. Comment trouves-tu notre pain à l'eau de ce matin? Avec ce beurre qui porte en relief l'écusson du canton de Vaud, et ce miel aussi frais que s'il sortait de la ruche, il me paraît que nous ne sommes pas encore tellement à plaindre.

— Oui, si cela pouvait durer. Mais cela ne durera pas longtemps. Je vais donc à Collongin chez le dit gratte-papier.

Ernest prit une canne, un chapeau de paille, car il faisait déjà chaud, et se dirigea du côté du village en question.

Collongin est à vingt minutes de la Tourelle ; Bossens, situé plus au nord et plus prés du Jura, en est à une distance plus considérable.

Le chemin qui relie les deux villages passe au bas de la campagne, de l'autre côté du ruisseau. Un pont sert d'entrée à l'avenue de la Tourelle. Ernest s'y arrêta un instant à voir couler une onde limpide, dont les éclaboussures aspergeaient la tige d'un grand frêne qui croissait naturellement sur le bord. Un bloc erratique, roulé un peu plus haut que le pied de l'arbre, était la cause de ce rejaillissement, tandis qu'à droite, sur le bord opposé, le courant formait un remous dans lequel la rivière tournait sur elle-même, comme si elle eut voulu jouer un instant avant de reprendre sa course. C'était là l'image de deux vies : l'une agitée, secouée continuellement sans jamais être tranquille, l'autre, se donnant du relâche, et dansant mollement en rond pour se reposer.

À ce moment, un jeune homme en blouse grise, un vieux chapeau de feutre mou sur des cheveux noirs frisés, le pantalon enfermé dans des bottes montant jusqu'au genou, se montra vers les buissons, en face du remous. C'était à vingt pas du pont, tout au plus, et en aval. Le nouveau venu portait sur le dos, suspendu à une courroie, un panier dont le couvercle avait une ouverture au milieu. Une canne à pêche à la main, il entra dans les buissons riverains, se dissimulant autant que possible, et laissa tomber doucement sa ligne à l'endroit où l'eau tournait sur elle-même. Presque au même instant, il la releva lestement, amenant, pendue à son fil, une belle truite qui se débattait en désespérée et donnait des secousses à rompre une gaule moins solide que celle du pêcheur. Lorsque celui-ci eut pris la truite dans ses mains et l'eut assommée sur la pointe de sa botte, il l'éleva en l'air pour la montrer à Ernest, toujours sur le pont.

— On n'en prend pas toujours de cette taille, lui cria-t-il. Vous m'avez porté bonheur.

Puis, tirant de son panier un petit sac de toile, il y fit glisser la truite, après quoi il laissa de nouveau aller sa ligne au fil de l'eau. Mais il n'y avait plus de poisson à cette place. Le pêcheur vint alors sur le pont.

C'était un beau garçon, du même âge qu'Ernest à peu près, un bon ouvrier ébéniste autrefois, que la passion de la pêche dérangeait. Il vendait ses truites et en dépensait l'argent au cabaret, sans aucun profit pour lui, et surtout pour sa mère qui était souvent dans le besoin.

— Vous avez fait là un : beau coup d'hameçon, lui dit Ernest.

— Oui ; mais comme je le disais, ça n'arrive pas tous les jours. Le ruisseau est trop exploité ; et les scieries, les moulins, les fabriques empêchent les truites de monter du lac. J'en prends ma bonne part ; la semaine dernière j'en ai eu sept livres. Ça vaut pourtant la peine. Aujourd'hui, bien que je pêche depuis cinq heures du matin, je n'ai que deux truites : celle que vous avez vue, et une autre plus petite.

— Que faites-vous de votre poisson ?

— Je le vends, parbleu !

— Et combien ?

— Deux francs, 2 francs 50 centimes la livre, suivant la grosseur.

— Allez à la Tourelle et offrez vos deux truites à ma cuisinière : elle vous les prendra.

— Ah ! monsieur est le nouveau propriétaire ?

— Oui.

— Très bien ; j'y vais de ce pas.

— Quel est votre nom et où demeurez-vous ?

— Mon nom est Jean Canard. Je demeure à Collongin, où je travaille chez l'ébéniste Prospert.

— Connaissez-vous M. Moser ?

— Si je le connais ! je le pense bien, puisqu'il a été mon tuteur. C'est un brave et digne homme, un peu sévère quand il s'y met. Il a été longtemps le régisseur de votre campagne. Vous allez peut-être chez lui ?

— Je vais à Collongin.

Ernest coupa court à la conversation ; il comprenait qu'il avait devant lui un de ces déclassés qui, au lieu de se tenir à un travail régulier, flânent le long des ruisseaux et emploient le temps d'une manière fort peu profitable. Il quitta le pêcheur et continua du côté de Collongin.

Chemin faisant, il se disait : « Ce Jean Canard ne court pas les théâtres ; il ne joue pas à la Bourse, mais il n'en vaut guère mieux. Au fond, je n'ai pas le droit de le juger. Si j'avais plus d'entrain, j'essaierais volontiers de pêcher dans la partie du ruisseau qui borne mon terrain. Une truite, de temps à autre, ferait plaisir à ma tante. Mais je ne suis plus bon à rien, pas même à pêcher à la ligne. »

La route était charmante, tantôt longeant le ruisseau, tantôt traversant des prés en fleurs et passant à côté de champs de colza qui étalaient au soleil leur tapis d'or. Les pommiers sauvages, plantés de loin en loin, épanouissaient leur fraîche couronne rosée ; et par-dessus tout cela le ciel bleu, d'une pureté parfaite, invitait tout cœur pieux à l'adoration, à la prière intérieure. Depuis longtemps Ernest ne priait plus. L'adoration et la prière, adressées au Seigneur des cieux et de la terre, lui paraissaient des simagrées. Disciple de Rousseau sans le savoir, il eût dit volontiers comme ce philosophe : « Je ne prie pas Dieu : que lui demanderais-je ? Il sait mieux que moi ce qu'il me faut. »

Un grand nombre d'hommes qui n'ont jamais lu Jean-

Jacques font comme lui. Heureux encore, quand il ne nient pas l'existence du Créateur et ne défendent pas que son nom soit prononcé dans les écoles publiques.

CHAPITRE IV

l était dix heures du matin lorsque Ernest de Cange arriva près de l'habitation du régisseur Moser : une maison bien placée à l'entrée d'un petit verger, comme on en compte plusieurs dans les villages où l'on aime l'ordre et la propreté. Des clématites violettes accrochaient leurs vrilles à des fils de fer tendus contre les murs ; des rosiers bien taillés montraient une profusion de boutons prêts à s'ouvrir. Tous les abords de cette demeure avaient quelque chose de soigné, dans une simplicité de bon aloi.

Un bouton de cuivre placé dans le linteau de la porte d'entrée indiquait au visiteur qu'il fallait le tirer. Ernest fit résonner le timbre, et l'on vint ouvrir.

La personne qui se présenta n'avait plus la fleur de jeunesse d'une fille de dix-huit ans, alors que la beauté s'épanouit dans tout son éclat et sa grâce, mais n'en était pas moins agréable dans la fraîcheur saine de ses vingt-cinq ans. Hélène Moser avait des traits réguliers, un air de santé parfaite ; quelque chose de ferme et de sincère dans son expression générale prévenait tout de suite en sa faveur. Le regard velouté de grands yeux bruns ombragés de longs cils, et la bouche bien dessinée attiraient l'attention au premier regard. Sa démarche était souple et en même temps décidée. Ce n'était point là un type de campagnarde, comme Ernest aurait pu se représenter a priori la fille du régisseur. Elle était, du reste, mise très simplement, mais avec goût. Sa robe montante, d'une étoffe de laine grise, mélangée de noir, pouvait donner l'idée qu'elle était encore un peu en deuil. En effet, Hélène avait perdu sa mère depuis moins de deux ans. Elle était alors gouvernante dans une famille princière, dont le petit état fut médiatisé en 1815 et qui dès lors ne fut plus régnante. Se voyant seul, M. Moser fit revenir sa fille. Ils étaient très unis. Hélène tenait le ménage et se passait ainsi de domestique.

Elle arriva donc au coup de sonnette.

— Monsieur Moser peut-il me recevoir? dit Ernest en présentant sa carte.

— Mon père n'est pas à la maison, répondit la jeune fille; mais si vous voulez bien attendre, il sera ici dans un instant.

— Parfaitement, madame; j'attendrai, dit Ernest en regardant un banc placé à quelques pas.

— Non pas ici, monsieur; veuillez prendre la peine d'entrer, reprit Hélène en ouvrant le vestibule et engageant de nouveau le visiteur à la suivre.

La pièce où Ernest fut introduit pouvait passer pour un salon. Les meubles étaient soignés, sans trace de poussière. Un tapis couvrait le milieu du plancher et laissait voir tout autour le sapin bien blanc, carrelé de frises de noyer foncé. À l'un des angles, un piano que sa forme simple et correcte faisait reconnaître pour un Pleyel. Sur une table ronde, des livres, des journaux, des revues.

Hélène avança un fauteuil et pria Ernest de s'asseoir pendant qu'elle irait appeler son père.

— Il fait labourer un champ prés du village, dit-elle, et sera ici dans dix minutes.

— Mais, je ne voudrais pas, madame ou mademoiselle...

— *Mademoiselle*, dit Hélène de l'air le plus naturel

— Mademoiselle, reprit Ernest, je ne voudrais pas vous donner cette peine. Si vous m'indiquez où je trouverai monsieur votre père, j'irai moi-même.

— Vous ne trouveriez pas facilement, dit la jeune personne en prenant un grand chapeau de paille ; ainsi, permettez-moi de vous quitter.

« Peste ! se dit Ernest resté seul, pour la fille d'un paysan, celle-ci est joliment stylée. On dirait qu'elle connaît le monde, et elle a, ma foi, les yeux les plus doux que j'aie jamais vus. Elle est mieux que la Gattel, qui certes, en fait de beauté, n'est pas la première venue. »

Avisant un numéro de journal, Ernest se mit à le parcourir. Mais bientôt des pas se firent entendre, et M. Moser entra avec sa fille.

C'était un homme d'environ cinquante-cinq ans, large d'épaules, les cheveux gris coupés très courts.

— Pardon, monsieur, de vous avoir fait attendre, dit-il, et de me présenter en vêtement de laboureur. (Il portait un tricot de laine et des souliers terreux.) Vous me permettez de passer un autre habit ?

— Pas pour moi, je vous prie.

— Mon père a très chaud, dit Hélène ; il vaut mieux qu'il prenne quelque précaution.

— À la bonne heure, si c'est ainsi, reprit Ernest.

— Vous avez une habitation bien agréable, continua notre visiteur quand M. Moser fut sorti ; et je vois que les ressources littéraires ne vous manquent pas.

— Oui ; nous avons des livres et des journaux. Nous sommes seuls, ajouta-t-elle ; ma mère nous a quittés il y a deux ans, et je n'ai ni frère ni sœur.

— Mais vous avez votre père, qui est fort et vigoureux. Moi, j'ai perdu mon père et ma mère il y a cinq ans. Il me reste une tante, qui consent à venir habiter avec moi la campagne que j'ai achetée par l'entremise de M. Moser.

— C'est ce que nous a dit ce matin M. Gattel en venant à la laiterie. La Tourelle est une bonne et belle propriété.

— Je l'espère, dit Ernest de son ton triste et découragé.

— Mais il n'y a rien de plus certain, reprit Hélène en souriant. Au moins mon père l'affirme, et son opinion fait autorité.

Comme elle parlait ainsi, M. Moser reparut.

— Je suis obligé, dit-il, de changer de vêtements quand je reviens d'un travail qui provoque la transpiration. Si je ne le fais pas, je prends un refroidissement.

— J'avais l'intention, monsieur, d'aller chez vous aujourd'hui, pour vous remettre mes comptes ; mais puisque vous avez pris la peine de venir, nous pourrons, si cela vous convient, les régler ici. Ils sont prêts.

— Très volontiers, dit Ernest.

M. Moser ouvrit une porte masquée dans la boiserie du salon, et fit entrer son hôte dans un cabinet ou bureau de régisseur. C'était une petite pièce carrée, où se trouvait un pupitre noir, à plan incliné. Les contrevents de ce sanctuaire étaient recouverts à l'intérieur de plaques de tôle, et garnis en dehors de bandes de fer, de manière à empêcher toute effraction.

— Voici donc les comptes, dit M. Moser ; le total des dépenses d'achat de la propriété, droit de mutation à l'État, frais d'actes du notaire, plus 100 francs pour mes vacations, frais de correspondance avec votre agent de Paris, se monte à 98 250 francs. J'ai reçu en chèques sur Genève 99 000 francs ; c'est donc 750 francs que j'ai à vous remettre pour solde. Vous voudrez bien examiner les comptes et vérifier à loisir le dossier des pièces qui les accompagne. Voici l'acte d'acquisition, libérant de toutes charges votre propriété ; la quittance du droit de mutation inscrite au pied de l'acte, celle des émoluments dus au notaire, et ma note particulière.

— Parfaitement. Je verrai tout cela chez moi.

— Voici maintenant 750 francs en billets de banque,... ou si vous préférez de l'or, je puis vous remettre.

— Si vous voulez bien : je préfère des espèces.

— Les voilà. Ayez maintenant l'obligeance de signer cette décharge.

Quand ce fut fait, les papiers serrés, et l'or dans la poche d'Ernest, le régisseur lui dit :

— Je crois, monsieur, que vous avez fait une bonne acquisition en achetant la Tourelle. Sans doute, l'intérêt qu'elle rapporte n'est pas élevé : le 2 % net. Mais vous ne risquez aucune perte sur le capital, et vous avez l'agrément d'habiter une maison saine, commode. Au moyen de quelques réparations peu coûteuses, vous en ferez une demeure très confortable.

— Pour le moment, nous nous contenterons, ma tante et moi, de l'état actuel. Plus tard, nous verrons. Je vous remercie, monsieur, de vos bons offices dans les tractations relatives à l'achat de la campagne. Vous l'avez régie longtemps, à ce que je crois ?

— Oui, quinze ans. Le propriétaire y passait une partie de l'été seulement.

— Ne pensez-vous pas que le prix de la ferme est trop bas ?

— Cela dépend de ce qu'est un fermier. Vous pourriez peut-être obtenir 2600 au lieu de 2400 que paie Gattel. Mais il se pourrait fort bien aussi qu'un autre fermier amoindrît la valeur du domaine en l'épuisant, qu'il payât mal, et qu'il fallût le renvoyer. On a vu des propriétaires dans l'obligation de saisir le bétail et les meubles de leurs fermiers, pour ne pas subir de grosses pertes. Avec Gattel, vous êtes sûr de recevoir à l'échéance le montant de chaque semestre ; et cela est un précieux avantage.

— Oui, mais Gattel pourrait, ce me semble, payer 200 francs de plus, même 400.

— Vous pourrez le lui proposer quand il acquittera le prochain semestre ; mais je doute qu'il y consente.

— Ce Gattel a l'air intelligent ; mais n'est-il pas un peu,... comment dire ? mystique ? Hier au soir, j'ai causé un moment avec lui ; il était dans l'admiration de la nature et faisait même des remarques religieuses à propos de la beauté du pays. Cela m'a paru singulier chez un homme qui s'occupe d'agriculture.

— François Gattel et sa femme, reprit M. Moser, sont des chrétiens qui croient sincèrement à l'Évangile. Ils voient la main du Créateur dans toutes ses œuvres. Puis, Gattel a plus d'instruction que la plupart des hommes de sa condition. Il a le sens poétique très développé ; et pourtant c'est un cultivateur actif et pratique. Sa femme et lui élèvent fort bien leurs enfants. C'est un ménage exemplaire. J'aurais un vif regret s'ils devaient vous quitter. Comme régisseur, je n'ai jamais eu que des rapports agréables avec eux. Plus d'une fois, ils ont refusé l'offre d'occuper des fermes plus considérables que la vôtre.

— Sans doute, parce qu'ils trouvent leur compte à rester où ils sont ?

— Je crois qu'ils y restent surtout parce que leurs deux garçons peuvent suivre l'école de notre village, et qu'ils ont ici une maison avec un peu de terrain qu'ils cultivent tout en étant vos fermiers.

— Enfin, pour le moment, je me tiens au bail actuel. Il finit avec l'année. Nous verrons à l'échéance du prochain semestre. Je vous remercie de vos bons avis, monsieur Moser. Me permettrez-vous de venir de temps à autre causer un peu de tout cela avec vous et de prendre vos conseils ?

— Je suis tout à votre service.

— D'après ce que m'a dit mademoiselle votre fille, vous avez fait récemment une grande perte.

— Oui monsieur. Le départ de ma femme a été une cruelle épreuve, lorsque la mort entra sous mon toit. Ma fille était alors institutrice en Allemagne, chez le prince de Schwarzenfels. Je la fis revenir, et nous vivons seuls, comme elle vous l'a dit. Mais je rends grâce à Dieu de ce qu'il m'a laissé ma fille dans ma triste solitude. Vous n'êtes pas marié ?

— Non, et je ne pense pas du tout au mariage. J'ai trente ans passés et je me sens vieux. J'ai d'ailleurs ma tante, Mlle Saint-Hélier, qui a la bonté de tenir mon ménage.

— Vous aurez plusieurs familles à voir dans le pays. Je crois qu'il vous sera surtout agréable de faire la connaissance de M. d'Arel de Bossens.

— Mon intention est de rester chez moi. Mais j'abuse de votre temps. Veuillez m'excuser. Avant de vous quitter, je voudrais saluer mademoiselle Moser.

Ils rentrèrent au salon, mais ils n'y trouvèrent personne. Hélène était dans la cuisine, épluchant du légume pour l'ajouter à la soupe qui cuisait sur le feu. À l'appel de son père, elle s'avança dans le vestibule, les manches de sa robe un peu retroussées, laissant voir des mains bien faites et des poignets délicats.

— Merci, mademoiselle, de votre excellent accueil, lui dit Ernest.

À quoi elle répondit :

— Il n'y a pas de remerciements à m'adresser, monsieur, je n'ai fait que remplir un simple devoir.

— M. Moser reconduisit le jeune propriétaire jusqu'à la rue du village, et là ils se séparèrent.

CHAPITRE V

rnest de Cange n'était ni un blasé, ni un libertin, comme on en compte des centaines et des milliers dans Paris, Londres, Berlin, et toutes les très grandes villes. Non ; nous avons vu que la passion fâcheuse à laquelle il avait cédé était celle de vouloir doubler en peu de temps la fortune que ses parents avaient mis toute une vie à amasser. En cela, ceux-ci s'étaient montrés intelligents sans doute, au point de vue de l'épargne ; mais cette épargne persévérante avait aussi été une passion terrestre, qui dessèche le cœur et l'âme de ceux qu'elle domine. Tout faire converger vers un but pareil, que ce soit à la longue ou autrement, ne vaut pas mieux l'un que l'autre et ne peut produire des fruits bénis de Dieu. «Ce que tu as amassé, pour qui sera-t-il?» dit l'Ecclésiaste. Et il arrive, en général, que les biens accumulés avec âpreté durant une longue existence, comme les richesses qui résultent d'un coup de commerce heureux, de spéculations rapides, ne profitent pas à ceux qui en deviennent les possesseurs. Voyez, par exemple, les Vanderbilt. Voudriez-vous, lecteur, posséder un milliard, à la condition d'être toujours sur le qui-vive et d'avoir des factionnaires pour garder vos trésors? Et sans chercher aussi haut la preuve de la vanité des richesses, il me souvient en ce moment d'un petit boutiquier d'une petite ville, chez qui on allait, dans ma jeunesse, acheter des boutons de chemise en cuivre doré, par charité et pour lui rendre service, pensait-on. Cet homme, veuf sans enfants, mort dans une vieillesse triste et souffrante, laissa près d'un million à des parents éloignés. Peu d'années après, il n'en restait presque plus rien. Ce qui était venu par la flûte, s'en était allé par le tambour. Et ceci nous ramène aux admirables vers du vieux la Fontaine :

> Il lit au front de ceux qu'un vain luxe environne,
> Que la fortune vend ce qu'on croit qu'elle donne.

Le jeune maître de la Tourelle venait de voir des gens heureux dans leur simple intérieur. Un homme distingué par le caractère et par ses connaissances pratiques ; une fille, distinguée aussi par une éducation judicieuse, par une instruction solide autant que variée. Si elle était bonne musicienne, si elle savait l'anglais et l'allemand, elle ne regardait point comme une humiliation de faire la cuisine de son père et de tenir la maison propre et en ordre. Les Moser étaient dans une bonne position et même au large, parce que le père et la fille travaillaient. Le produit des gérances dont M. Moser était chargé suffisait pour leur entretien. La maison était à lui, ainsi que quelques pièces de terrain. Outre cela, il avait de l'argent placé. Il n'avait point hésité à consacrer tout son gain, pendant plusieurs années, aux frais d'éducation de sa fille. Si, avant tout, ils avaient tenu à gagner de l'argent, Hélène serait restée gouvernante, et le père aurait pris une domestique pour faire son ménage. Au lieu de viser à ce but, ils s'étaient réunis et vivaient comme nous venons de le voir, heureux de leur mutuelle affection.

Ernest était vivement frappé de ce qu'il avait vu. Il s'était représenté M. Moser comme un vulgaire gratte-papier, à l'accent allemand, une sorte de paysan bavard ou concentré, rusé ou peu intelligent, et il s'était trouvé en présence d'un homme qui lui était supérieur à bien

des égards. Quant à Hélène, il l'avait trouvée charmante, dès le premier instant. «Ah! pensait-il, que
j'aurais donc mieux fait d'épouser une personne
semblable lorsque j'avais 20 000 francs de rente, plutôt
que de vouloir doubler ce revenu en me lançant dans
des affaires où je n'entendais rien. Et aujourd'hui, à
trente et un ans, réduit à 2000 francs, il lui semblait
évident qu'il ne pouvait plus songer au mariage. Il avait
fait fausse route et devait en supporter la conséquence.

Les deux truites de Jean Canard étaient prêtes à être
jetées dans la poêle lorsque Ernest rentra chez lui.

— Veux-tu qu'on les mette en sauce, ou les préfères-
tu frites? demanda Mlle Marthe à son neveu.

— Comme vous préférez vous-même, ma tante,
répondit Ernest.

— Eh bien, en sauce. Mais quelle bonne idée tu as eue
de nous envoyer ces truites! Pour 3 francs, nous voilà
un plat excellent.

Elle sonna.

— En sauce, Nanette; et tout de suite.

— Bien, mademoiselle.

— Dis-moi maintenant, mon garçon, que s'est-il
passé avec le régisseur? J'espère que tu ne lui redois
pas un solde.

— Au contraire, M. Moser me redevait 750 francs, sur
l'argent qu'il a reçu de mon notaire.

— À la bonne heure. Mais cet argent, quand te le
rendra-t-il?

— Le voici, ma tante. Prenez-le pour le ménage. Je
n'en ai que faire.

— Que je le prenne! Non, mon cher ami, garde-le. Je
me charge du ménage, c'est entendu. Mais quel homme
est-ce que ce Moser?

— Ce serait long à expliquer. En quatre mots, vous
saurez que j'ai eu grand plaisir à faire sa connaissance,
et qu'il a une fille charmante.

— Ah! quel malheur!

— Pourquoi donc ?

— Parce que c'est une chose très dangereuse, si elle t'a plu... Écoute, Ernest, et ne l'oublie pas. Nous sommes en Suisse. Ce qui est toléré à Paris parmi les gens du monde, une relation qui peut y demeurer plus ou moins inconnue, serait considéré ici comme une chose condamnable, à moins qu'elle ne se terminât par le mariage. Or, tu affirmes que tu ne veux pas te marier.

— Je crois bien, ma tante, s'écria Ernest, que ce à quoi vous faites allusion serait une chose abominable ! Mais sachez que si j'ai des imprudences graves à me reprocher dans la conduite de mes affaires, jamais, dans aucune occasion, et certes elles ne m'ont pas manqué, jamais je ne suis tombé dans le désordre. À cet égard, je suis sans reproche.

— Il faut que je t'embrasse pour cette bonne parole. Donc, tu dis que cette fille Moser est bien ?

— Charmante, je le répète. C'est elle qui m'a reçu. Elle m'a introduit dans un joli salon de village et m'y a laissé pendant qu'elle allait appeler son père, qui faisait labourer un champ. Il y avait dans ce salon un Pleyel, des meubles très propres, des livres et des journaux. Mlle Moser a été gouvernante de jeunes princesses allemandes, ce qui prouve une instruction supérieure. Avec ça, elle a un extérieur très captivant. Il faut que vous fassiez sa connaissance.

— Si ça te fait plaisir, je veux bien. Mais j'en ai déjà presque peur. Est-elle vraiment jolie ?

— Elle est très bien. Ce qu'elle a de plus remarquable peut-être, c'est l'expression du regard.

— Et qu'est-ce qu'elle fait, cette demoiselle ?

— Elle tient la maison de son père.

— Ah ! bien, voilà qui me rassure.

— Mademoiselle est servie ? dit Nanette en ouvrant la porte.

Ernest offrit le bras à sa tante et la conduisit à table.

Les truites de Jean Canard étaient excellentes. De

demi-livre à trois quarts, c'est la bonne grosseur.

— Dis-moi, Ernest, fit Mlle Saint-Hélier, est-ce que tu ne pourrais pas aussi pêcher dans le ruisseau ? Ça t'occuperait, et nous aurions le plaisir de mettre ton poisson dans la poêle. Ce serait aussi une distraction pour toi. Mais il y a peut-être des creux profonds dans la rivière ?

— Je ne l'ai vue qu'en passant le pont ; si son cours est partout le même, il ne doit pas y avoir de grands creux. Pourquoi faites-vous cette question ?

— Parce que tu disais hier, ou ce matin, que tu avais presque envie de te noyer. Or si tu faisais cette folie, ou celle de te pendre, ça me serait bien désagréable, je t'assure.

— Oui, et à moi aussi, je présume. Vous pouvez vous tranquilliser. Pour l'instant, je n'ai pas l'intention de vous faire ce chagrin. Si seulement je savais que faire ici !

— Mais, mon cher ami, achète une ligne et va pêcher. La pêche est permise dans les ruisseaux jusqu'au 10 octobre. Je m'en suis informée auprès du fermier, pendant que tu étais chez M. Moser. En été, tu pourras suivre les travaux agricoles dans ta campagne : ça t'intéressera. En automne, tu iras chasser, seul ou avec Gattel. Figure-toi que ton fermier tue des lièvres, des cailles, des perdreaux que sa femme vend. Cela leur rapporte quelques beaux écus dans la saison morte. De temps en temps, il va aussi au Jura, quand il y a des bécasses. C'est excellent une bécasse, mais il ne faut pas la laisser trop faisander. Les occupations et les distractions ne te manqueront pas. Tu verras que nous finirons par nous trouver bien ici. Moi, je m'y sens déjà comme si j'y étais établie depuis des semaines, au lieu de n'y être arrivée que d'hier. J'ai fait ce matin connaissance avec Adèle Gattel. Je la trouve très bien pour une fermière. Sa petite Lina est un bijou d'enfant. Allons, prenons courage, Ernest. Les beaux jours peuvent revenir. Plaie d'argent n'est pas mortelle, et je vois d'ailleurs qu'il faut peu de choses pour notre ménage. À propos, tu te procureras du vin ; il nous en faut, même pour la sauce des truites que tu prendras, ajouta-t-elle en riant.

Il semblait à la bonne tante que son neveu était déjà aux trois quarts réconcilié avec la vie et sa position actuelle. Toutefois, cette demoiselle Moser, si charmante aux yeux d'Ernest, l'inquiétait un peu. C'était là une éventualité dont il eût été sage de se préoccuper et à laquelle Mlle Marthe n'avait point songé en venant s'établir en Suisse.

Nanette avait desservi. Elle apporta le café.

— Ceci, dit la tante, est *l'eau* après le *pain sec* de notre dîner. Puisque nous avons un ordinaire de pauvres, tâchons de nous en contenter. — À propos, quand tu te seras reposé en fumant ton cigare, serais-tu disposé à me faire faire le tour de la campagne ?

— Mais oui, avec plaisir, si Gattel peut venir avec nous. Je serai bien aise de connaître les limites de mon royaume.

— Bien. Prends ton café, puis va demander au fermier s'il est libre cet après-midi.

La tasse vidée, Ernest sortit et trouva vers la fontaine Gattel qui faisait boire son cheval.

— Vous avez là une jolie bête, dit Ernest.

— Oui, monsieur ; c'est un brave petit cheval, assez bon trotteur.

— Quel âge a-t-il ?

— Six ans.

— Qu'est-ce que ça coûte ?

— Je l'ai payé 1000 francs l'année dernière. Il vaut plus que cela maintenant. Lorsque vous aurez une course à faire à la ville ou aux environs avec mademoiselle, je vous y conduirai volontiers. J'ai un char à bancs léger, sur ressorts, mais sans capote. En attendant que vous ayez votre équipage, mon char et mon cheval sont à votre disposition. Seulement, je me réserve de conduire moi-même.

— Merci de l'offre. Quel sera le prix d'une course ?

— Oh ! rien, monsieur, que le plaisir de vous rendre service. Je ne loue mon cheval à personne.

— Vous êtes vraiment bien obligeant ; mais je n'entends pas user votre attelage sans vous dédommager. Nous en reparlerons. Pour le moment, seriez-vous disposé à faire avec nous le tour du domaine et a m'en montrer les limites ?

— Oui, monsieur. Dans une demi-heure, quand j'aurai préparé le fourrage pour mon bétail. Depuis quinze jours, nous mélangeons de la luzerne avec le foin sec. Cela prend du temps.

— Faites à votre aise. Quand vous serez libre, appelez-moi. Au reste, je vais fumer mon cigare en me promenant dans la cour.

Gattel ramena son cheval à l'écurie et se rendit ensuite à la grange, sur le plancher de laquelle il y avait de l'herbe fraîche et du foin de l'armée précédente. La petite porte étant ouverte, Ernest voulut voir comment le fermier préparait la nourriture de ses vaches. Il entra, son cigare à la bouche.

— Pardon, monsieur, dit Gattel, si je me permets de vous dire qu'il est défendu de fumer dans une grange. Je suis persuadé qu'il n'y a pas de risque à ce que vous laissiez tomber du feu sur le fourrage sec ; mais la loi est formelle, et si un gendarme ou agent quelconque de la police venait à passer, il ferait un rapport contre vous ou contre moi, et nous en serions pour une amende de 6 francs.

— Je ne savais pas cela. Merci de m'avoir averti. Et dans une étable, est-ce défendu aussi de fumer ?

— Oui, monsieur. Dans les temps de sécheresse, lorsque le vent souffle, il est même défendu de fumer à la rue, dans les villages de montagne. C'est une mesure de prudence qui n'est point de trop. Les incendies sont malheureusement assez fréquents dans notre pays, et la cause en est souvent une légère imprudence.

— Les maisons sont-elles toutes assurées ?

— Oui ; nous avons une assurance obligatoire mutuelle dans tout le canton. On paie une taxe fixe, proportionnelle à la valeur du bâtiment ; et si elle n'est pas suffisante pour couvrir tous les sinistres qui ont eu lieu pendant l'année, on augmente la taxe à l'aide de centimes additionnels. Il y a, en outre, un fonds de réserve pour les catastrophes.

— C'est fort bien imaginé. Les impôts sont-ils considérables dans votre pays ?

— Oui ; ils ont surtout augmenté depuis quelques années. Il y a l'impôt foncier ; l'impôt sur la fortune mobilière ; l'impôt militaire, pour n'importe quelle cause d'exemption. Et dans bien des localités, il y a un impôt communal.

— Qu'est-ce que j'aurai à payer cette année ?

— L'impôt foncier seulement, et la contribution pour les incendies. Plus tard, vous serez invité à déclarer votre fortune mobilière, pour établir le chiffre de votre impôt.

— Et pour ma propriété, combien me demandera-t-on ?

— Je ne le sais pas exactement. M. Moser vous renseignera. Mais voilà ma *pâture* faite. Je vais ôter mes sabots, mettre des souliers, et je suis à vos ordres.

Ernest alla prévenir sa tante, et bientôt les trois personnes se dirigèrent sur une des limites de la ferme, dans l'intention d'en faire le tour.

CHAPITRE VI

ls commencèrent par le haut de la campagne, où se trouvait le petit coteau de vigne. Un tiers produisait du raisin rouge, les deux autres du blanc. En moyenne, la récolte était de six cents litres de vin rouge et de deux mille litres de blanc, dont la plus grande partie était vendue. Le clos était bien situé ; les échalas correctement alignés. Le *mildew* n'avait pas encore fait son apparition sur les feuilles de cette vigne solitaire, placée loin des grands centres d'infection. À la fin de mai, dans les années chaudes, les bourgeons des ceps ont déjà vingt centimètres de long, et leur couleur verte domine le gris de la terre. La sortie du raisin est faite. On peut voir les embryons des grappes, entre les feuilles du futur sarment. Cette année-là, on disait la sortie abondante.

Mlle Saint-Hélier profita de l'occasion pour rappeler à son neveu la nécessité de se procurer du vin ; puis elle ajouta en s'adressant au fermier :

— Vous avez eu l'amabilité de nous faire un présent de vin pour notre arrivée ; nous vous en remercions, et je conseille à mon neveu d'en acheter, si vous en avez encore du pareil. Il est vraiment bon.

— Il m'en reste peu, mademoiselle, mais je pourrai cependant vous en remettre un tonnelet de soixante litres, si cela vous convient. C'est du 1884.

— À quel prix ? demanda Ernest.

— À 50 centimes le litre. Je vous prêterai un tonneau.

— Parfaitement. Je n'entends rien à ces sortes d'achats, n'ayant jamais eu de ménage à mon compte.

En suivant la limite supérieure du domaine, Gattel montrait les bornes qui le séparaient des propriétés voisines. C'était dans cette partie que se trouvaient les champs et les cultures de fourrages artificiels.

— Qu'est-ce que c'est que cette grande herbe verte où l'on a commencé à faucher ? demanda la tante.

— C'est de la luzerne, mademoiselle ; dans notre pays on lui donne le nom de *sainfoin*.

— Et cette grande étendue rose, où l'on entend bourdonner les abeilles ?

— C'est de l'esparcette ; en français, du sainfoin rose.

— Et ces plantes à fleurs jaunes, qui se touchent toutes ?

— Un champ de colza. Cet autre champ qui montre des raies vertes est planté de pommes de terre.

— Tout cela paraît en très bon état, dit Ernest. Le sol est bon, n'est-ce pas ?

— Oui, monsieur. Un peu froid pourtant. Il lui faut beaucoup d'engrais.

— Comme la vue est belle d'ici ! fit la tante.

— Oui, mademoiselle. Je ne me lasse pas de l'admirer. Ces hautes cimes des Alpes, que nous voyons de l'autre côté du lac, nous parlent de la puissance infinie du Créateur ; et ici, autour de nous, sa bonté, sa fidélité se montrent dans ces belles récoltes qu'il nous donne, ainsi que dans les mille détails de la nature.

— Vous êtes un peu poète, dit nonchalamment Ernest qui paraissait l'être fort peu en ce moment.

— Oh ! non, monsieur ; je ne suis pas poète, mais je vois la main de Dieu dans toutes ses oeuvres. Quand on travaille sous le ciel bleu, l'esprit cherche à comprendre un peu mieux ce que nous sommes en présence du Tout-Puissant. Je ne suis ni athée, ni matérialiste. Jamais je ne croirai que l'homme descend du singe, comme certains soi-disant savants l'enseignent. Les singes ont été créés ce qu'ils sont ; et l'homme a reçu avec son corps tiré de la poudre de la terre, un souffle de l'Esprit de Dieu dont les singes sont privés.

— Je ne m'occupe pas de ces questions-là, dit Ernest.

— Qu'est-ce que c'est que l'oiseau gris-bleu qui vient de s'envoler de ce champ ? demanda Mlle Marthe.

— Un ramier, mademoiselle.

— Et les deux bruns, moins grands, qui se sont posés sur cet arbre ?

— Des étourneaux. Ils y ont leur nid dans une branche creuse qu'ils ont perforée à l'extérieur.

— Merci. Monsieur dit que vous êtes poète ; moi, je pense que vous êtes observateur.

À mesure qu'ils descendaient en suivant la limite à l'ouest, ils se rapprochaient du ruisseau. Dans cette partie, les terrains étaient en prairies naturelles, d'où la vue était fort différente de celle qu'on avait des champs supérieurs. En bas, le regard était arrêté par les arbres qui s'élevaient le long de la rivière, où ils formaient un cadre verdoyant et gracieux. De ces prairies, on n'apercevait ni le lac ni les Alpes. Mais il y avait de la fraîcheur dans le paysage. La terre n'avait pas besoin de culture ; elle produisait d'elle-même un fourrage qui ne se lassait pas de repousser à chaque printemps et qui, dans ce moment, était émaillé de fleurs agrestes d'une senteur délicieuse. Les trois promeneurs marchaient dans cette herbe embaumée ; Gattel avait dit qu'il n'y avait aucun inconvénient à la fouler.

— Quel singulier cri l'on entend, dit Mlle Saint-Hélier ; on dirait deux planchettes de bois, claquant l'une contre l'autre.

— C'est, répondit Gattel, un mâle de caille qui chante. Si vous voulez le voir, avançons dans la direction de son appel.

À peine eurent-ils fait cinquante pas, que la caille se leva, presque aux pieds de Mlle Marthe, qui en tressauta de surprise.

— Le nid est probablement par là, dit le fermier. Espérons que les cailleteaux seront éclos, avant qu'on fauche le pré. Maintenant, approchons-nous du ruisseau. Il y a ici un joli endroit que je voudrais vous montrer.

La rivière, à cette place, faisait un coude qui ralentissait son cours, en même temps que l'eau y formait une longue nappe unie, où le courant était presque insensible. Les branches des frênes, des aunes et les brindilles blanches des saules nains se miraient dans cette eau transparente. C'était comme une miniature de lac, une baignoire naturelle où les poètes de la Grèce n'auraient pas manqué de placer des nymphes, cachées aux regards indiscrets des bergers.

— Ah ! voilà qui est délicieux, s'écria Mlle Marthe en s'approchant du bord. Mais cela paraît profond. Risquerait-on de s'y noyer ?

— À ma connaissance, répondit Gattel, jamais personne n'y a trouvé la mort. Il y a tout au plus un mètre d'eau vers le milieu. Nos garçons s'y baignent en été. Ils nagent assez bien. Cependant, je ne leur permets pas d'y venir seuls. Quand l'eau est trouble et plus haute, à la suite de fortes pluies, on y prend parfois des truites. Jean Canard ne manque jamais de s'y arrêter dans les bons moments et d'y jeter sa ligne. Il ferait mieux de travailler que de passer des journées entières le long du ruisseau. Vous avez dû le voir ce matin, monsieur.

Au moment où Gattel parlait ainsi, un petit oiseau, brun sur le dos avec le poitrail d'un blanc de neige, sortit du milieu de la nappe tranquille et prit son vol, rasant l'eau en poussant un cri strident.

— Qu'est-ce que c'est que cela ? demanda Mme Marthe. Je commence à croire, mon cher Gattel, que vous êtes un peu sorcier, car vous nous faites voir des choses bien extraordinaires. Depuis quand les truites se changent-elles en oiseau ?

— Dans ce que vous venez de voir, mademoiselle, il

n'y a pas l'ombre de magie. L'oiseau sorti de l'onde est un merle d'eau, que les naturalistes nomment cincle plongeur. Il a la faculté de marcher au fond de l'eau, où il se nourrit de petits insectes, de larves et probablement d'œufs de poisson. Il peut faire un bon bout de chemin sans remonter à la surface. Son plumage court, une sorte de coton huileux, est imperméable. Il ressort de l'eau sans être mouillé. C'est un oiseau farouche, qui ne se laisse pas approcher. On ne le voit que fortuitement, comme cela vient de nous arriver.

— De grâce, d'où savez-vous toutes ces choses ? Vous vous nommez Gattel, comme l'auteur d'un dictionnaire. Seriez-vous son parent ?

— Non, mademoiselle : mais je possède la dernière édition de son dictionnaire français. Ma famille est suisse. Gattel était de Lyon[1]. — En réponse à votre question, je vous dirai qu'il suffit, pour s'instruire, de lire un peu et de regarder autour de soi quand on vit à la campagne. *Le Magasin pittoresque*, auquel je suis abonné depuis longtemps, m'a donné bien des détails sur l'histoire naturelle et nous a procuré de vives jouissances. — Mais écoutez, mademoiselle : j'entends le cri rauque d'un *martin-pêcheur* qui descend la rivière.

En effet, comme une flèche d'azur, l'oiseau fila rapide sur le milieu du courant, son grand bec rouge se laissant distinguer, malgré la vélocité de sa course.

— Est-ce tout ? demanda la tante, émerveillée de ces spectacles, inconnus à la plupart des citadins.

— C'est tout pour cet endroit, dit le fermier. En automne, on peut surprendre ici des sarcelles, qui se balancent sur l'eau et font siffler leurs ailes en prenant la volée. J'y ai même trouvé une fois un grèbe castagneux, oiseau rare dans nos contrées. Allons maintenant jusqu'à la limite de l'est. Dans cette dernière partie, un

1 - NdÉ : En 1797 l'abbé Claude-Marie Gattel de Lyon publiera en deux tomes la première des éditions de son *Dictionnaire universel : Dictionnaire universel portatif de la langue françoise*.

nant ombragé venait apporter son filet d'eau à la rivière. Il descendait de terrains situés plus haut, et marquait la limite extrême de la propriété. Bordé d'aunes et d'arbustes buissonneux de diverses espèces, il contribuait à l'encadrement qui faisait de cet endroit un lieu solitaire, paisible et frais. Gattel s'arrêta. Un chant d'oiseau se faisait entendre dans le fouillis des arbustes.

— Qu'est-ce que c'est ? fit encore Mlle Marthe.

— Le rossignol. Attendez les notes de la fin.

L'oiseau caché dans le feuillage déroula ses trilles brillants, puis il termina son concert par les notes suaves, douces et prolongées que chacun connaît dans les campagnes. C'était la première fois que la tante et le neveu entendaient un rossignol en liberté. Il y en a cependant beaucoup dans les environs de Paris ; mais Mlle Saint-Hélier n'allait pas les entendre, et Ernest avait bien d'autres préoccupations.

— Il valait la peine de venir ici, dit la vieille demoiselle. Et comme cet endroit est paisible ! Il invite à la rêverie.

— Si vous voulez, dit Ernest. Mais on rêve déjà bien assez, sans y être poussé par ce qui nous entoure.

— Mademoiselle, reprit Gattel, il vous faudra revenir ici quand le foin sera fauché. C'est encore plus gracieux, et il est alors facile de se promener partout sur le gazon ras. Mais, dans un mois, le rossignol ne chantera plus. Que de fois nous sommes venus ici en famille le dimanche ! Il me semblait que nous y étions davantage en présence du Père céleste ; et cependant nous savons qu'il est toujours prés de ceux qui le cherchent.

— Ah ! voilà que vous redevenez poète, dit Mlle Saint-Hélier.

— Et mystique, ajouta le neveu ; mais cela ne fait de mal à personne.

— Permettez, monsieur, dit Gattel en ôtant son chapeau : je ne suis ni un mystique, ni un faiseur de vers, pas plus que je ne suis le descendant d'un savant français. Je suis tout uniment François Gattel, votre fermier. Mais j'ai le bonheur d'avoir appris quelque chose de Celui qui a dit : « Considérez les lis des champs ; ils ne travaillent ni ne filent ; et cependant je vous dis que Salomon même, dans toute sa gloire, n'a pas été vêtu comme l'un d'eux. » — Il ne nous reste plus maintenant qu'à remonter le long du ruisselet, ou *nant*, comme on dit chez nous ; et, par un coude à gauche, nous aurons achevé le tour de votre propriété.

C'est ainsi qu'ils se retrouvèrent bientôt à la maison.

— Merci de votre complaisance, dit Mlle Marthe en quittant Gattel. Vous nous avez montré bien des choses pendant cette promenade, et j'en ai appris plus d'une que j'ignorais. Mais je le répète : vous êtes né poète, et, comme le dit monsieur, cela ne fait de tort à personne. Je suis étonnée seulement que toutes ces idées dans la tête ne vous empêchent pas de travailler.

— Bien au contraire, mademoiselle. Ces idées m'encouragent et me fortifient. Je plains ceux qui ne voient dans les œuvres de Dieu que la matière périssable, et pour qui la terre n'est que la boue d'où l'on tire le pain. Moi, je sens que j'ai une âme, qui, elle aussi, a besoin de nourriture. — Je vous salue, mademoiselle et monsieur. Quand vous voudrez mon char pour aller à la ville, vous n'aurez qu'à m'avertir. Je préparerai ce soir le tonnelet de vin.

— Merci, dit Ernest, touché par la candeur et la bonhomie de son fermier.

Pour nous, qui connaissons mieux que M. de Cange les gens de cette classe, nous devons reconnaître que François Gattel était une rare exception parmi les cultivateurs de notre pays.

CHAPITRE VII

epuis qu'il avait fait le tour de sa campagne, Ernest pouvait maintenant se faire une idée juste de ce qu'elle était, et, jusqu'à un certain point, de ce qu'elle pouvait produire. Partout, dans la vigne, comme dans les champs et les prairies, il avait pu constater les soins intelligents et la bonne activité du fermier. Si François Gattel était une sorte de dictionnaire vivant à l'endroit des oiseaux, il était certainement aussi un bon cultivateur, qui faisait valoir d'une manière judicieuse les terrains de son propriétaire. Pour la contrée, le prix de 40 francs qu'il payait par arpent était assez élevé. Nombre de domaines ne rapportent que 30 à 35 francs quatre cents perches. Ernest de Cange serait donc mal venu s'il demandait à Gattel une augmentation de rente à la fin de son bail. Il ferait bien d'y réfléchir à deux fois, de se contenter des 1200 francs qu'il recevait par semestre, et de garder chez lui un homme d'un tel caractère.

C'est ce que sa tante essaya de lui faire comprendre, au retour de leur excursion. Elle avait plus de bon sens que le jeune homme, et quoique citadine, n'ayant jamais vécu ailleurs qu'à la ville, elle avait compris, du premier coup, que ce n'était pas peu de chose que la responsabilité matérielle et morale de celui qui dirigeait l'exploitation qu'ils avaient eue sous les yeux ; tandis qu'il semblait à Ernest que toutes ces belles récoltes

devaient produire une somme beaucoup plus considérable que celle fixée par le bail. Chose curieuse! lui qui
n'avait jamais fait que perdre son argent sans travailler,
il ne trouvait pas juste qu'un père de famille, voué à des
labeurs quotidiens, réalisât un bénéfice, lorsque tous ses
frais de culture étaient payés. Au fond, cependant, il
était satisfait de son acquisition. Si seulement il lui était
resté 200 000 francs, il se serait regardé comme
heureux. Mais il ne restait rien, sauf un reliquat d'une
valeur presque nulle à ses yeux. Cette pensée lui était
dure; il y revenait constamment.

— N'est-ce pas une chose déplorable, amère au
suprême dégrée, disait-il à sa tante le même soir, tout
en soupant de bon appétit, que toutes les chances
aient été contre moi, tandis que ce Gattel fait ici de
bonnes affaires, sans se donner grand'peine? Il faut
bien que cela marche facilement, puisqu'il trouve le
temps de lire le *Magasin pittoresque* et d'étudier les
mœurs des oiseaux. Et les Moser vivent aussi très bien
dans leur jolie habitation, ayant des billets de banque
et de l'or à discrétion, tandis que je ne sais pas
comment nous parviendrons à nouer les deux bouts.
Si ce n'est pas dégoûtant!

— Je t'ai déjà dit, mon cher ami, lui répondit sa tante,
de ne te faire aucun souci. Je me charge de toutes les
dépenses du ménage. Comptes-tu dépenser pour ton
entretien, pour tes cigares les 2400 francs de la ferme?
J'espère que non. Nous avons donc plus qu'il ne nous
faut pour vivre largement.

— Largement! Qu'est-ce que vous entendez par
largement, ma tante? Est-ce que j'ai seulement, comme
votre Gattel, un cheval, un char à ressorts? Est-ce que,
gueux comme je le suis, j'oserais me présenter chez nos
riches voisins? Que voulez-vous que je fasse ici?
Végéter misérablement: voilà tout. Voyons, est-ce gai?

— Non, pas à ton point de vue; mais c'est un point de
vue faux. Voyons: tu trouves Gattel trop bien partagé?

Voudrais-tu être à sa place? chargé de la besogne qu'il doit expédier chaque jour? Pendant que nous soupons ici bien à notre aise, sais-tu ce qu'il fait? Quand tu auras fini, va le voir dans son écurie, occupé à traire ses vaches. Lorsque ce travail fatiguant sera fait, qu'il aura ôté ses sabots embouselés et se sera lavé les mains à la fontaine, il attellera son cheval pour mener le lait à Collongin. Au retour, il devra donner ses ordres à ses domestiques pour le jour suivant, et s'assurer que tout va bien dans ses étables. Demain, il sera debout dès l'aube, pour travailler jusqu'au soir. Voilà sa vie. Celle de sa femme est aussi constamment occupée. Et pourtant ils sont heureux. Ils sont reconnaissants. Il y a en eux une force morale que j'admire. Ils sont religieux dans le bon sens du mot et pas du tout bigots, comme nos paysans français catholiques le sont trop souvent. Ce que tu prends pour du mysticisme chez le fermier est une conviction profonde, qui règle toute sa vie. J'ai été voir sa femme, et je suis émerveillée de son bon sens simple et pratique.

Ernest ne répondit pas. Qu'aurait-il pu répondre, à moins de rentrer en lui-même et de convenir qu'il était un ingrat, après avoir été un ambitieux et un sot? Ayant achevé de souper, il alluma un cigare comme la veille et alla le fumer dehors.

Il trouva les domestiques de Gattel se lavant les mains à la fontaine, avant d'aller manger leur soupe et boire leur verre de piquette. Ces deux hommes, dont l'un était de son âge, avaient travaillé durant quinze heures les pieds dans la rosée, puis le dos au soleil. Leur nourriture était bonne, sans doute, mais grossière en comparaison de sa table à lui. Ils avaient les mains gercées, peut-être, la poitrine brunie, le visage bronzé, les pieds dans de lourds sabots. Et ces ouvriers laborieux ne se plaignaient pas de leur journée. Leur salaire annuel s'élevait, pour l'un à 425 francs; pour l'autre, plus jeune, à 300 seulement. S'ils étaient sobres, rangés et économes, ils pouvaient épargner les deux tiers de leurs gages. Et lui, Ernest de Cange, qui n'avait rien à dépenser pour son ménage et disposait de 2400 francs, se trouvait malheureux! Si les domestiques de Gattel avaient su l'histoire de ce «monsieur» et connu les sentiments égoïstes qu'il venait de montrer à sa tante, ils auraient pu le mépriser à bon droit. Ils se le représentaient probablement comme l'homme le plus heureux de l'univers, tandis que c'était tout le contraire. En passant à côté du propriétaire, ils ôtèrent leur chapeaux de paille noircie par la pluie et le soleil, ajoutant à leur salut un cordial: «Bonsoir, monsieur». Il leur répondit pourtant avec un air de bienveillance; puis, ayant fini son cigare, il entra dans l'étable des vaches dont la porte était ouverte.

Le fermier était occupé à traire la dernière, qui, fraîche vêlée, lui donnait vingt-cinq litres de lait par jour. Le seau pointu qu'il tenait entre ses jambes étant plein, il se leva et en versa le contenu dans une *boille* en ferblanc, posée sur un banc, près de la porte.

— Quelle quantité de lait cette vache vous donne! dit Ernest voyant l'écume déborder du vase.

— Oui, c'est une bonne bête, répondit Gattel. Ceci est le second *seillon* que je viens de lui tirer.

— Combien de litres entre les deux?

— Environ quatorze. Demain matin, il y aura quelques litres de moins.

— Et vous vendez ce lait à quel prix?

— Douze centimes trois dizièmes le litre.

— Voilà donc pour environ 3 francs de lait par jour? C'est un revenu énorme. Que coûte par jour la nourriture d'une vache? Un franc, peut-être?

— Oui, à peu près.

— Vous réalisez donc un bénéfice de 2 francs par jour sur chacune de vos vaches. Au bout de l'année, cela vous fait une somme d'environ 6000 francs. C'est un fameux métier que celui de fermier.

— Sans doute, répondit Gattel en riant. Aussi, je

compte bien être millionnaire dans peu d'années ! — Mais votre calcul n'est pas juste, monsieur. Une vache bien nourrie peut donner en moyenne pour 1 franc 30 de lait par jour, au prix que je le vends, et si d'ailleurs tout va bien pour elle, c'est-à-dire qu'elle ne soit pas malade, qu'elle n'avorte pas et que le veau ne naisse pas mort. Elle représente aussi un capital, de l'intérêt duquel il faut tenir compte, sans parler de ce que coûte un domestique pour soigner l'écurie. Par ce simple aperçu, vous voyez que les 6000 francs dont vous parlez se réduisent de plus des deux tiers. En outre, une vache ne dure pas toujours ; à mesure qu'elle avance en âge, elle perd de sa valeur. Lorsque je quitterai votre ferme, si vous prenez l'exploitation du domaine à votre compte, vous verrez qu'on ne s'enrichit pas, même en travaillant beaucoup, comme nous le faisons, ma femme et moi.

— Auriez-vous l'intention de ne pas signer un nouveau bail, à l'expiration de celui-ci ?

— Je n'ai rien décidé à cet égard. Cela dépendra des conditions qui pourraient m'être faites. Et puis, que savons-nous de la vie ? Je tâche d'aller au jour le jour, sans former de projets à long terme. Quand la journée est finie, si ma femme et nos enfants sont en bonne santé, je rends grâce à Dieu et nous dormons en paix. À chaque jour suffit sa tâche ; le lendemain aura soin de ce qui le regarde.

Gattel disait cela tout en bouclant la courroie du siège à jambe unique dont il se servait pour traire ses vaches et le suspendant à un clou planté dans le mur. Il mit le couvercle à sa boille et la porta dans un char à bancs, qui attendait à l'entrée de la cour. Quand il se fut lavé les mains et les bras à la fontaine, il attela son cheval.

— Monsieur veut-il venir avec moi à la laiterie ? dit-il en souriant. Il y a place sur le char, et nous pouvons revenir avant la nuit.

— Mais oui, volontiers.

— Eh bien, veuillez monter. Nous ne mettrons que, vingt minutes pour l'aller et le retour.

Ernest sauta sur le rustique siège et s'assit à gauche du fermier. Le cheval partit au pas, puis, prenant bientôt un trot rapide, il franchit en peu de minutes la distance qui séparait la Tourelle du village de Collongin.

Les hommes venaient à la laiterie en bras de chemise, apportant des seaux en fer-blanc ou en bois contenant du lait. Ils le versaient dans un couloir, d'où il tombait dans un vase en cuivre rouge. Le poids était indiqué à l'instant par une aiguille mouvante sur un cadran à ressort. L'inscription étant faite à double par l'employé préposé à cet effet, l'apporteur s'en retournait. C'était un va-et-vient continuel. Des femmes et des enfants entraient aussi dans ce local, et en ressortaient lorsqu'on leur avait donné, contre argent comptant, le lait demandé.

Ce petit manège intéressa Ernest, qui s'informa de la différence entre le prix du lait apporté en bloc et celui payé au détail par les acheteurs. On lui dit que cette différence était de $5\,^7/_{10}$ centimes par litre, ce qui devait, pensa-t-il tout de suite, constituer un bénéfice considérable au laitier général. Acheter à $12\,^3/_{10}$ et revendre à 18, c'était une affaire superbe. Mais Gattel lui fit observer que la plus grande partie du lait restant à la fromagerie ne produisait guère plus que le prix payé aux vendeurs.

Pendant qu'ils étaient encore là, M. Moser arriva, apportant les quelques litres provenant de son unique vache. Ils se saluèrent, Ernest disant qu'il ne tarderait pas à faire avec sa tante une visite à M. et à Mlle Moser. Les paysans qui voyaient pour la première fois le propriétaire de la Tourelle, trouvaient ce jeune étranger bien favorisé de la fortune, puisqu'il avait pu acheter et payer comptant une si grande campagne. Il fallait qu'il fût bien riche. Eux qui ne possédaient peut-être qu'une dizaine d'arpents grevés probablement d'hypothèques, seraient au comble du bonheur s'ils en avaient soixante, et une bonne habitation, le tout sans charge. Lors même que leur maison serait moins grande que celle de la Tourelle, plus ou moins délabrée et sans tour carrée, cela ne leur ferait rien. Les leurs n'étaient en général ni neuves, ni aménagées d'une manière bien convenable. La plupart de ces maisons avaient le rez-de-chaussée plus bas que le sol, et néanmoins ils s'en contentaient. C'est ainsi que se font souvent les appréciations. Ernest, qui se regardait comme plus pauvre que le moins bien loti de ces hommes, était tenu par eux pour un million-naire. Et comme son nom était précédé de la particule, ils en concluaient que c'était un comte ou tout au moins un baron. « Il a l'air bien simple et *bon enfant*, pensait plus d'un de ces paysans ; et il faut bien qu'il le soit réellement, puisqu'il consent à s'asseoir à côté de François Gattel, sur le banc du char. Ce n'est pas le propriétaire du château des Morilles qui ferait cela. On voit souvent des étrangers de grandes familles se montrer plus simples et plus affables que nos gros messieurs du pays. » — « Je pense, ajoutait à part lui un brave citoyen de Collongin, que François Gattel va tirer bon de ses nouveaux maîtres. Il leur vendra ses légumes plus cher que le lard du chat. Ma foi, tant mieux pour lui. C'est un bon enfant, quand même sa femme et lui sont un peu mômiers. On dit aussi qu'ils doivent perdre bien du temps, toujours à cheval sur leurs livres. »

— Nous allons repartir, monsieur, dit Gattel, à moins que vous ne teniez à rester encore.

— Non, quand vous voudrez, répondit Ernest.

— Eh bien, veuillez monter.

Ernest ôta son chapeau pour saluer le groupe resté levant la porte de la laiterie, et bientôt le char fut hors du village.

— Voyez-vous comme ce monsieur parle poliment à François Gattel, dit un des paysans. On voit que c'est un homme bien élevé, et pas du tout fier.

CHAPITRE VIII

endant que le char roulait du côté de la Tourelle, Ernest réfléchissait à ce qu'il venait de voir. Tous ces paysans étaient sans doute des travailleurs, des hommes d'ordre, de bonnes moeurs, chez qui la sobriété à l'égard de la boisson était une vertu native : de bons maris, de bons pères de famille, élevant bien leurs enfants, comme le faisait Gattel. S'il avait connu le fond des choses et pu lire dans le cœur de plus d'un, son jugement eût été bien différent, de même que celui des Collonginois à son sujet. En effet, il y avait là des hommes honorables, dont on ne pouvait que louer le caractère et la conduite, mais il s'y trouvait aussi des individus de *peu de renom*, gens de cabaret, buveurs d'eau-de-vie et brisant tout dans leur ménage quand ils étaient ivres d'alcool. Il y avait des trompeurs en affaires, des ramasseurs de fruits sous des arbres qui ne leur appartenaient pas ; des alangués, raconteurs de scandales. Bon nombre de gens pour qui la terre est tout et le ciel rien. Des moqueurs en religion, des athées de profession, des pintiers sans vergogne et sans conscience. Hélas ! cela existe partout, dans les villages comme dans les villes. Mais dans les grandes agglomérations d'hommes et de femmes, les vices et les défauts sont moins visibles, moins apparents. Ils se noient en quelque sorte dans la masse, tandis que dans une petite localité ils sautent aux yeux de tous.

Au moment où le char rentrait dans la cour de la maison d'Ernest, le crépuscule s'étendait déjà, car le ciel s'était couvert depuis le coucher du soleil. Un oiseau assez grand, qui parut noir au jeune Français, grâce à la demi-obscurité du soir, passa tout près, sans que son vol produisît le moindre bruit.

— Qu'est-ce que c'est que cette bête? demanda Ernest. Est-ce un oiseau de mauvais augure?

— Non, monsieur. C'est une chouette. Elle habite le pignon de la tour. Nous la voyons souvent voltiger au-dessus des dépendances.

— Il faut la tuer.

— Non, monsieur. Elle nous rend plus de services qu'une demi-douzaine de chats. Elle se nourrit essentiellement de souris qu'elle prend dans les combles des bâtiments et dans le fenil. En outre, elle est parfaitement inoffensive. Ce serait bien dommage de la tuer. Nous avons aussi un engoulevent, ou hirondelle de nuit, qui chasse aux moucherons, aux cousins qui nous viennent du ruisseau, dans les temps de chaleur humide.

— Décidément vous êtes un descendant du lexicographe Gattel; vous connaissez tous les oiseaux de ce pays.

— Je voudrais bien les connaître tous; mais je ne suis qu'un ignorant. Les noms de la plupart des petits oiseaux que je vois me sont inconnus.

— Ce qui n'empêche pas que vous en sachiez plus que moi en ornithologie. Merci de la petite course que vous m'avez fait faire. Je suis bien aise d'avoir vu une laiterie de village.

— C'est à votre service, ainsi que pour aller à la ville. Bonsoir, monsieur.

Ernest raconta à sa tante d'où il venait et ce qu'il avait vu. La bonne demoiselle en fut enchantée. Il lui semblait qu'il se faisait déjà une légère détente dans les sentiments et les dispositions de son neveu. Mais ce bon changement n'était encore qu'à la surface. Arrivé de la veille seulement, il était impossible qu'une réforme aussi importante eût pu s'accomplir aussi rapidement. Mais que de choses le jeune homme avait déjà vues et faites en cette première journée ! Sa rencontre avec Jean Canard sur le pont du ruisseau ; sa visite chez les Moser, et, dans l'après-midi, le tour du propriétaire. Enfin, le soir, sa course à Collongin. Ces divers petits incidents l'avaient sorti de ses préoccupations habituelles, de ses idées sombres, de ses persistants regrets. Les neuf dixièmes des gens qui déposent leur bilan et se déclarent en faillite, ne se faisaient pas autant de souci que lui, à qui il restait 100 000 fr. assurés sur une bonne propriété. Les banqueroutiers, en général, ont la peau très dure à l'endroit des pertes qu'ils font subir à leurs créanciers. On a vu plus d'une fois des banquiers ayant ruiné une quantité de petits déposants, mener grand train quand même et avoir des équipages, tandis que les gens qu'ils ont réduits à la misère par suite de leur mauvaise et peut-être frauduleuse administration, doivent recommencer à travailler dans leurs vieux jours. La discussion de biens qui entraînait autrefois la perte de la confiance et mettait : à l'index tout failli honnête ou non, n'est plus aujourd'hui qu'une formalité légale, à laquelle on attache peu d'importance, tant la chose a passé dans les mœurs. C'est un progrès dû à l'avènement du radicalisme social, qui en amènera bien d'autres du même genre. La fièvre du gain, les entreprises inconsidérées, le besoin des jouissances matérielles, la facilité incroyable de dépenser, tout cela, et d'autres causes immorales, sont les facteurs du grand mal dont souffrent les populations, à tous les degrés de l'échelle sociale. En présence des krachs financiers où disparaissent des millions, la perte des 400 000 francs d'Ernest de Cange était une chose tout ordinaire et où n'était engagée la solidarité de personne. On ne peut en dire autant de ceux qui, ayant tout perdu, continuent à faire de nouveaux emprunts, sachant qu'ils ne pourront jamais rendre les sommes qu'on leur confie.

Le lendemain de cette première journée était un dimanche. Comme Ernest revenait d'une promenade matinale qu'il avait faite avant déjeuner, il vit que la cour de la maison était balayée, les chars et les outils de campagne remisés sous un hangar. Tout avait pris un air d'ordre et de propreté qu'il n'avait pas remarqué les jours précédents. Les enfants de Gattel, endiman-chés tous les trois, vinrent saluer Ernest. Ainsi qu'il l'avait fait l'avant-veille, il prit la petite dans ses bras et lui donna un baiser.

— On t'a faite bien belle ce matin, lui dit-il. Pourquoi ça ?

— Parce qu'on va à l'église. Y viens-tu avec nous, monsieur ?

— À l'église ? où va-t-on à l'église ?

— À Collongin, dit l'aîné des garçons. Nous allons avec nos parents.

Voyant ses enfants causer avec le maître, leur mère sortit de la cuisine et s'approcha d'eux.

— Bonjour, madame Adèle, lui dit Ernest. Lina m'ap-prend que vous allez tous à l'église ce matin.

— Oui, monsieur ; la servante reste à la maison ; elle ira au culte dimanche prochain.

— Est-ce que vous partez tout de suite ?

— Non ; dans une heure seulement, lorsqu'on entendra sonner la cloche.

— Me permettez-vous de vous y accompagner ?

— Il n'y a pas de permission à donner, monsieur. Vous avez le droit d'aller au temple, et vous y trouverez certainement une place. Le temps est beau. Seulement, nous allons tous à pied. Le dimanche, à moins de nécessité, mon mari préfère qu'on n'attelle pas le cheval. C'est d'ailleurs tout près.

— Bien. Je vais déjeuner et je vous rejoins.

L'idée d'assister à un culte public dans un temple de village était subitement venue à l'esprit d'Ernest, après la question enfantine de Lina. Il était protestant.

Son instruction religieuse avait été faite, de quatorze à seize ans, par un pasteur de sa ville natale. Mais une fois lancé dans la vie, Ernest de Cange avait mis de côté les devoirs extérieurs de la religion, comme tant de jeunes hommes le font dans les grandes villes. Sans convictions chrétiennes, peut-être même à demi libre penseur au point de vue de la morale indépendante, il avait fini par ne plus assister au culte. Ce fut la question directe d'un petit enfant qui lui donna l'idée étrange d'accompagner à l'église la famille de son fermier. N'ayant rien à faire, ou plutôt ne sachant que faire ce matin-là, le temps passerait plus vite en allant à Collongin que s'il restait chez lui.

— Je vais bien vous étonner, ma tante, dit-il à Mlle Saint-Hélier en s'asseyant pour déjeuner, je vais à l'église avec les Gattel.

— Excellente idée, mon ami. Une autre fois, j'irai aussi. Mais aujourd'hui je serais trop en retard. Et où allez-vous ?

— À Collongin. Il paraît qu'il y a là un temple et qu'on y fait une prédication tous les dimanches.

— Tant mieux. Je serai charmée d'en profiter.

Au moment du départ, Gattel vint dire à Nanette d'avertir son maître. Ernest arriva bientôt. Il avait passé une redingote et mis un chapeau noir. Sous ce costume qu'il portait avec aisance, notre jeune propriétaire avait l'air distingué. François Gattel, dans son vêtement de cheviot fonce, avec son chapeau de feutre mou, avait aussi très bon air. De même les enfants, simplement mis, étaient propres et bien peignés.

Leur mère était la femme que nous connaissons, sa belle chevelure relevée sous un chapeau de paille orné d'un ruban, une robe foncée, dessinant avec grâce un buste correct ; des gants de fil d'Écosse, protégeant des mains qui n'auraient rien perdu à se montrer nues : toute cette famille avait un air de bonne santé et de vie heureuse qui charmait.

— Comme ils passaient le pont au bas de la campagne, Jean Canard s'y trouva, son panier de pêcheur sur le dos et sa ligne à la main.

— Tu vas passer la matinée à pêcher, lui dit Gattel ; ce n'est pas bien. Tu ferais mieux de venir à l'église.

— Bah ! l'église, ça ne rapporte rien : c'est bon pour lés femmes et les enfants. Si je prends un kilo de truites, ça fera mieux mon affaire.

— Oui, répondit le fermier, et tu iras dépenser au cabaret le produit de ta pêche, ce soir et demain.

Jean Canard ne répondit pas. Il entra dans les buissons du rivage et y fut bientôt caché.

Nos gens de la Tourelle arrivèrent à la porte du temple, comme les deux cloches annonçaient que le service allait commencer. Un équipage à deux chevaux sur lés harnais desquels brillait un plaqué d'argent, força Ernest de Cange et les Gattel à se garer de côté pour le laisser passer. Un monsieur et une dame en descendirent, après quoi le cocher fit tourner la voiture et suivit au pas de ses chevaux la rue du village.

— Bonjour, Gattel, dit à haute voix le nouvel arrivant, de façon à être entendu dans le temple tout ouvert. J'ai deux mots à vous dire après le culte.

Gattel fit un signe de tête affirmatif.

Le sermon du pasteur fut bon, simple et court, comme il les faut aux cultivateurs lorsqu'il fait chaud. La faculté d'écouter de longs discours sans dormir n'est pas une des qualités maîtresses de l'homme des champs, pas même de certains messieurs dont la tête fléchit très vite sous le poids d'une impitoyable somnolence.

« Là où est votre trésor, là sera aussi votre cœur. » Tel était le texte du jour. « Qu'est-ce que nous aimons, que nous estimons avant tout ? Notre cœur appartient-il aux choses périssables, ou prenons-nous le royaume

des cieux et sa justice pour notre plus grand bien ? »
tels furent les points développés par le prédicateur.
C'était dit sans phrases, avec l'accent d'une conviction
ferme et éclairée.

L'office terminé, la foule sortit du temple.

Gattel attendit à quelques pas le personnage qui avait
à lui parler, pendant que M. Moser et sa fille saluaient
Ernest et lui demandaient si Mlle Saint-Hélier pourrait les
recevoir dans l'après-midi.

— Certainement, avait répondu Ernest.

— Dites-moi, Gattel, fit à haute voix l'homme au
brillant équipage, auriez-vous une bonne vache, fraîche
du veau, à me vendre ? — Bonjour, monsieur le pasteur.

— Celui-ci passait gravement devant le monsieur
amateur de vaches, qui reprit : — Je voudrais une vache
d'un bon âge, forte laitière. En avez-vous une ?

— Oui.

— Combien donne-t-elle ?

— Vingt-quatre litres.

— Diable ! c'est beau. Mais, est-ce bien vrai ? J'irai la
voir demain. Dites-moi, demanda-t-il en baissant la voix,
quel est ce monsieur qui est entré au temple avec vous ?

— C'est notre nouveau propriétaire, M. de Cange.

— Vraiment. *Decange*, en un seul mot ?

— Non, avec la particule.

— Ah ! il n'a pas de voiture ?

— Pas pour le moment, du moins. Il est arrivé avant-
hier seulement.

— Est-il marié ?

— Non. Une dame âgée, sa tante, habite avec lui et
tient sa maison.

— À demain donc, vers dix heures.

— Si cela vous était égal, je préférerais que ce fût
entre midi et une heure. Je serai occupé au champ toute
la matinée.

— Bon, c'est ça. Demain, à une heure. Que semez-
vous ?

— Du colza.

— Oui, c'est le bon moment. Ah! voici ma voiture. Madame cause avec madame la ministre: elles sont encore dans l'église. Je vais l'appeler. Au revoir!

Ernest avait salué les Moser et était revenu vers les Gattel qui l'attendaient. La voiture passa. Son propriétaire fit une inclination de tête, à laquelle Gattel seul répondit en portant la main à son chapeau.

— À demain, à une heure, fit encore le monsieur, en se retournant à demi.

— Quel est le nom de ce personnage? demanda Ernest.

— C'est monsieur Du Terrault, le propriétaire du château des Morilles, répondit Gattel.

CHAPITRE IX

C hemin faisant, Ernest questionna son fermier sur le propriétaire du bel équipage qui le traitait si familièrement.

— Je vous ai dit, monsieur, répondit Gattel, qu'il habite le château des Morilles. C'est à une demi-heure de Collongin, dans le territoire de Bavoux. M. Du Terrault possède là une grande campagne qu'il exploite lui-même, aidé par un maître-valet. C'est un homme qui a de bonnes et belles qualités, mais qui manque assez souvent de tact, peut-être même de simple bon sens. Ainsi, vous aurez vu qu'il parlait de vaches, à haute voix, devant la porte ouverte du temple, absolument comme devant une écurie. Il cherche à se rendre utile, populaire même, et ne voit pas que les campagnards sont choqués du luxe de mauvais goût qu'il étale à leurs yeux. Il est libre, sans doute, de faire porter des galons à ses domestiques, mais il devrait comprendre que la démocratie inintelligente, — comme elle l'est en général parmi nous, — trouve cela déplaisant. Si quelques badauds l'admirent, un grand nombre de gens d'esprit étroit s'en offusquent. Pour moi, je trouve que dans un petit pays républicain cet étalage : ne sied point ; mais cela m'est parfaitement indifférent. Je vous fais part simplement d'une opinion que j'ai entendu exprimer plus d'une fois.

— Ce monsieur est-il noble, titré ?

— Je ne suis pas renseigné exactement à cet égard. Au reste, la loi ne reconnaît en Suisse aucun privilège de lieu, de famille ou de naissance. Je vends une vache de temps à autre, à M. Du Terrault, ou bien un veau à élever. Il est très riche, dit-on, et bienfaisant. Sa famille est nombreuse. L'an dernier, sachant que mon bail n'avait plus une longue durée, il m'a proposé de prendre son domaine à ferme, lorsque je serais libre de quitter la Tourelle. J'ai refusé, pour plusieurs motifs. Il paraît que M. Du Terrault ne veut plus faire cultiver ses terres *à sa main*, comme nous disons. Son intention serait, m'a-t-il dit, de se rapprocher d'une ville pour l'éducation de ses enfants.

Ainsi causant, ils cheminaient du côté de la Tourelle. Le temps continuait à être beau, très chaud même dans le milieu du jour. La huppe lançait au loin ses deux ou trois notes langoureuses. Le jeune propriétaire s'arrêta pour écouter.

— Qu'est-ce que c'est ? fit-il. On dirait que c'est un chien qui aboie et manque de voix.

— C'est le chant de la huppe.

— Et l'oiseau qu'on entend dans cet arbre, au bord du chemin ? Sa voix est d'une pureté remarquable.

— C'est une fauvette à tête noire, se hâta de dire l'aîné des garçons.

— Bien, mon petit ami. Vous êtes déjà savant, à ce que je vois.

— Oh ! non, monsieur, je ne connais pas, comme mon papa, tous les oiseaux. Voilà un loriot qui siffle au bord du ruisseau : vous entendez ?

— Oui, mon garçon.

— Le mâle du loriot est jaune, avec les ailes et la queue noires ; la femelle est verte.

— Moi, je connais les moineaux, dit la petite Lina. Je t'en montrerai chez nous.

— Lina, fit sa mère, on dit : Je vous en montrerai, monsieur.

— Je vous en montrerai, monsieur, répéta docilement l'enfant.

— Veuillez l'excuser, monsieur, dit la mère. Comme Lina nous tutoie tous, elle pense qu'elle peut en faire autant avec tout le monde.

— Laissez-la dire comme elle veut, madame Gattel.

— Avez-vous été content de la prédication ? demanda la fermière.

— Mais oui, et j'ai fait, en l'écoutant, plus d'une réflexion. On serait heureux s'il était possible d'entendre la vie de cette manière. Mais sans doute que peu de gens la prennent ainsi. Dans les grandes villes, ceux qui ont beaucoup cherchent à avoir toujours davantage.

— C'est la même chose partout, dit le fermier. Pour un qui remercie Dieu du pain quotidien et se contente de sa position, cent autres sont des ambitieux ou dés ingrats.

— Et vous, Gattel, êtes-vous un ambitieux ?

— Oui, monsieur. J'ai l'ambition de voir ma famille marcher dans la crainte de Dieu et donner ainsi lé bon exemple autour d'elle. Quant à m'enrichir, je n'en ai pas la moindre envie, mais je fais mon possible pour ne pas me ruiner et tomber dans la misère.

— Vous êtes un sage. Moi, j'ai perdu beaucoup d'argent en voulant en gagner. J'ai été souvent trompé et je me suis plus d'une fois trompé moi-même.

— Au moins, vous n'avez pas fait une mauvaise affaire en achetant la Tourelle, et j'espère que vous n'en aurez pas de regret.

Ce qu'Ernest venait d'exprimer, il ne l'aurait certainement pas dit quelques jours auparavant. Au fond, il était toujours le même, plein de regrets de n'être riche. Mais il s'était fait une légère détente en lui et l'air heureux de la famille avec laquelle il revenant du culte public, ainsi que les paroles du père, étaient beaucoup dans ce commencement d'amélioration morale.

Dans l'après-midi, M. Moser et sa fille se firent annoncer par Nanette. Ils furent immédiatement reçus avec l'amabilité toute française de Mlle Marthe. Elle s'excusa sur le désarroi encore trop visible de leur appartement : les meubles étaient vieux, usés aux angles. Ceux qu'on attendait de Paris, ainsi que le piano de Mlle Saint-Hélier, étaient encore en route.

M. Moser dit que ses meubles à lui comptaient bien des années, mais que c'étaient de vieux amis, auxquels on s'attache et qu'on n'aime pas à changer. Mlle Marthe admira la toilette simple et de bon goût d'Hélène : une robe très sobre de draperies, d'une étoffe solide, violet foncé, presque noir, l'habillait à ravir. Un chapeau noir, point surchargé de garnitures, et dont le fond, d'une hauteur moyenne, ne ressemblait pas à un pain de sucre tronqué, jetait une ombre douce et harmonieuse sur son visage. Elle se présenta d'une manière si aisée, si naturelle, que la vieille demoiselle en fut enchantée. Comment se faisait-il que cette perle se trouvât dans un village, sans être courtisée par tous les jeunes messieurs du pays, et qu'elle consentît à faire le ménage de son père, au lieu d'être elle-même à la tête d'une maison où elle n'aurait qu'à commander ? Cela étonnait fort la demoiselle française.

Les deux dames s'entretinrent assez longtemps, Hélène répondant aux questions de Mlle Saint-Hélier sur l'Allemagne et sur ses occupations actuelles, si différentes de celles qu'elle avait dans une famille princière, autrefois souveraine d'un petit état.

— Je n'aime ni l'Allemagne ni les Allemands, disait la tante d'Ernest, depuis l'horrible guerre qu'ils nous ont faite en 1870. Il paraît, mademoiselle, que la famille dont vous parlez est une rare exception, puisque les membres en sont si bons et si aimables.

— La famille de Schwarzenfels, mademoiselle, se rattache à l'Autriche. Les fils sont officiers dans l'armée de François-Joseph. Ils n'ont pas combattu contre la France en 1870.

— Dans ce cas, je les aime, vos princes. Mais les

Allemands bismarqués, je les déteste. Ils ne nous veulent que du mal.

— Je ne sais pas, mademoiselle. J'ai vu des familles bien aimables, d'un christianisme actif et bienfaisant, qui déplorent la guerre et tout ce qui risque de la provoquer de nouveau.

— C'est possible ; mais la masse de ce grand peuple sera toujours aux ordres de l'ogre qui commande à quarante millions d'hommes ; et lui, il veut la guerre.

— Nous ne savons pas ce qu'il veut.

— Oh ! que si ! il veut nous écraser à fond. Il ne se sent pas sa domination bien établie, tant que la France n'est pas morte.

En écoutant Mlle Saint-Hélier s'exprimer ainsi, M. Moser ne put s'empêcher de sourire.

— Alors êtes, à ce que je vois, mademoiselle dit-il, une bonne républicaine, une vraie patriote.

— Moi, monsieur Moser, une patriote, certainement, mais une républicaine, pour ça non ! Ils font de belles choses, nos républicains, n'est-ce pas ? Comment pensez-vous que tout ça finira ?

— Nous ne le savons pas, comme le disait il y a un instant ma fille, à propos des intentions du chancelier allemand. Mais il est sûr que la France aurait grand besoin d'un gouvernement qui pût réellement gouverner, au lieu d'être renversé tous les six mois par une majorité factice[2]. Au reste, je n'entends rien à la politique et je m'en occupe fort peu, juste pour être au courant de ce qui se passe.

— Vous faites bien, monsieur Moser. Ah ! la vilaine chose que la passion de la politique.

— Lorsque vous êtes venu chez moi hier matin, dit le régisseur à Ernest, j'ai oublié de vous remettre le double du bail de François Gattel. Le voici, ajouta-t-il, tirant un pli

---

2 - M. Moser exprimait cette opinion le 1er décembre 1887, la veille de la réunion du Congrès des chambres françaises pour nommer un président.

de sa poche. Vous verrez qu'il finit dans un an. Il faut un avertissement de part ou d'autre, six mois avant l'expiration, s'il doit être rompu ou les conditions changées.

— Bien ; je vous remercie.

— Avez-vous trouvé mes comptes exacts ?

— Je n'ai pas encore eu le temps de les examiner, mais je suis persuadé qu'ils sont justes. Une chose qui préoccupe, monsieur Moser ; et que je ne sais comment m'expliquer, c'est la réelle distinction de Gattel et de sa femme.

— Oh ! pour le mari, dit la tante, c'est un dictionnaire vivant, un vrai *Gattel* en chair et en os. Figurez-vous, monsieur Moser, qu'il sait les noms de tous les oiseaux, et une foule d'autres choses, qui n'ont pas le moindre rapport avec les occupations d'un paysan. Nous avons fait hier avec lui le tour de la campagne, et ce qu'il nous a appris en ce peu de temps est vraiment extraordinaire.

— Ce qui m'intéresse bien davantage, ajouta Ernest, c'est son sens moral, sa manière de prendre la vie. Sa femme et lui sont habitués à réfléchir ; ils ont des pensées bien supérieures à celles qu'on peut supposer aux gens de leur condition.

— Je suis heureux de vous entendre parler ainsi, mademoiselle et monsieur. Moi aussi, j'ai fait souvent les mêmes remarques. Voici ce qui vous expliquera un peu François Gattel. Jeune garçon, il était le meilleur écolier de la classe. Élevé par une mère intelligente et pieuse, il comprit de bonne heure qu'il avait mieux à faire, à vingt ans, que de se lancer dans les amusements presque toujours malsains de la jeunesse de village. Depuis qu'il avait quitté l'école, il continuait à s'instruire par de bonnes lectures. Il faut dire aussi qu'il est remarquablement doué. Son sens pratique est très développé. Dans la nature, il ne voit pas seulement des faits curieux, des choses intéressantes ; il y reconnaît surtout la main du céleste Ouvrier ; et son âme pieuse en reçoit comme un reflet lumineux, bienfaisant, qui pénètre son existence. Gattel et sa femme sont des chrétiens de fait, comme il serait à désirer qu'il y en eut un grand nombre dans nos villages.

— Mais ne sont-ils pas un peu mystiques?

— Non, monsieur. Ce qui peut vous paraître du mysticisme est simplement le sentiment de la présence de Dieu. Ah! ils sont bienheureux, ceux qui vivent ainsi sous le regard du Père céleste. Ils sont préservés des chutes que font les hommes qui se passent de Dieu et ne croient qu'à la matière périssable. Adèle Gattel est distinguée, elle aussi, par le caractère et l'intelligence. Avez-vous remarqué comme leurs enfants sont bien élevés?

— Oui; ça m'a frappée tout de suite, dit Mlle Saint-Hélier. Ils sont déjà de petits dictionnaires en herbe, et toujours polis. Mais, monsieur Moser, vous êtes toujours des sages, tous des philosophes dans ce coin de pays. Comment ça se fait-il?

— Vous avez une beaucoup trop bonne opinion de nous, mademoiselle. Attendez d'avoir vu de près nos campagnards. Vous verrez bientôt qu'ils sont fort loin d'être des Gattel. Nous avons aussi nos Jean Canard et bien d'autres, plus adonnés à l'eau-de-vie, à l'abus du vin, aux mauvaises mœurs, qu'à la lecture de bons livres et à une vie honorable.

— C'est donc partout la même chose?

— Hélas! oui, mademoiselle, avec des différences? en bien comme en mal, suivant les pays et le milieu dans laquelle sont élevées les populations. Chez nous, il y a d'excellentes institutions religieuses; nous avons les pasteurs qui travaillent au bien des paroisses; des églises indépendantes de l'État qui évangélisent tout autour d'elles; des sociétés de tempérance, qui cherchent à combattre l'ivrognerie et à ramener les buveurs à une vie en rapport avec l'Évangile. Nous avons aussi des infirmeries; des catés où l'on ne débite aucune liqueur alcoolique. Oui, grâce à Dieu, il se fait beaucoup de bien dans notre pays. Mais le mal est considérable ; l'immoralité parmi la jeunesse va croissant. Les hommes qui ressemblent à votre fermier sont une rare exception, même au point de vue des connaissances en histoire naturelle et en littérature. Moi qui le connais depuis longtemps, je suis heureux de lui rendre ce témoignage. Mais adieu, mademoiselle et monsieur, dit M. Moser en se levant, il nous faut prendre congé de vous.

Reconduits par leurs hôtes jusqu'à l'entrée de la cour, le père et sa fille reprirent le chemin de leur village.

— Eh bien, ma tante, dit Ernest après leur départ, comment trouvez-vous Mlle Moser ?

— Charmante, oui, en vérité, charmante. C'est dommage qu'elle n'ait pas 200 000 francs de dot. Mais son père est un homme supérieur, réellement très supérieur, pour un simple gérant de campagnes.

Ernest avait froncé le sourcil : les 200 000 francs évoqués par sa tante lui rappelaient les 400 000 qu'il avait perdus.

CHAPITRE X

rnest fut assez sombre le reste de ce premier dimanche passé en Suisse. Ce qu'il avait entendu à l'église le matin, sa conversation avec la famille Gattel en venant de Collongin ; puis, dans l'après-midi, la visite de M. et Mlle Moser, tout cela n'avait pas peu contribué à lui rappeler sa position actuelle. Enfin, lez mot lâché par sa tante sur les 200 000 francs qu'elle aurait souhaités à Hélène, cette parole imprudente était tombée comme un charbon ardent sur ses impressions de la journée. Si la fille du régisseur n'était pas riche, il n'y avait de la faute de personne, tandis que si, à son point de vue à lui, il était relativement pauvre, c'est qu'il s'était conduit avec un manque de bon sens et une légèreté impardonnables. Resté dans la belle position que lui avaient laissée ses parents, il aurait pu choisir aujourd'hui entre toutes les héritières du pays, ou offrir à Hélène de partager sa vie, de l'embellir par le charme dont elle était douce. Au lieu de cela, rester vieux garçon, posséder une campagne et être un ignorant en agriculture ; ne savoir à quoi s'occuper... Ah ! quelle vie ! « quelle chienne de vie ! » dit-il même une fois à haute voix en se promenant dans la cour, où il était venu comme à l'ordinaire fumer son cigare après souper.

La petite Lina, qui commençait à prendre avec lui ses libertés enfantines, vint lui dire bonsoir en courant.

Dans sa robe du dimanche, elle était vraiment très jolie. Ernest lui donna un baiser qu'elle lui rendit volontiers, puis elle lui dit :

— Tu fumes ? Pourquoi que tu fumes ? mon papa ne fume pas. Ça ne sent pas bon quand on fume.

— Veux-tu que je jette mon cigare ?

— Oh ! bien sûr que non. As-tu mal à la tête, ce soir ?

— Pourquoi me demandes-tu cela ?

— C'est que tu as l'air tout triste. Est-ce que tu sais des histoires ? Mon papa en sait beaucoup. Il m'en raconte souvent. Tu m'en raconteras bien une jolie. Sais-tu celle du petit chat qui aurait voulu avoir des ailes ?

— Non.

— Veux-tu que je te la raconte ?

— Oui, mais pas ce soir : demain.

— Lina !

C'était sa mère qui l'appelait.

— Adieu, ma petite : embrasse-moi encore une fois.

Ernest rentra chez lui, le cœur gros de larmes prêtes à jaillir, mais qu'il refoula. Les questions enfantines de la petite l'avaient impressionné étrangement. Il se sentait inférieur à cette gracieuse enfant de cinq ans ; et en même temps, il s'avouait que le tutoiement dont elle usait à son égard était pour lui d'une douceur infinie. C'est qu'au fond, malgré les défauts de son caractère et les travers de son esprit, il avait l'âme honnête, le cœur accessible aux sentiments purs et délicats. Il en aurait été tout autrement s'il avait eu le malheur de nouer des relations coupables et de vivre dans l'impureté. Il reste toujours quelque chose de cette fange à quiconque s'y est plongé.

Dans la matinée du lendemain, il s'occupa des arrangements d'un cabinet de travail, ce qui fut un bon dérivatif à ses tristes pensées. La Tourelle contenait à l'étage supérieur une petite chambre carrée, ayant une grande fenêtre et la vue sur les campagnes jusque de l'autre côté du lac. On trouva facilement ce qu'il fallait pour meubler cette pièce, de façon à ce qu'Ernest pût y écrire et y avoir ses livres. Pour deux maîtres et une servante, la maison était trop vaste. Une famille nombreuse y aurait été au large. Ernest aurait pu choisir une pièce plus confortable, ayant plus d'espace ; mais le cabinet de la tour lui plut, et il s'y arrangea sans trop savoir encore à quoi il s'y occuperait.

Après son repas de midi, comme il se rendait à la ferme pour demander un conseil à Gattel, il se trouva nez à nez avec M. Du Terrault, arrivant dans un petit break attelé de deux chevaux, comme le dimanche matin à Collongin. C'était lui qui conduisait, ayant le cocher à sa gauche, et derrière son maître-valet. Il passa le fouet et les guides au serviteur galonné, descendit lestement et vint saluer Ernest.

— Monsieur, lui dit-il avec politesse, j'ai appris que vous êtes le propriétaire de la Tourelle, — M. Éloi Du Terrault, — dit-il en présentant sa carte. En qualité de voisin de campagne, je me propose de vous faire une visite, quand j'aurai échangé quelques mots avec votre fermier au sujet d'une vache. *Je ne vous dérange pas ?*

Cette formule interrogative, qui a l'air de s'imposer, est absurde, pour ne pas dire impertinente. Comment veut-on que les gens chez lesquels on se présente vous répondent : *Mais si, vous me dérangez.* Pourquoi ne pas demander simplement : *Pouvez-vous me recevoir ?* On peut alors, sans blesser les usages, dire : *Je suis occupé ; mais veuillez entrer.* La séance ne sera pas longue, si le visiteur a compris.

Ernest répondit à M. Du Terrault :

— Nullement, monsieur ; je suis reconnaissant de votre aimable attention.

— C'est ça ! — Bonjour Gattel. (Celui-ci arrivait). Eh bien, cette vache qui donne vingt-quatre litres, où est-elle ?

— Je vais la faire sortir. Vous pourrez l'examiner ici mieux que dans l'écurie.

— J'ai besoin d'une vache pour compléter la douzaine, reprit M. Eloi du Terrault en s'adressant à Ernest. Si celle que Gattel veut vendre me convient, je l'achèterai. En général, il a de bonnes bêtes. — Haha ! la voici.

— La vache était belle, d'un manteau gris pâle, moucheté de petites taches noires. M. Du Terrault en fit le tour, leva la queue, regarda les cornes, minces et lisses, pendant que le maître-valet touchait le pis, essayait les trayons et pinçait le cuir sur les côtes.

— La vache est bien marquée, dit le domestique, elle est à son troisième veau ; d'un bon âge, par conséquent.

— C'est ce que je pense, dit le maître. Quel est le prix, Gattel ? Faites-le rond, sans forcer la note. Vous savez que je n'aime pas à marchander.

— Mon prix est 600 francs, et 5 francs pour le garçon qui soigne l'écurie.

— C'est cher, Gattel. La vache a-t-elle été élevée chez vous ?

— Oui, monsieur.

— Ça va-t-il pour 580 ?

— Vous m'avez demandé de ne pas forcer la note. Six cents francs est mon premier et mon dernier mot.

— Allons ; c'est dit. On peut l'emmener tout de suite ?

— Oui. J'irai avec le maître-valet jusqu'à Collongin, pour faire le certificat de santé. Je pense que nous trouverons l'inspecteur du bétail chez lui.

— C'est ça. Voici un billet de 500, deux de 50, et l'écu pour le garçon.

— Merci ; je reviens à l'instant.

Gattel alla serrer ses billets de banque, puis revint avec une corde neuve, qu'il passa en nœud coulant aux cornes de la vache, à laquelle il donna une pincée de sel.

— Vous irez doucement, Dominique, dit M. Du Terrault à son maître-valet.

Ernest avait assisté à ce marché. Il se disait qu'il serait incapable de vendre ou d'acheter une pièce de bétail en connaissance de cause, tandis que l'affaire avait paru toute simple à M. du Terrault et à Gattel.

Les deux hommes étaient partis avec la vache, qui, en véritable esclave, ne savait où elle allait, ni ce qu'on voulait d'elle. — Autrefois, il n'y a pas si longtemps encore ? en pays civilisé, on vendait aussi à la criée, des hommes, des femmes, des jeunes filles, des enfants, que des acheteurs impitoyables palpaient, examinaient en détail, pour se faire une idée du prix qu'ils pouvaient y mettre. Et les vendeurs faisaient ressortir les qualités de leur marchandise ! Et ces monstres se disaient chrétiens ! Oh ! la terre, notre pauvre terre de péché, en a-t-elle vu des souillures et des crimes ! Sa poussière a-t-elle été assez saturée de sang !

M. Du Terrault et Ernest de Cange s'étaient dirigés du côté de la maison.

— Je vous suis, avait dit le visiteur.

Ernest le conduisit au salon et le présenta à sa tante.

L'étranger s'assit. Comme la veille, on s'excusa sur le désarroi où l'on se trouvait, en attendant les meubles qui devaient venir de Paris.

— Quand on occupe une maison pour la première fois, dit M. Du Terrault, il y a prodigieusement à faire avant d'y être bien arrangé. Certes, je l'ai vu, quand je me suis établi au château des Morilles. Vous viendrez nous y voir, mademoiselle et monsieur, fit-il, avec un gracieux sourire. Entre voisins, entre propriétaires on est tout content de se visiter. Je suis enchanté que vous ayez fait l'acquisition de la Tourelle : c'est une bonne propriété. J'ignorais qu'elle fût en vente. Si je l'avais su, je vous aurais peut-être fait concurrence, non que j'aie besoin de terrains, ma campagne des Morilles est grande, mais dans la pensée d'établir plus tard ici un de mes fils. Gattel cultive très bien ; c'est, sans contredit, le meilleur fermier du pays. On dit que le prix de sa ferme est bas ; je ne sais si on se trompe. — Mais, n'est-ce pas, nous aurons le plaisir de vous recevoir ?

— Vous êtes bien aimable, monsieur, dit la tante.

Mon neveu se fera sans doute un plaisir de vous rendre votre visite ; pour moi, bien que j'aie encore d'assez bonnes jambes, je craindrais que la course ne fût un peu longue.

— Je vous ferai reconduire en voiture, mademoiselle ; je vous enverrai même chercher, si vous vous le permettre.

— Merci, monsieur, ce serait trop de bonté. À mon âge, on ne sort plus guère de chez soi.

— Mais M. de Cange aura sans doute un équipage. C'est en attendant qu'il ait des chevaux que je vous offre les miens. — Si vous voulez acheter une paire de bons chevaux, continua le trop obligeant visiteur en s'adressant à Ernest, je vous recommande Kog-Nostan. C'est un homme qui, bien que juif, ne trompe pas ses clients. Du moins, il ne m'a jamais trompé. Au reste, venant de Paris, vous vous connaissez en chevaux mieux que personne. Vous en avez peut-être en route ?

— Non, monsieur ; tant que Gattel sera mon fermier, je ne pense pas avoir de chevaux. D'ailleurs, je m'en passe volontiers. J'irai vous voir sur mes jambes ; ce sera pour moi une promenade agréable.

— C'est ça ! Mais vous verrez qu'il ne vous sera pas possible de vous passer de voiture. Les hivers sont parfois bien longs dans notre pays. Lorsque nous avons la neige pendant deux et trois mois consécutifs, comment sortir à pied ? C'est absolument infaisable. Et pourtant, rien que pour aller à l'église, il faut un traîneau. Ce n'est pas chez nous comme à Paris, où il suffit de lever le doigt pour voir accourir une voiture de place. Ici, mon cher monsieur, vous feriez tous les signaux des anciens télégraphes, que pas le moindre véhicule ne vous arriverait.

— Gattel a l'obligeance de nous offrir son char à bancs et son cheval, dit timidement Ernest, que la loquacité de son hôte agaçait et amusait tout à la fois.

— C'est ça ! Gattel. Oui, très bien : mais, mon cher monsieur, moi je préférerais avoir ma voiture, plutôt que de louer le char de mon fermier. Au reste, son petit cheval trotte assez bien. Et puis, il est probable que vous voudrez faire cultiver le domaine à votre main. C'est bien plus agréable. Avec un fermier, le propriétaire n'est pas complètement chez lui, ni tout à fait maître. S'il veut faire des expériences agricoles, il ne le peut pas. S'il désire, par une sélection bien entendue, améliorer la race de son bétail, il faut que ce bétail soit à lui. Vous verrez mes élèves Durham et ma porcherie. C'est splendide, tout bonnement.

— Je m'entends fort peu, ou plutôt pas du tout, à l'agriculture. J'aurai tout à apprendre à cet égard.

— C'est ça ! et c'est naturel, venant de Paris. Vous étiez dans les affaires, dans l'industrie, dans la banque peut-être ?

— Non, monsieur.

— C'est ça ! parfaitement. Nous ferons bonne connaissance, dit M. Du Terrault en se levant.

Il salua Mˡˡᵉ Marthe et sortit, accompagné par Ernest jusqu'au breack qui attendait dans la cour. Il tendit deux doigts d'une main au jeune Français, grimpa sur le siège où il prit les guides et le fouet. Saluant encore une fois d'un : « Adieu, monsieur, à bientôt, » il lança les chevaux, qui disparurent en un clin d'œil au bas de l'avenue.

— En voilà-t-il un de bavard ! dit la tante à Ernest qui rentrait. Il m'a bien agacée avec ses questions, à propos de futurs équipages. Quel manque de tact ! Dans une première visite, avant même de savoir qui nous sommes, il se mêle de nos affaires et te donne des conseils ! C'est joliment bête, à moins que ce ne soit méchant.

— Ni bête ni méchant, ma tante. Il manque simplement de tact, comme vous le disiez. Il ne faut pas lui en vouloir. Mais il m'a bien amusé avec son : C'est ça ! Il me faudra pourtant lui rendre sa visite.

— Sans doute. Mais tu refuseras la voiture pour moi. Je ne veux pas en entendre parler.

— Ni moi non plus.

— *C'est ça! parfaitement*, dit en riant la vieille demoiselle.

SECONDE PARTIE

EN ÉTÉ

CHAPITRE XI

L e mois de juin était bien près de finir, puisque le solstice d'été, qui ouvre la saison le 21, était passé depuis trois jours. Il ne restait plus qu'une semaine avant d'entrer en juillet. Les campagnes avaient pris l'air dé vie solide qu'elles n'ont pas en mai, alors que la végétation est plus tendre, plus délicate, et que les gelées sont encore à redouter. Dans la contrée dont nous nous occupons, on faisait les foins. Les effeuilleuses travaillaient aux vignes ; les bois croissaient dans leur solitude, que la présence des bûcherons ne venait plus animer par le retentissement de la hache, le bruit des chariots et des chevaux. Les oiseaux y élevaient leurs nichées ; les petits renards, sortant de leurs terriers, s'ébattaient à l'ombre ou au soleil. En bas, dans plaine, les oiseaux, sauf les loriots amateurs de cerises, ne chantaient plus guère. La neige était fondue, même dans les combes froides du Jura ; et les ruisseaux qu'elles alimentent en mai n'avaient plus que de minces filets d'eau, sautillant de pierre en pierre. La chaleur était peu à peu devenue intense. C'est alors que, dès le matin, le soleil est bien le roi du jour.

Mlle Saint-Hélier et son neveu étaient à la Tourelle depuis cinq semaines. Tout à fait acclimatée, la tante continuait à accepter de bon cœur le milieu solitaire où elle se trouvait. Chez Ernest de Cange, il s'était fait un profond changement moral. Mais ce nouvel état psychologique ne s'était pas produit sans secousse, ni sans combats. La disposition au mécontentement, à une tristesse que de nombreux souvenirs ravivaient sans cesse dans l'âme du jeune homme, n'avait pas fait place à une acceptation plus sincère de la vie sans lui arracher de nombreux soupirs. Mais enfin, le changement dont je parle avait eu lieu, et l'on pouvait espérer qu'il s'accentuerait de jour en jour et deviendrait l'hôte habituel du propriétaire de la Tourelle. Quelle en avait été la cause? Comment cela était-il venu? D'une manière bien simple en apparence, mais, au fond, bien étonnante. Je vais essayer de le raconter.

Presque tous les soirs, lorsque, assis sur le banc de la cour, Ernest regardait d'un air distrait ou soucieux ce qui l'entourait, le ciel lointain, ou le Jura sur lequel s'étendait une teinte violette, la petite Lina accourait bientôt à lui, sautait sur ses genoux, et lui faisait toutes sortes de questions auxquelles notre jeune homme ne savait parfois que répondre. — Un soir qu'elle le voyait encore plus triste qu'à l'ordinaire, elle lui passa ses petits bras autour du cou et lui dit de sa voix la plus caline:

— Qu'est-ce que tu as donc, monsieur? Es-tu malade?

— Non; j'ai des chagrins.

— Il faut me les raconter, fit-elle en caressant les joues d'Ernest avec ses mains.

— Tu ne les comprendrais pas.

— C'est que je prierais le bon Dieu de te les ôter.

— Vraiment! Et comment dirais-tu?

— Je dirais au bon Dieu, avant de me coucher: Ôte les chagrins au monsieur, afin qu'il ne soit plus triste. Et bien sûr qu'il te les ôterait.

— Est-ce que tu connais le bon Dieu?

— Papa nous a dit que le bon Dieu connaît tout le monde, qu'il sait tout ce qu'on dit et tout ce qu'on fait. C'est aussi le bon Dieu qui nous donne tout ce qu'on a.

Est-ce que tu ne sais pas tout ça, toi qui es grand ? Tu sais lire, comme papa, et tu sais prier, n'est-ce pas ?

Ernest ne put répondre. La prière, depuis bien des années, lui était étrangère. En rentrant, il monta dans son cabinet, et là, se jetant à genoux, il murmura quelques mots entrecoupés, demandant au Dieu qu'il avait oublié depuis si longtemps le pardon de ses fautes et la foi qui lui manquait. À dater de ce jour, et insensiblement, ses pensées prirent une autre direction. Il sentait qu'il commençait à être dans le vrai et qu'il entrait dans une autre phase de vie. Un petit enfant avait eu la puissance d'amollir ce cœur d'homme devenu sec et dur. C'est ainsi que l'Esprit de Dieu agit parfois, sans qu'on puisse expliquer comment il pénètre l'âme.

Dès lors, Ernest s'intéressa aux travaux exécutés dans son domaine. On le vit, plus d'une fois, conduire au pré le char attelé du cheval et le ramener à la ferme avec le foin dont l'air était embaumé. De cette manière il se rendait utile à Gattel, qui n'avait pas été le dernier à remarquer le changement heureux qui se faisait dans les dispositions morales de son propriétaire. Mais il se gardait bien de faire jamais allusion à ce sujet ; il avait trop de tact pour cela, et au reste ignorait lui-même que sa petite Lina eût été l'instrument de ce changement. Plus perspicace, la mère avait compris une partie au moins de l'influence exercée par l'enfant. Mais, en femme prudente, elle se gardait bien d'en parler.

Le 24 juin, jour de la fête de saint Jean-Baptiste, François Gattel fit demander un entretien à son propriétaire. Celui-ci le reçut dans le cabinet de la Tourelle, où le fermier n'était pas encore entré. C'était le soir.

— Je ne dérange pas monsieur en ce moment ? demanda-t-il.

— Pas le moins du monde. Asseyez-vous.

— Merci. Monsieur a bien fait de prendre cette chambre pour son cabinet de travail. La vue en est reposante. On doit y être bien pour écrire.

Lorsque Gattel s'adressait *au propriétaire*, il lui parlait à la troisième personne ; mais s'il s'entretenait avec lui d'homme à homme, d'égal à égal par conséquent, il abandonnait la formule de politesse obligée d'un inférieur envers le maître.

— Je suis venu, continua le fermier, pour payer le semestre échu aujourd'hui. Voici 1200 francs pour les six premiers mois de l'année. Je n'ai pu me procurer que 600 francs en or ; les 600 autres sont en billets de banque. En été, lorsque les étrangers arrivent en Suisse, l'or est plus recherché et par conséquent plus rare.

Ernest compta les billets et les pièces d'or.

— C'est juste, dit-il. Je vais vous donner quittance.

— Maintenant, reprit Gattel, quand il eut serré le reçu dans son portefeuille, je désire savoir si je puis compter sur la continuation du bail aux mêmes conditions, ou si monsieur a l'intention d'y faire des changements. Le bail n'a plus que six mois à courir ; il faut donc être au clair sur cette question.

— Oui ; j'avais aussi l'intention de vous en parler et si vous avez le temps, nous allons en causer.

— Je suis tout à vos ordres.

— Eh bien, lorsque je suis arrivé ici, il me semblait que le prix de la ferme était trop bas. Je crois même vous l'avoir donné à entendre. Aujourd'hui, je connais peut-être mieux, c'est-a-dire moins mal, la situation, et ce qu'un domaine comme le mien peut produire. Toutefois, je ne me crois point capable d'en juger en pleine connaissance de cause. C'est pourquoi je ne vous propose aucune augmentation. Restons dans le *statu quo*. Cela vous convient-il ?

— Oui, monsieur. Nous pouvons continuer sur pied actuel pour trois nouvelles années. Si le prix de la ferme avait été augmenté, j'aurais dû m'en aller la fin du bail, ce qui nous aurait fait de la peine, à ma femme et à moi. Nous sommes donc d'accord ?

— C'est une chose entendue, sauf, cela va sans dire,

les cas de force majeure, pour vous ou pour moi. Mais
j'ai autre chose encore à vous dire, puisque vous avez
le temps de m'écouter. Peut-être avez-vous remarqué,
depuis quelques semaines, un changement dans mes
dispositions habituelles...

— Oui, monsieur, et nous en sommes très heureux! Je
ne puis vous dire le soulagement que j'ai éprouvé à
vous voir prendre intérêt à nos occupations, et vous
trouver plus serein, acceptant la vie sans amertume.
Pardonnez-moi, si j'ose vous dire cela, mais la confiance
dont vous m'honorez en ce moment attire la mienne,
vous le voyez bien. Je vous en suis reconnaissant.

— Oui, je me sens, je n'ose dire encore plus heureux,
mais certainement moins malheureux. Et savez-vous à
qui je dois cela?

— Non, monsieur; mais je crois que a «tout don vient
d'en haut et descend du Père des lumières» ainsi que
nous le dit la sainte Écriture.

— Sans doute. Et pourtant, c'est aussi à une enfant, à
votre chère petite Lina, que je dois cette amélioration.
C'est elle, qui par ses questions et ses remarques m'a
en quelque sorte transformé. Il y a dans la foi d'un
enfant une puissance irrésistible.

En écoutant cet homme de trente ans parler avec une
telle humilité, Gattel se sentit ému jusqu'au fond du
cœur: Sans pouvoir répondre un mot, il prit une main
d'Ernest et la serra dans les siennes. C'était comme un
amen véritable à ce qu'il venait d'entendre.

— Ce n'est pas tout, reprit le maître. J'ai encore ù une
confession à vous faire, et ce que je vais vous dire vous
prouvera ma confiance en vous. Il est probable que
vous me croyez riche, puisque j'ai acheté et payé
comptant un domaine de 100 000 francs. Eh bien, il
n'en est rien. Oui, j'ai été riche, très riche même il y a
cinq ans. Les 500 000 francs que je venais d'hériter de
mes parents faisaient de moi un jeune homme dont la
position dans votre pays eût été brillante. L'ambition de

doubler cette fortune en me livrant à des spéculations dans lesquelles j'ai d'abord été entraîné et où je me suis plus tard jeté en insensé, m'a conduit à deux pas d'une ruine complète. En cinq années, j'ai perdu 400 000 francs. Il me reste uniquement cette campagne. C'est ma tante qui m'a suggéré l'idée d'acheter ceci, offrant d'y venir vivre avec moi et d'employer son modeste revenu pour les dépenses de notre ménage. Telle est notre position. Or, s'il arrivait a que, par des circonstances qu'on ne peut prévoir, ma tante perdît ce qu'elle possède, ce n'est pas avec la rente de la ferme que nous pourrions vivre. Voilà ce qui me tourmentait lorsque nous sommes arrivés. J'en avais l'âme assombrie et comme empoisonnée. — Je désire donc, vous le comprenez, que la propriété rende tout ce qu'il est possible, entre les mains d'un fermier consciencieux comme vous l'êtes. La faire valoir moi-même est une chose à laquelle je ne dois pas songer. Je m'en reconnais incapable. C'est parce que je vous tiens pour un parfait honnête homme que j'ai voulu mettre sous vos yeux ma situation réelle. Je n'ai pas besoin de vous recommander le secret ; je sais que vous ne parlerez à personne de ce que je viens de vous raconter.

— Pas même à ma femme, si vous ne m'en donnez pas l'autorisation.

— Au contraire, je tiens à ce qu'elle le sache. À vous deux, vous pourrez m'être encore plus utiles ; d'ailleurs il me semble qu'il n'est pas bien que des époux aient des secrets à garder l'un vis-à-vis de l'autre. J'espère que vous m'aiderez de votre expérience, je dirai aussi de votre affection. Il faut que je me mette à quelque chose d'utile, soit de la tête, soit des bras. Mais à quoi ? Je n'en sais rien encore. J'ai besoin d'activité. Ne craignez pas de m'appeler, lorsque je pourrai vous aider dans vos occupations, sans être en contact direct avec vos domestiques. Je désire m'instruire de ce que je puis encore apprendre.

— Monsieur, dit François Gattel, lorsque son jeune maître eut cessé de parler, je suis trop profondément touché par ce que je viens d'entendre pour y répondre longuement. Mais croyez que je vous suis attaché par une affection sincère. Votre situation, qui vous paraît bien modeste aujourd'hui, en comparaison de ce qu'elle a été autrefois, serait pour moi une grande opulence. Posséder une campagne de 100 000 francs et n'avoir pas de dettes, je me croirais un grand seigneur. Tout est relatif, je le sais ; et je me trouve déjà fort bien partagé, je vous assure, avec notre maison à Collongin et nos cinq ou six arpents de terrain. J'ai, à la Vérité, des trésors qui valent mieux que des millions : ma femme et mes enfants, voilà ma plus grande fortune. Quant à la vôtre, cher monsieur, elle n'est pas encore si petite, et vous finirez par en juger ainsi, j'en suis persuadé. Si l'agriculture se relève de la crise qu'elle traverse depuis longtemps déjà, et que les années deviennent meilleures, j'augmenterai de moi-même le prix de la ferme. Je vous soumettrai mes comptes, très volontiers. Actuellement, il me serait impossible, sans être en perte, de payer plus que les 2400 francs inscrits dans le bail. Certes, en venant régler aujourd'hui le premier semestre, j'étais loin de m'attendre ce que vous avez bien voulu me confier. Heureux encore êtes-vous d'avoir échappé au gouffre où les millions s'engloutissent beaucoup plus qu'ils ne profitent aux spéculateurs. Genève et Lyon en savent aussi quelque chose depuis le fameux krach qui ruina tant de gens et appauvrit tant de familles autrefois dans l'aisance. La passion d'un gain rapide obtenu sans travail, aveugle les personnes qui s'en laissent dominer. On a vu des hommes dont la vie s'emploie en œuvres chrétiennes ou philanthropiques céder à l'appât de gros intérêts, et confier de fortes sommes à des entreprises dont l'écrasement ne tardait pas à se produire. Je crois que vous avez fait une bonne acquisition en achetant la Tourelle. Elle n'est pas trop chère, tant s'en faut. Si vous comptez ce que peut valoir votre appartement, vous arrivez à un revenu net du 3 %. Le taux de l'intérêt de l'argent baissant partout, peut-être les terres prendront-elles de la valeur et seront-elles recherchées par ce simple fait, comme par celui de la solidité du placement.

Gattel se leva. Le propriétaire et le fermier se donnèrent une cordiale poignée de main, puis ils se séparèrent.

CHAPITRE XII

Ernest n'eut pas à regretter d'avoir parlé à cœur ouvert à son fermier. Il se sentait soulagé du poids qui l'oppressait, et il avait l'assurance d'un bon appui dans le caractère affectueux de Gattel. Sa tante aussi était tout heureuse de voir qu'il prenait maintenant la vie avec calme, sans amertume à l'endroit de sa position actuelle ; et elle se félicitait de l'avoir engagé à quitter le milieu malsain où il s'était trouvé à Paris. — Il continua de s'intéresser aux travaux de Gattel et de lui rendre de petits services, lorsque l'occasion se présentait. En tout, il respirait un autre air, aussi bien moral que physique, et sa double santé s'en trouvait bien. Les meubles de Paris étaient arrivés, et disposés de la meilleure manière.

Ce n'était pas brillant, mais de bon goût. Le piano de Mlle Marthe se faisait entendre au loin quand la fenêtre était ouverte ; il arrivait parfois que la bonne tante chantait quelque vieille romance, si elle se sentait en gaieté. C'est ainsi qu'un jour Ernest étant venu s'asseoir sur son banc favori, et Lina grimpant sur ses genoux, une phrase sonore retentit jusqu'à eux :

Guastibelza, l'homme à la carabine,
Chantait ainsi :
« Quelqu'un a-t-il connu dona Sabine ?
Quelqu'un d'ici[3] ? » etc.

---

3 - Victor Hugo.

— Oh! que c'est drôle! dit la petite. La dame qui chante avec sa musique! Toi, monsieur, tu ne chantes pas?

— Non.

— Pourquoi que tu chantes pas? Mon papa et ma maman avec les frères chantent des cantiques le dimanche. En sais-tu, toi, des cantiques?

— Non.

— Tu ne sais pas: Jésus est notre ami suprême?

— Non.

— Il faut l'apprendre. Moi, je sais:

Paissez, petits agneaux,
En liberté, mangez l'herbette

Veux-tu que je te le chante?

— Pas ce soir. Demain.

— Eh bien, oui, demain. Parce qu'à présent tu n'as plus de chagrins. Adieu, monsieur. Papa m'appelle.

Ernest n'avait pas encore rendu visite à M. Du Terrault. Vraiment cela ne lui aurait pas été possible, tant qu'il avait broyé du noir. Maintenant il se sentait mieux disposé pour affronter une nouvelle conversation avec le propriétaire du château des Morilles. Il se fit expliquer par Gattel le chemin à suivre, et, un après-midi, vers les quatre heures, il se mit en route, seul, à pied. Le fermier lui avait offert de le conduire en char, mais il avait refusé, n'étant pas fâché de marcher et voulant arriver pédestrement chez son riche voisin.

Ernest jouit beaucoup de cette promenade solitaire. Dans ses nouvelles dispositions morales, la nature lui paraissait nouvelle aussi. Les choses insignifiantes autrefois à ses yeux prenaient un aspect animé. C'était comme une révélation pour son esprit naturellement observateur. Qu'il fait bon cheminer ainsi, les yeux de l'esprit ouverts aussi bien que ceux du corps! Et comme la nature paraît plus belle, plus souriante l'homme dont l'âme a des aspirations élevées! Qu'est-ce que le maté-

rialiste peut admirer, lui qui ne voit dans ce qui l'entoure
que le développement de molécules, associées pour
former une chose destinée à disparaître en se transfor-
mant? La matière toute seule ne peut pas encourager à
vivre, parce qu'elle est périssable, comme la poussière
dont elle est composée. Mais si vous y reconnaissez la
main de l'Ouvrier Céleste, vous vous direz que l'insecte
joyeux dans l'herbe, l'oiseau dont le chant réjouit vos
oreilles, tout ce que vous voyez et entendez vient d'une
cause intelligent, incompréhensible si l'on veut, mais
vivante et éternelle. Votre âme alors se sent unie à
l'Auteur de votre existence, et vous sentez que vous
êtes aussi de la race de Dieu. Il y a des jouissances infi-
nies à considérer la nature avec de telles convictions.
Nous nous rappelons alors avec bonheur les paroles
pleines d'une divine poésie, dans lesquelles Jésus
disait : « Considérez les lis des champs ; ils ne travaillent
ni ne filent, et cependant je vous dis que Salomon
même, dans toute sa gloire, n'a point été vêtu comme
l'un d'eux. Que si Dieu revêt ainsi l'herbe des champs,
combien mieux ne vous vêtira-t-il pas ? — Nous sentons
que nous avons un Père céleste, un Ami tout-puissant,
dans Celui de qui nous avons tout reçu.

Dans cette promenade solitaire et silencieuse, quand,
par moment, l'esprit d'Ernest s'ouvrait à de telles
pensées, il lui semblait qu'il serait capable de les écrire
et de dépeindre ce qui frappait ses regards. Nous
avons dit qu'il avait fait de bonnes études classiques,
et passé le baccalauréat ès lettres et ès sciences. Dès
lors, il avait suivi quelques cours à Paris, mais sans
pousser ses études jusqu'à obtenir la licence et le
doctorat. Autrefois, il écrivait facilement ; il avait
même gagné des prix dans des concours généraux
académiques ; mais depuis l'émancipation dont il avait
fait un si piteux usage, il n'avait plus rien essayé de
semblable. Excepté des ordres d'achat et de vente, sa
plume n'avait plus rien tracé. Demeuré seul, livré à lui-

même, ambitieux d'argent parce qu'il en avait déjà beaucoup, sa route avait été faussée, et l'on sait où elle l'avait conduit. Aujourd'hui, elle reprenait une direction nouvelle et meilleure. Il n'avait qu'à la suivre, et il arriverait certainement à bon port.

Le château des Morilles, propriété de M. Du Terrault depuis dix ans seulement, est situé sur un plateau peu élevé, mais dont la vue est pourtant d'une assez grande étendue, comme c'est le cas de presque toutes les localités de la plaine vaudoise, lorsque des bois ou des collines ne masquent ni le lac ni les Alpes.

Dans la campagne en question, la terre est argileuse, blanchâtre, se coagulant quand elle est humide et durcissant à l'action du soleil. Elle exige des cultures profondes, souvent répétées ; il lui faut des engrais chauds plutôt qu'onctueux. Sur des pentes exposées au midi, la vigne produit un vin dur la première année, mais qui a de la force et s'adoucit en vieillissant. Il y a des prairies naturelles, qui descendent jusqu'à un ruisseau passablement encaissé. Un bois occupe une vingtaine d'arpents dans le haut du domaine. Somme toute, la position est belle, mais les terrains sont plutôt pauvres que riches. La nature en est froide, un peu ingrate. Elle manque de grâce dans les mouvements du sol, comme dans sa végétation. Les arbres y prennent des formes raides ; les noyers, qui aiment la chaleur dans un sol facilement perméable aux racines, y restent chétifs ; en revanche, les chênes y deviennent superbes.

Placés sur une légère élévation, les bâtiments anciens, mais sans caractère qui rappelle une époque précise, sont dans un état parfait de conservation. Tout y est soigné, tiré à quatre épingles, au dedans comme au dehors ; M. Du Terrault n'y ménage pas l'argent, et il fait bien, puisqu'il le peut.

Il se trouvait justement devant sa maison, et causait avec Dominique, son maître-valet, lorsque Ernest arriva dans la vaste cour.

— Eh, cher voisin, quel plaisir de vous voir ! s'écriât-il en tendant deux doigts de la main droite au visiteur, dont la chaussure était fort poudreuse. Comment donc ! Vous êtes à pied ?

— Oui, monsieur. Il me tardait de vous remercier de votre aimable visite.

— Mais vous auriez dû, mon cher monsieur, m'adresser un télégramme ; je vous aurais fait chercher dans ma voiture, ainsi que Mlle de *Saint-Bélier*.

— Ma tante n'aurait pu m'accompagner, monsieur ; elle vous envoie ses compliments.

— Allons : ce sera pour une autre fois. — Dominique, dit-il au domestique, attelez *Jaquin*, et allez avertir le vétérinaire.

— Oui, monsieur. Faut-il qu'il vienne avec moi ?

— Sans doute. — Entrons, je vous prie, dit-il à Ernest. Et ça va toujours bien à la Tourelle ?

— Oui, très bien.

— C'est ça ! Gattel a-t-il rentré ses foins ?

— Il a fini hier.

— Moi aussi, j'ai fini.

— Que puis-je vous offrir ? du vin ou de la bière ?

— Merci ; je ne prendrai rien.

— Mais vous restez à souper avec moi ? Je suis seul, Madame et les enfants sont à la montagne, pour changer d'air. Nous soupons à sept heures : vous restez ?

— Non, monsieur ; je ne le puis ; ma tante serait inquiète ; elle m'attendrait.

M. Du Terrault tira le cordon d'une sonnette. Un domestique en petite tenue de service, jaquette verte et gilet rouge, arriva aussitôt.

— Apportez des rafraîchissements ; de la bière et du vin, dit le maître.

Le domestique reparut bientôt, portant sur un plateau d'argent plusieurs flacons de cristal, une bouteille de bière et des biscuits.

— Choisissez, cher monsieur. Voici du Marsala, race

pure ; du Bordeaux qui m'a été vendu par le plus aimable Gascon de toute la terre, et de la bière de Munich, authentique.

— Je vous assure que je n'ai besoin de rien ; mais pour ne pas vous refuser, je prendrai un verre de bière.

— C'est ça ! — Servez monsieur, dit-il au domestique.

— Je vous avais, mon cher monsieur, continua l'hôte aimable, promis de vous montrer mes vaches et mes cochons. Eh bien, ce n'est pas possible. Mes étables sont affligées de la surlangue, depuis hier. Voilà pourquoi je fais chercher le vétérinaire. Mon bétail va être séquestré pour six semaines. Jugez comme c'est amusant. Oui, j'ai eu la malheureuse idée de me laisser tenter par une superbe génisse qui avait déjà le microbe de la maladie, et me voilà infesté par elle. Vous direz bien à Gattel que vous n'êtes pas entré vers mes bêtes, car la contagion se transporte facilement, dit-on. Les siennes vont-elles bien ?

— Oui, au moins je ne sache pas qu'aucune pièce de son bétail soit malade.

— Ma foi, je l'en félicite. Vous lui direz que je suis très content de la vache qu'il m'a vendue. Elle donne encore ses vingt-quatre litres par jour. Mais sans doute qu'elle sera prise aussi par cette maudite surlangue. À propos, vous n'avez pas encore acheté de chevaux, puisque vous êtes venu à pied ?

— Je n'ai pas du tout l'intention d'en acheter. Je ne suis pas assez riche pour me donner un équipage.

— Allons donc ! vous plaisantez. Qu'est-ce que ça coûte ? Deux chevaux et deux voitures, mettons 6000 fr. de capital ; le cocher et le fourrage 1000 fr. par an : la belle affaire ! Vous avez le foin. Par exemple, il faut de l'avoine. La nourriture de l'homme ne se compte pas. C'est donc une bagatelle, en fin de compte.

— Pour vous peut-être, monsieur ; mais pour moi ce serait un luxe que je ne veux ni ne peux m'accorder. Nous vivrons bien simplement, ma tante et moi.

— Oui, c'est ça! peut-être en êtes-vous plus heureux. Pour ce qui me concerne, j'ai un trop grand train de campagne sur les bras. Cent cinquante arpents, pensez donc. Je finirai, je crois, par mettre mon domaine à ferme. Mais avec un fermier, c'est parfois le diantre, surtout s'il ne paie pas. Est-ce que Gattel paie? Vous pouvez bien me dire cela sans vous compromettre.

— Oui, il paie très exactement, à l'échéance.

— Je vous en fais mon compliment, et à lui de même. S'il quittait votre ferme, je lui remettrais mon domaine, bien volontiers. Reste-t-il avec vous?

— Oui, nous avons confirmé le bail pour trois ans.

— Parfaitement. C'est ça! À propos: si vous avez des réparations à faire dans vos bâtiments, je vous recommande l'entrepreneur Merlioudet. Il fait très vite et bien, et n'est pas plus cher qu'un autre. Vous n'avez pas l'idée d'ajouter un étage à votre maison? Ça relèverait la façade et la toiture. Vous pourriez avoir aussi des mansardes.

— Non, vraiment. Nous avons de la place de reste. Il n'en faut pas beaucoup pour loger trois personnes.

— Mais, cher voisin, à votre âge, on se marie; on a femme et enfants; il faut des filles de chambre, des bonnes, des gouvernantes. C'est alors que la place manque. J'ai vu cela ici, et c'est ce qui m'a décidé à construire une aile il y a quelques années. Cette adjonction entrait, du reste, dans le plan primitif du château.

— Je comprends; mais moi je suis un vieux garçon fort loin de penser au mariage.

— Vous avez tort, mon cher. Il faut se marier dans ce monde. Vous savez que dans l'autre on ne prendra pas de femme. Mlle de Saint-Bélier ne vivra pas toujours; alors, quand elle sera partie, vous serez seul. Croyez-moi; mariez-vous. Il ne manque pas d'héritières dans la contrée. Vous n'avez qu'à choisir.

— Merci du conseil. Mais Mlle Saint-Hélier, ma tante, est plus robuste que moi, et me survivra très probablement.

— C'est donc *Saint-Hélier*: mille pardons. J'avais cru entendre *Saint-Belier.* C'est un très joli nom même sans particule. Le vôtre, *de Cange,* ça sonne bien. Vous voulez déjà partir? Qu'est-ce qui vous presse? Dommage que vous ne restiez pas à souper avec moi, qui suis seul aujourd'hui. Nous aurions joliment causé à table.

— Ce sera pour une autre fois. Permettez que vous dise adieu.

— C'est ça. Quand Mme Du Terrault et les enfants seront de retour, je vous les conduirai un soir.

— Nous en serons charmés, ma tante et moi.

— À propos, Kog-Nostan est-il allé vous voir?

— Non.

— Je lui avais dit que vous auriez sans doute besoin de chevaux.

M. Du Terrault reconduisit son visiteur à quelques pas de la maison. Là il rencontra le vétérinaire amené par Dominique.

CHAPITRE XIII

ien qu'Ernest revînt de sa visite à M. Du Terrault avec la pensée qu'il ne voudrait pas être riche à la condition de parler et d'agir comme le maître du château des Morilles, il ne faudrait pas croire qu'il fût tout à fait réconcilié avec sa position actuelle. La certitude d'avoir amené par sa faute l'état relativement précaire dans lequel il se trouvait, lui était encore parfois bien pénible. Il est dur déjà d'être appauvri par des gens qui se trompent dans leurs calculs, ou qui vous trompent, mais bien plus dur encore, si nous-mêmes sommes les auteurs de notre ruine, car dans ce dernier cas, qui était bien celui d'Ernest, la conscience a des reproches à nous adresser. Ernest s'en faisait encore souvent. Malgré le sentiment nouveau qui commençait à pénétrer son esprit et son âme, sentiment qui était un progrès moral et pratique, il ne pouvait s'empêcher de faire des retours sur le passé et de regretter amèrement ses imprudences. Il se demandait maintenant à quoi il devait employer l'activité dont il se sentait doué. Que faire ? se disait-il. Qu'entreprendre ? Étant propriétaire, je ne peux pas solliciter une place d'employé dans un bureau, encore moins renouer des affaires, puisque je suis sans capitaux disponibles, et que d'ailleurs l'expérience m'a trop bien appris que je n'aurais jamais dû m'en mêler. Vivoter en fainéant me serait odieux. Je me

ferais honte à moi-même. À quoi donc se vouer ? Ah !
je paie cher aujourd'hui mes folies d'autrefois. »

Telles étaient quelques-unes des réflexions du jeune
étranger.

François Gattel, qui l'avait pris à gré depuis leur
entretien dans le cabinet de la Tourelle, et qui vérita-
blement l'aimait, vint à son secours. Un dimanche,
comme ils avaient été ensemble à l'église, et qu'ils
causaient de la nécessité du travail pour tout homme,
quelle que soit sa condition :

— Je comprends très bien, monsieur, dit le premier,
que l'inaction vous pèse. Il est clair que les services que
vous me rendez dans les travaux de la ferme ne peuvent
suffire à votre activité. Il vous faut trouver autre chose,
tout en continuant à me donner un coup de main de
temps en temps, lorsque cela pourra vous être agréable.
Étranger dans notre pays, vous ne pourriez viser à des
fonctions publiques qui, sauf des cas tout particuliers,
ne sont confiées qu'à des nationaux disposés à soutenir
la politique gouvernementale. Vous ne voulez, je le
crois, ni devenir un radical dans ce sens là, ni demander
la naturalisation vaudoise ?

— Non certainement, répondit Ernest.

— Eh bien, pourquoi ne vous mettriez-vous pas à des
études qui occuperaient vos matinées et vous procure-
raient tout de suite de vives jouissances, en attendant
qu'elles aient un résultat pratique ? Moi, j'aurais eu la
passion de m'instruire ; au lieu d'étudier, il m'a fallu tenir
les manches de la charrue et faucher l'herbe pour mon
bétail. Le peu que je sais en histoire naturelle, je l'ai
appris, en quelque sorte, à la dérobée, ou bien en
examinant les œuvres de Dieu dans les champs. Le
temps, les loisirs, les livres aussi, m'ont toujours
manqué. Ces loisirs, vous les avez, monsieur, et les
livres vous les avez aussi ou pouvez les avoir. Vous êtes
frappé, me dites-vous, de la distinction très réelle de
Mlle Moser : eh bien, c'est en travaillant elle-même, au

retour de la pension où elle n'avait passé que deux ans,
qu'elle a fini par acquérir l'instruction qu'elle possède.
C'est un bel exemple pour quiconque veut bien employer
le temps de la jeunesse.

— Oui, répondit Ernest, qui, en ce moment, était
plutôt le disciple que le directeur, oui, vous avez raison.
J'ai déjà pensé à cela, et je crois que je suivrai votre
avis dès demain. J'écrirai à Paris pour avoir des livres ;
je m'abonnerai aux revues que je n'ai pas encore. Je
vous prêterai ce qui pourra vous intéresser.

— Merci, monsieur ; j'accepte avec reconnaissance.
Mais qu'avez-vous besoin de faire venir des livres de
Paris ? Vous trouverez tout ce que vous voudrez chez les
libraires à Lausanne, et ils vous abonneront aux journaux que vous désirez. En fait de revues, nous avons la
Bibliothèque universelle qui se publie à Lausanne et
jouit, même à l'étranger, d'une réputation incontestée.
J'en ai quelques numéros que Mlle Moser me prête ; vous
pourrez y jeter un coup d'œil. On peut aussi prendre une
part d'abonnement à la *Revue des Deux-Mondes*, que
vous connaissez sans doute mieux que moi et où l'on
trouve des travaux littéraires ou scientifiques bien
remarquables, à côté de fort vilains romans, qu'on n'est
pas tenu de lire, heureusement, et que les jeunes gens
ne devraient jamais parcourir.

— Plus je vous connais, dit Ernest, et plus je suis
étonné de tout ce que vous avez trouvé le moyen d'apprendre. Vous pouvez remercier Dieu de n'avoir pas fait
fausse route comme tant d'autres.

— Oui, je lui rends grâce chaque jour de m'avoir
gardé ; mais je sens bien que je ne suis qu'un ignorant.
Dès que je lis un article bien fait, dont le style me
charme, je sens que ma place est au bas, tout au bas de
l'échelle des hommes intelligents. Si j'avais reçu les
dons et les talents que je reconnais chez les autres, je
serais probablement devenu très orgueilleux. Je ne le
suis déjà que trop, pour le peu que j'ai appris.

En écoutant parler cet homme des champs, ce simple fermier, Ernest éprouvait pour lui un respect involontaire qu'il était fort loin d'avoir lorsqu'ils firent ensemble le tour de la campagne, le lendemain de son arrivée. Aujourd'hui, Ernest ne le traitait plus de mystique ; c'était, à ses yeux, un homme, et non un rêveur affolé de théologie. Nous avons déjà dit que de tels cultivateurs sont rares ; peut-être est-il nécessaire de le répéter encore.

— Nous avons dans le pays, disait aussi Gattel, des fils de familles riches qui perdent leur temps en futilités, quand ils ne l'emploient pas au mal. Il en est qui ne font que flâner d'un lieu à l'autre, d'entrer dans les cafés et les brasseries, de chasser en automne, au lieu de travailler à leur développement intellectuel et moral. C'était le cas du fils de notre précédent propriétaire, et c'est ce qui a décidé son père à vendre la campagne. Le jeune homme devenait ivrogne et paresseux, joueur même. Il finira mal s'il continue à suivre le chemin qu'il a pris.

Ce dimanche-là était un beau jour de juillet. Les prés fauchés en juin reprenaient le vert ; les blés, se tenaient encore droits, et les épis formaient leur grain, dont le suc laiteux commençait à durcir. Encore deux semaines de bonne chaleur, et la moisson viendrait à point, bien nourrie et abondante. Ernest apporterait alors son concours à Gattel, pour conduire le cheval aux champs et amener dans la grange les belles gerbes de froment.

À l'église, ils avaient vu un petit monsieur poudré blanc à l'ancienne mode, lequel arriva comme la prédication était déjà commencée. Cet auditeur d'une espèce particulière paraissait écouter avec beaucoup d'attention, mais il ne tardait pas à sommeiller tranquillement, jusqu'au mot *amen*, prononcé à la fin du discours. Le petit monsieur s'essuyait alors le visage, se levait pour la dernière prière, mettait une pièce de 4 sous dans le tronc des pauvres et s'en retournait chez lui dans un char de côté, attelé d'un vieux cheval blanc, conduit par un domestique. Il habitait une assez grande campagne plate, où il avait un troupeau de moutons qu'il faisait paître dans ses champs et dans ceux de voisins dont les récoltes étaient enlevées et qui, comme les siens, étaient restés sans culture depuis quelque temps. M. Bellecour, — c'était son nom, — vint à la Tourelle dans son même char de côté, le dimanche dont nous parlons.

— C'était dans l'après-midi, vers les quatre heures. Grâce à ses cheveux poudrés et à une allure encore assez vive, on aurait pu supposer M. Bellecour beaucoup moins âgé qu'il ne l'était réellement. Mais il avait bien soixante-dix ans. Toujours vêtu de noir, parlant en zézayant et faisant à peine sentir les *r*, M. Bellecour était un type du temps passé, bien plus qu'un représentant de l'époque actuelle. Il rappelait celle de la restauration des Bourbons en France. Son agriculture était aussi d'avant 1830, en ce premier quart de siècle où l'on pratiquait encore le bienheureux système des jachères. En descendant de son char de côté, il demanda d'abord le fermier Gattel, qui vint, chapeau bas, le saluer.

— Bonjour, Gattel, dit M. Bellecour ; je tenais à vous demander une chose avant de faire visite à M. de Cange. Avez-vous, dites-moi, un champ où je pourrais faire pâturer mes moutons pendant quelques jours ?

— Non, monsieur ; mes champs sont tous occupés.

— Je m'attendais à cette réponse. Mais après la moisson, si vous avez des champs qui aient besoin d'être nettoyés de leur mauvaise herbe, voulez-vous me les garder ?

— Très volontiers, monsieur ; mais nos champs sont généralement propres, et d'ailleurs je ne tarde pas à les labourer.

— Vous n'avez pas de chiendent dans vos terrains ?

— Non, monsieur. Quand il y en a une plante, nous ne la laissons pas se multiplier.

— Dites-moi encore, Gattel : avez-vous de l'avoine à

vendre ? (Il prononçait *aveine*, comme sous l'ancien régime.) J'en prendrais un sac pour mon cheval.

— Il m'en reste peu de l'année dernière, mais, dans un mois, j'en aurai de la récolte nouvelle. Si vous en avez besoin tout de suite, je vous en remettrai un demi-sac.

— Vous me ferez plaisir. — César, dit-il au domestique, donnez le sac à M. Gattel, et allez avec lui, pendant que je vais chez M. de Cange.

— En général, reprit le fermier, je ne fais pas d'affaires le dimanche ; mais puisque c'est un service à rendre, et que vous êtes là, je vais mettre cinq quarterons d'avoine dans le sac, à 2 francs la mesure.

— Parfaitement. Oui, c'est un réel service.

Nanette répondit au coup de sonnette et annonça M. Bellecour, qui fut introduit au salon, où était Mlle Marthe.

— Madame, dit le visiteur poudré à Mlle Saint-Hélier, j'ai tenu à présenter mes compliments à madame de Cange et à monsieur, espérant avoir le plaisir de leur visite à la Grenouillette, — c'est le nom de ma campagne.

— Vous êtes bien aimable d'être venu le premier, monsieur. Je vais appeler mon neveu.

Elle sonna.

— Nanette, dites à monsieur que M. Bellecour est au salon.

— M. de Cange est votre neveu, reprit celui-ci. Je croyais que vous étiez madame de Cange.

— Mon neveu n'est pas marié. Je suis sa tante, Mlle Saint-Hélier.

— Ah ! très bien. J'ai connu autrefois James Saint-Hélier, qui faisait le commerce des moutons avec l'Autriche.

— C'était un cousin de mon père.

— Un bien digne homme, mademoiselle. Il me vendit une fois cent mérinos.

Ernest arrivait.

— Bonjour, monsieur. Je tenais à vous faire ma première visite, ainsi que je l'ai dit à Mlle Saint-Hélier ; et j'espère que nous aurons le plaisir de vous voir à la Grenouillette, — un drôle de nom, n'est-ce pas? et d'autant plus singulier qu'il n'y a pas la moindre grenouille sur mes terres, je doute même qu'on y trouvât une rainette. — Chez vous, monsieur, le nom de la Tourelle est très logique, puisque vous avez une tour à votre maison. Êtes-vous content de votre acquisition?

— Oui, monsieur; je l'apprécie tous les jours davantage.

— Je vous en félicite. Vous ne faites pas cultiver à votre main, puisque vous avez un fermier. Cela donne moins de peine. Moi, j'ai des moutons pour manger mes herbes et fumer les champs.

— Prendrez-vous du vin ou du sirop? demanda la tante en se dirigeant du côté d'une armoire.

— Mademoiselle, je vous rends grâce: ni l'un, ni l'autre. Entre les repas, je ne prends absolument rien. On boit beaucoup trop dans notre pays. On s'y nourrit, en général, même les gens des campagnes, d'une manière trop succulente. C'est pourquoi il y a maintenant tant d'anémiques et tant de myopes. Dans ma jeunesse, le paysan mangeait du pain de sarrazin, ou de blé noir, c'est la même chose. Au lieu de vin, il buvait de la piquette de marc de raisin. On se portait beaucoup mieux qu'aujourd'hui. Maintenant, sauf de rares exceptions, vous ne voyez plus que des santés débiles. Est-ce la même chose en France?

— Nous venons de Paris, dit Mlle Marthe, et les Parisiens ont l'air de se porter fort bien.

— Paris, ah! oui, c'est une belle ville. Je n'y suis pas retourné depuis la chute de l'excellent Louis-Philippe.

— Les choses ont bien changé dès lors, dit Ernest, et surtout depuis l'avènement de la république.

— Croyez-vous, monsieur, qu'elle puisse tenir encore bien des années, cette république? Pour moi, je m'attends à sa fin prochaine. Comment pourrait-il en être autrement? Il est de toute évidence qu'elle marche à sa ruine. Aucun gouvernement ne dure plus de quelques mois. À peine un ministère est-il formé que déjà les partis songent à le renverser. — Adieu, mademoiselle et monsieur.

Saluant d'une manière très polie, M. Bellecour prit congé, reconduit par Ernest jusqu'au seuil de la maison. En ce moment, le domestique César apportait le sac d'avoine, qu'il attacha derrière le char avec une corde.

— Vous m'avez dit, Gattel, que c'est 2 francs la mesure, dit M. Bellecour. Cela fait donc 10 francs.

Il tira de sa poche une longue bourse en soie verte à coulants d'or, y chercha une pièce de 10 francs qu'il ne trouva pas, remit la bourse où il l'avait prise et dit à Gattel :

— Je n'ai que des napoléons ; je vous payerai l'*aveine* la première fois que je reviendrai.

— Comme il vous plaira, répondit le fermier.

— À la maison, César, dit le maître de la Grenouillette.

Cet excellent monsieur avait la fâcheuse habitude de ne payer ce qu'il devait qu'après un temps toujours assez long. Il aurait pu se dire que Gattel s'était dérangé pour lui rendre service, et qu'il était bien en position de lui rendre ce qui lui revenait sur une pièce de 20 francs. Mais il préférait garder ses *louis*, et ne payer que plus tard. Heureux encore s'il ne fallait pas lui rappeler plusieurs fois sa dette.

CHAPITRE XIV

Ma tante, disait Ernest, il nous faut aller cet après-midi à Collongin. Nous n'avons pas encore rendu la visite que M. et Mlle Moser se sont empressés de nous faire dés les premiers jours de notre arrivée. Nous pourrions partir vers cinq heures et être de retour pour le souper. Qu'en dites-vous ?

— Je dis que c'est une bonne idée. À cinq heures la chaleur ne sera plus aussi forte. Mais, à propos de visites, tu vois que nous n'en manquons pas : M. et Mlle Moser, pour commencer ; ensuite M. Du Terrault ; puis ce petit monsieur poudré. Pour peu que cela continue, nous aurons bientôt fait la connaissance de tous les propriétaires des environs. Tu pensais que nous ne verrions personne. Ce monsieur de la Grenouillette m'a bien divertie en me prenant pour ta femme. Il faudra pourtant te marier avant qu'il soit trop tard.

— Oui, ma tante, lorsque, par mon travail, j'aurai assuré le nécessaire. Jusque-là, — et il est probable que nous attendrons longtemps, — je resterai ce que je suis déjà : un vieux garçon, trop heureux d'avoir une bonne tante comme vous.

C'est ça ! dirait M. Du Terrault. Mais voyons : il n'est qu'une heure ; laisse-moi me reposer un moment. — Je veux dormir un peu, dans un fauteuil. Ce soleil de Suisse est terrible, sais-tu ? Bon ! voilà le chien de Gattel qui aboie. Va voir ce qui l'inquiété.

Ernest s'approcha de la fenêtre. Un inconnu arrivait dans un char à bancs, suivi de deux grands chevaux de voiture, attachés l'un à l'autre par les longes de leurs bridons et sanglés sur une légère couverture qui leur couvrait les reins. Les oreilles et le tour des yeux étaient couverts de toile blanche bordée de rouge. Un domestique montait l'un de ces coursiers.

L'homme qui était sur le char en descendit et vint donner sa carte à Nanette. C'était un grand gaillard entre deux âges, les yeux brillants, comme ceux d'un oiseau de proie, la barbe large et noire. Il demanda M. de Cange. Sur le carton de Bristol présenté par ce personnage, on lisait en lettres romaines : *M. Natanaël Kog-Nostan*.

Ernest vint à la rue, pour savoir ce qu'on lui voulait.

— Monsieur, dit l'étranger, j'ai été informé par un de vos amis, M. Du Terrault, que vous désiriez acheter une paire de chevaux pour la voiture, ou la selle indifféremment ; et comme je viens d'en recevoir du Hanovre où je vais en acheter deux fois par an, j'ai pris la liberté de vous présenter ceux-ci, avant d'aller plus loin. Je suis en passage dans la contrée, où j'ai l'honneur d'être bien connu de messieurs les propriétaires de châteaux.

— Je vous remercie de la peine que vous avez prise, répondit Ernest ; mais je n'ai pas besoin de chevaux, et nullement l'intention d'en acheter.

— M. du Terrault m'a pourtant dit que vous n'aviez pas encore d'attelage.

— C'est vrai, mais je m'en passe à merveille.

— Oh ! monsieur, quand on est propriétaire d'un château et qu'on l'habite, comment se passer de chevaux ! Examinez, je vous prie, ces deux bêtes. Elles arrivent, ainsi que j'ai l'honneur de vous le dire, du Hanovre directement. Ces deux juments sont parfaites. On les achèterait, rien que pour les voir dans l'écurie, à plus forte raison pour s'en servir.

Voulez-vous qu'on les fasse trotter ?

— Non, monsieur. C'est absolument inutile.

— Quel dommage ! je me suis détourné de mon chemin pour vous les montrer. Il me semblait que nous serions d'accord dès les premiers mots. Voyons, monsieur ; je vous les cède pour moins qu'ils ne me coûtent : 3600 francs et un napoléon pour la bonne main.

— Je vous répète que c'est inutile. Je ne veux pas vous retenir ici à perdre votre temps, puisque vous allez plus loin. Il fait d'ailleurs trop chaud pour laisser vos chevaux en plein soleil. Moi-même je suis occupé.

Comprenant à l'air résolu d'Ernest qu'il ne fallait pas insister davantage, le Nathanaël tourna bride du côté par où il était venu. Les deux juments qui, selon son dire, arrivaient du Hanovre, avaient déjà servi quelque temps chez un propriétaire, aux environs de Lausanne, et plusieurs semaines dans une campagne des bords de l'Arve. L'une des deux ruait parfois dans l'écurie, au risque de casser les côtes du cocher. Un rien la mettait de travers. Nathanaël, qui avait racheté la paire à bas prix cherchait à s'en défaire avantageusement. Cet honorable maquignon n'était évidemment pas un descendant de l'Israélite sans fraude.

À cinq heures donc, ce même jour, la tante et le neveu descendirent leur avenue, pour se rendre à Collongin. Arrivés sur le pont, la tante s'arrêta un instant à regarder l'eau, très faible en cette saison sèche et chaude.

— Il n'y en aurait pas assez, dit-elle.

— Assez ? pour quoi, ma tante ?

— Mais, c'est bien clair : pour se noyer. Tu te rappelles ce que tu disais le soir de notre arrivée. Maintenant, tes pensées ont changé, grâce à Dieu.

— Oui, elles ont changé, je l'espère du moins. Mais il ne faut pas le crier trop fort, ni se vanter de rien. Quant à me noyer, ou à me pendre, j'y ai complète-ment renoncé, à supposer que j'en aie jamais eu la moindre intention.

— À la bonne heure ; j'en étais sûre d'ailleurs, et voilà pourquoi je t'ai répondu par une plaisanterie. Mais quand donc auras-tu une ligne ? Ce Jean Canard ne nous apporte plus de truites, et je ne serais pas fâchée de t'en servir une de temps en temps.

— J'irai demain à la ville avec Gattel, et je me fournirai d'engins de pêche.

— À la bonne heure. En char ?

— Oui, la femme de Gattel va faire des emplettes de ménage.

— En ce cas, je la chargerai de nous rapporter du café et du sucre dont nous avons besoin. À la campagne, je vois qu'il faut profiter des occasions. Ce n'est pas comme dans une ville, où les magasins se touchent tous. Ici, que voyons-nous en fait de marchands ? De temps à autre, une femme qui porte un panier plein de mercerie. Il y a aussi ces pleurnicheuses, qui veulent absolument nous vendre des robinets de tonneaux, de la batterie de cuisine en fer-blanc ou en fer noir, et qui se lamentent si l'on n'achète pas. Quant aux vendeurs de toile, il faut voir Adèle leur dire poliment, dès qu'elle en aperçoit un :

— Merci, merci ; j'ai ce qu'il me faut.

— Mais, madame, je puis vous faire les prix les plus avantageux.

— Non, non, je n'ai pas le temps de vous écouter. »
Parbleu ! les Gattel font d'excellente toile de ménage avec le chanvre qu'ils récoltent. — Ah ! nous approchons de Collongin : ça m'a l'air d'un beau village. Voilà donc l'église ! Je suis vraiment honteuse de n'avoir pas encore entendu une seule prédication, depuis deux mois que nous sommes ici. Je tâcherai de venir dimanche prochain.

M. Moser et sa fille étaient au jardin, lorsque les visiteurs arrivèrent.

— Comme c'est joli chez vous, mademoiselle, dit la

tante, après les compliments d'usage qu'on avait échangés dehors. Montrez-nous un peu votre jardin.

— Très volontiers, mademoiselle; mais vous verrez que nous l'avons un peu négligé depuis huit jours.

C'était un potager, comme on en voit près des maisons villageoises, deux grands carrés de beaux légumes, et des plates-bandes de fleurs. Dans des recoins demi-ombrés, des gradins chargés de géraniums, de fuchsias, de bégonias, etc. Tout cela très bien tenu et arrangé avec goût.

— Est-ce vous, mademoiselle, qui soignez ces plantes? demanda Mlle Marthe.

— Oui, mademoiselle, et aussi un peu les légumes. Mon père bêche et arrose quand il en a le temps; moi, je sème, je plante et je sarcle.

— Est-ce que le contact de la terre ne vous gâte pas les mains?

— Non; d'ailleurs je mets de vieux gants pour travailler au jardin.

— Mais c'est charmant, la vie que vous avez ici.

— Oh! oui, nous sommes très heureux.

— Vous devez être bien occupée, seule pour faire tant de choses?

— Non, pas trop. J'ai encore bien du temps pour lire et travailler à l'aiguille.

Les dames entrèrent dans la maison; les deux hommes restèrent au jardin.

— Comme nous êtes bien logés! reprit la tante. Et quel agréable salon! Faites-vous beaucoup de musique?

— De temps en temps, à la tombée du jour, avant d'allumer la lampe. Une mélodie repose la tête de mon père, quand il a dû aligner beaucoup de chiffres dans la journée.

— M. Moser a-t-il un grand nombre de domaines à diriger?

— Non, mademoiselle. Il n'en a qu'un qui lui prend deux jours par semaine. Mais il est tuteur de plusieurs orphelins, et il est chargé de recevoir les intérêts des titres qui lui sont confiés.

— De cette manière, il rend bien des services dans le pays?

— Oui, certainement. Aussi l'aime-t-on beaucoup. M. de Cange est-il content de sa propriété?

— Depuis un mois, il s'y trouve très bien, et l'endroit lui paraît de plus en plus agréable. Mon neveu est un jeune homme qui a des qualités solides; il n'aime ni le luxe, ni le clinquant. Ce qu'il cherche maintenant à réaliser, c'est une vie de travail régulier dans le travail de cabinet, puisqu'il ne peut ni ne veut cultiver la terre. Je crois qu'il veut vous prier de lui prêter une revue qui a pour titre la *Bibliothèque universelle*. Notre fermier, qui est un savant, un homme universel aussi, lui a dit que vous y êtes abonnée.

— Oui, mademoiselle; nous lui remettrons quelques numéros avec plaisir.

— Vous êtes bien aimable. Oui, ce François Gattel est vraiment un homme intéressant. Nous aimons beaucoup toute la famille, et Ernest raffole de la petite Lina, qui lui fait des discours étonnants quand il la tient sur ses genoux. Cette enfant, grâce à sa gentillesse, exerce une heureuse influence sur le moral de mon neveu. Il était si triste en arrivant de Paris, et il avait de quoi l'être, je vous assure.

— Avait-il perdu ses parents?

— Son père, et sa mère qui était ma sœur, étaient morts depuis cinq ans déjà. Mais mon neveu, — je puis bien vous le dire, toutefois en vous priant de n'en pas parler, — oui, mon neveu a écouté les conseils de gens d'affaires, qui lui ont placé une grande partie de sa fortune dans des entreprises fallacieuses où il a perdu de grosses sommes. Heureusement il lui restait le capital nécessaire à l'achat de sa campagne, et il a été assez sage pour le mettre là, plutôt que de le jeter dans la spéculation. C'est moi qui l'ai engagé à prendre ce parti, à fuir de Paris

Plein d'or et de misère,

comme dit Béranger ; et je lui ai offert de l'accompagner pour tenir son ménage. Mais mon neveu a toujours
été un très honnête jeune homme, chose assez rare chez
la jeunesse dorée de Paris. — Le voici justement avec
monsieur votre père.

À ce moment, ces deux messieurs vinrent rejoindre
les dames.

— Ma chère enfant, dit le père, n'offres-tu donc rien à
Mlle Saint-Hélier et à M. de Cange ?

— J'espère qu'ils voudront bien prendre toute l'heure
le thé avec nous.

— Merci, mademoiselle, répondit la tante ; vous êtes
bien aimable de nous l'offrir, mais nous ne pourrions
pas accepter aujourd'hui : nous sommes un peu pressés
de repartir. Si vous voulez me donner simplement un
verre d'eau fraîche, vous me ferez plaisir.

— Et vous, monsieur, un verre de vin ? dit le père à
Ernest.

— Merci. Je dirai comme ma tante : une autre fois.
Mais je n'ai absolument besoin de rien. Je prierai seulement mademoiselle votre fille de me prêter un ou deux
numéros de la *Bibliothèque universelle*, et quelque
volume, anglais ou allemand. Comme je ne sais trop à
quoi m'occuper ici, et que je déteste l'oisiveté, j'essaie
de me remettre au travail dans un cabinet de la tourelle,
que vous connaissez, monsieur Moser. Vous viendrez
voir comme j'y suis bien établi.

Hélène rentrait, apportant sur un plateau de laque des
verres, un sucrier, et de l'eau si fraîche que le cristal
était couvert d'une fine rosée.

— Quelle bonne eau vous avez dans ce pays ! dit la
tante. On peut la boire sans être obligé, comme à Paris,
de la couper de vin.

— Voici, dit Hélène, à qui Ernest fit sa demande de

livres, les trois dernières livraisons de la *Bibliothèque universelle*; ce roman de Dickens, et un livre allemand, la *Famille Buchholz*, qui a fait assez de bruit à Berlin. C'est une peinture de la vie bourgeoise de cette grande ville. Il y a des scènes très amusantes. Traduit en français, cela perd beaucoup de son naturel et devient parfois vulgaire.

— Merci, mademoiselle. J'accepte tout avec reconnaissance. Puis-je garder vos volumes une quinzaine?

Et plus si vous voulez.

— J'aurai, le crois, un peu de peine à me remettre à l'anglais que j'ai pourtant parlé pendant près d'une année. Quant à l'allemand, je l'ai bien oublié. Encore merci, dit-il en regardant Hélène d'un air qui fut une surprise pour elle.

Dans ce regard, il y avait quelque chose d'absolument nouveau qui lui causa une certaine émotion.

Mlle Saint-Hélier s'était levée et rajustait son chapeau devant la glace. On fit un paquet des volumes et des revues, puis le père et sa fille accompagner leurs hôtes pendant un bout de chemin. M. Moser causait avec la tante, pendant qu'Hélène et Ernest les suivaient, en arrière de quelques pas.

— Donnez-moi des nouvelles de ma petite Lina Gattel, dit tout à coup Mlle Moser.

— Elle est toujours bien gentille. Nous sommes très liés. Elle me tutoie, ni plus ni moins que ses parents. Cette enfant a eu sur moi une influence bien grande.

— Comment cela?

— Elle m'a rappelé au plus grand des devoirs d'un homme, devoir que j'avais trop oublié. Elle m'a demandé si je priais Dieu. Et cette parole a été pour moi comme un trait de lumière. Mais pardon de vous occuper ainsi de ma chétive personne. Je ne sais pas comment j'ai pu vous raconter tout cela. Je vous en fais mes sincères excuses.

Et moi, je vous en remercie. Ce que vous m'avez dit

m'a vivement intéressée.

M. Moser et Mlle Marthe s'étaient arrêtés. Les jeunes gens les rejoignirent, et là ils se quittèrent en se serrant la main.

Quand la tante et le neveu eurent marché quelques instants :

— Vous avez bien jasé, cette charmante Hélène et toi. Qu'est-ce que vous avez bien pu dire ?

— Presque rien, ma tante.

Et lorsque Mlle Marthe fut seule dans sa chambre, elle se dit tout en ôtant son chapeau que le poids de sa garniture entraînait toujours en arrière : « Il en est déjà amoureux. Ça se voit dans le regard qu'il lui a lancé ; et comme ils ne se disent *presque rien* tout en jacassant comme des pies, il est évident qu'il y a anguille sous roche. C'est ce qui pouvait arriver de mieux pour elle et pour lui. Mais, pas de dot, c'est le côté fâcheux de la situation. »

CHAPITRE XV

On faisait la moisson des blés dans la plaine vaudoise et sur l'autre rive du lac. Les campagnes étaient toutes blanches, comme l'a dit, lorsqu'il était sur la terre, semblable à l'un de nous, Celui qui donne l'accroissement aux plantes et les fait mûrir. C'est dans l'Ancien Testament qu'il faut aller chercher les premiers récits relatifs aux semailles et à la récolte du grain, base de la nourriture de l'homme. Au temps du patriarche Abraham et plus anciennement encore, le froment était écrasé par les femmes, entre deux pierres plates, et cette grossière farine pétrie avec de l'huile pour en faire des gâteaux. Nous voyons ensuite Ruth, la glaneuse, dans le champ d'orge de Booz, l'homme « puissant et riche » qui vient de Bethléem pour assister à la moisson. Il offre à la jeune veuve du pain, qu'elle trempera dans le vinaigre apporté avec de l'eau pour la boisson des moissonneurs. Il commande qu'on lui abandonne par mégarde quelques poignées d'orge et même, si elle glane aux javelles, qu'on la laisse faire. Le soir venu, Ruth bat elle-même ce qu'elle a glané et emporte un épha d'orge chez Nohémi sa belle-mère.

Journée de suave poésie orientale ! Il semble que les rayons du soleil qui mûrissaient les épis de Booz arrivent jusqu'a nous.

Plusieurs siècles s'écoulent. On cultive toujours le blé,

et, sans sortir de la contrée où Booz semait son orge, nous voyons les disciples de Jésus arracher des épis, les froisser dans leurs mains et en manger le grain. N'avez-vous jamais fait, cher lecteur, même sans avoir faim, comme les hommes qui suivaient le Galiléen? Plus d'une fois il m'est arrivé de suivre leur exemple, machinalement ou par simple curiosité.

Durant tout le moyen âge et jusqu'à la fin du premier quart de notre siècle, on s'est servi de la faucille pour couper le blé. Dans notre pays, la moisson du froment durait trois semaines. Levés à l'aube, moissonneurs et moissonneuses se rendaient au champ le plus mûr, et là, se déployant en ligne et s'espaçant de deux enjambées, les ouvriers taillaient le chaume, recevant la paille dans leur main gauche et l'étendant par poignées en javelles sur le sol, les épis du même côte, tournés en arrière. Pour entretenir une douce gaieté pendant le travail, les ouvrières chantaient. Toute la bande répétait le refrain de la ronde populaire, puis, le soir venu, on regagnait le village ou la ferme en chantant encore. On travaillait beaucoup, sans doute, mais sans se presser, à moins que la menace d'un orage accompagné de pluie ne fît hâter l'enlèvement des gerbes liées dans l'après-midi. — La récolte terminée, on attachait un bouquet de fête à l'échelette du dernier char, et dans la soirée un repas copieux était offert à tous les ouvriers, par le propriétaire ou le fermier.

Hissées en tas énormes jusqu'au faîte de la grange, les grosses gerbes de six pieds de tour attendraient l'automne, avant d'être battues au fléau. Le grain, disait-on, est meilleur quand il a *ressué* dans la paille.

Mais bientôt l'emploi de la faux vint donner un caractère différent à la moisson. Comme on allait beaucoup plus vite en besogne, il fallait aussi se hâter davantage, pour ne pas laisser trop longtemps sur la terre le blé coupé. Et quand s'établirent les machines à battre, les mécaniques, ainsi qu'on nommait ces nouveaux engins de travail, on fit de petites gerbes, des boisseaux (en patois *boëssons*) qu'on empilait tout de suite dans les vastes hangars des batteuses.

Aujourd'hui, en une semaine, si le temps est favorable, les champs de froment sont dépouillés de leur récolte et le blé mis à couvert. En une journée, cette récolte est battue, le grain étendu dans un grenier.

Aux États-Unis, c'est bien autre chose encore. Dans les vastes plaines de l'ouest, les machines fauchent, prennent le blé et le battent elles-mêmes, à mesure que les plantes sont séparées du sol qui les a nourries[4].

C'est bien, c'est mieux que ce que faisaient nos pères. Mais la poésie champêtre de la moisson est tuée ; et certes les hommes ne sont pas pour cela, ni meilleurs, ni plus heureux. Il est une autre moisson qui se fera plus rapidement encore. C'est celle dont parle Jésus dans la parabole de l'ivraie et du bon grain. « Le champ dit-il, c'est le monde, et la moisson, c'est la fin du monde. »

Mais retournons maintenant à la campagne où notre ami Gattel rentre aussi son froment et son avoine.

Pour le dire en passant et n'y plus revenir, M. Bellecour a oublié de payer ou de faire payer les 10 francs qu'il lui doit.

François Gattel fait une bonne récolte, mais son agriculture est dirigée plutôt en vue de la production du lait et de l'élève du bétail, que pour la production du grain. Il sera cependant en mesure de vendre un bon nombre de sacs de froment, et pourra fournir une grosse provision d'*aveine* au petit monsieur poudre, payable comptant cette fois.

Ernest de Cange a continué de s'intéresser aux travaux de la ferme, mais d'une manière expectative seulement et pour s'en faire une idée. Prendre la faux,

---

4 - Dans son voyage au Chili, M. le pasteur Grin raconte que le colon nouvellement établi dans ce grand pays, se sert encore de la faucille. Le froment est coupé à mi-hauteur, puis battu sur une aire en plein soleil par des chevaux qu'on fait trotter sur les épis et sur la paille.

former des javelles, lier des gerbes, n'eût pas été son affaire. Une fois de plus il a compris que sa place de travailleur n'est pas là. Mais il tient à s'instruire, et rien, dit-il, n'est indigne d'occuper l'intelligence d'un homme placé dans sa position. Il entre de grand matin dans son cabinet et y passe la moitié du jour, à refaire les études oubliées ou négligées, et il s'y remet avec plaisir. De temps à autre, il se prend la tête dans les mains et se dit en lui-même : « Est-ce bien possible que je me sois conduit en imbécile, en insensé, pendant cinq années ? Que, voulant m'enrichir lorsque j'étais déjà riche, je me sois appauvri au point de chercher maintenant à gagner quelque chose ? mais quoi gagner ? et quand ? et comment ? » Le livre, alors, lui tombe des mains ; la plume demeure immobile sur sa table. Va-t-il se lamenter comme autrefois ? Non. Les paroles enfantines de Lina, les bons conseils du père de la petite fille et, par-dessus tout la pensée de Mlle Moser, le ramènent au sentiment du devoir. La conscience réveillée fait aussi entendre sa voix. Il reprend son étude interrompue : « Que cela ne conduise à rien ou aboutisse à quelque chose, se dit-il, j'aurai fait ce que j'ai pu. Honte aux ambitieux d'argent qui veulent en gagner sans rien faire, ainsi que je l'ai essayé.

— Dans l'après-midi, lorsque la chaleur se tempère et qu'il fait déjà frais sous les ombrages du ruisseau, il prend sa ligne et va sonder les creux mystérieux, où, comme l'a dit Juste Olivier, la rivière

> ... s'endort en des piscines,
> En des cavernes de fraîcheur,
> Où, s'abritant sous les racines,
> La truite se rit du pêcheur.

Ernest sait déjà quelque peu la manière d'empêcher les truites de rire à ses dépens. Plus d'une fois, il en a rapporté quelques-unes, sans avoir pris des leçons de Jean Canard à qui il fait concurrence. La tante est ravie, lorsque son neveu lui montre une truite pointillée de rouge, aux nageoires d'un jaune d'abricot. C'est un beau mâle, d'une bonne demi-livre, qu'il vaut la peine de mettre en sauce, plutôt que de le frire, comme s'il ne pesait qu'un quart seulement.

Et puis, quand on a bien travaillé, assis durant toute une matinée, une promenade au frais, le long d'une eau courante, est une agréable récréation, qui repose les nerfs fatigués ou trop tendus. On peut penser sans tiraillement du cerveau, ou, ce qui est encore plus hygiénique, plus reposant, ne pas penser du tout. Ce n'est pas précisément ce que fait Ernest. Il voit, il observe, et ce qui passe sous ses yeux se note dans son esprit net et lucide. Pour cela, il suffit qu'il vive dans le moment présent, sans regarder en arrière. Notre ancien agioteur, autrefois ignorant des mille choses de la vraie nature, en sait aujourd'hui tout autant que François Gattel sur les hôtes du ruisseau et sur les oiseaux qui passent à sa portée pendant qu'il pêche. Un jour, il a eu la chance de se trouver nez à nez avec une grande loutre, sortant tout à coup de l'eau, à la place où le ruisseau forme la nappe gracieuse que nous avons vue en faisant le tour du domaine pour la première fois. Le vorace destructeur de poisson tenait entre ses dents crochues une grosse truite, surprise en quelque recoin caché. Ernest se trouvant à portée de ce braconnier aux pattes palmées, et la longue queue lisse et pointue, lui assena sur la tête un coup du gros bout ferré de sa canne à pêche et lui fit lâcher sa proie que notre jeune homme amena au bord, où il put la prendre sans difficulté. Elle bougeait encore. Quant à la loutre, elle plongea de nouveau, pour ressortir à quelque distance, et fuir loin de son agresseur.

Cette aventure assez rare fit plaisir à Gattel, qui s'intéressait vivement aux petits succès de son jeune propriétaire.

— Si j'avais eu un revolver dans ma poche, disait Ernest, j'aurais tué la loutre, bien certainement.

— Il faut en prendre un quand vous retournerez à la rivière, lui dit le fermier; mais il est probable que la loutre aura pris une autre direction et ne reviendra pas de longtemps dans ces parages. Il y a quelques années, j'en vis passer aussi une sous le pont d'où je regardais le courant de l'eau, appuyé sur le parapet. Elle aboyait comme un chien, sans doute pour appeler une compagne. C'était de grand matin. Elle était presque noire, sa fourrure brillant quand elle sortait de l'eau.

C'était ainsi que, depuis trois semaines, bien des heures s'étaient passées pour Ernest, à l'approche du soir. Et le lendemain, au lever du soleil, il montait dans sa chambre de la tourelle, où il se trouvait au milieu de ses livres et de ses cahiers. Heureuse vie, après tout, pour un homme de son âge, qui cherche à regagner le temps perdu.

Jamais, avec sa tante, il ne parlait le premier d'Hélène Moser. La bonne demoiselle augurait de ce silence que l'aimable jeune fille n'occupait que plus fortement la pensée et le cœur de son neveu.

« Que sera-t-il de tout cela? se disait-elle. Ah! s'il y avait une jolie dot! non pas 200 000 francs, comme je disais il y a trois mois, mais seulement 50 000, 30 000 seraient peut-être encore suffisants. Mais le père Moser, avec ses deux ou trois gérances, ne doit pas gagner grand'chose; et puisque sa fille était institutrice avant la mort de sa mère, c'est une preuve qu'ils sont pauvres, malgré la bonne tenue de leur maison et l'air d'aisance qu'on y remarque. Ernest ne peut pas épouser une femme qui n'ait rien. C'est impossible. Si au bout de quelques années il allait avoir deux ou trois enfants à élever, que deviendrait-on? Ce serait la misère des misères. Mes 3000 francs font aller le ménage et me laissent encore de quoi m'habiller; mais Ernest, avec ses 2000, aurait tout juste pour son entretien et celui de sa femme. Non; il faut que cette idée lui passe. Comment s'y prendre pour la lui faire passer?

Voilà où en était venue Mlle Saint-Hélier. Le soir où elle faisait ces réflexions, Ernest revint du ruisseau sans avoir rien pris.

— Eh bien, mon cher ami, lui demanda-t-elle, as-tu été heureux ?

— Non pas comme pêcheur ; mais j'ai fait des observations intéressantes, et j'ai bien joui de ma promenade.

— Raconte-moi ça.

— J'étais de l'autre côté du ruisseau, entre notre campagne et Collongin. Dans cette partie de son cours, le courant n'a pas le même caractère, la même allure qu'en aval du pont. Il forme de nombreuses petites cascades, d'où l'eau s'échappe en bouillonnant. C'est joli à voir, et il s'en dégage un air frais délicieux en ce mois d'août encore si chaud. Plusieurs fois déjà, j'avais vu un martin-pêcheur raser les ondes ou se précipiter dans les creux profonds. Mais je ne prenais rien. Les truites ne mordaient pas, troublées peut-être dans leurs retraites, par le petit oiseau vert et bleu sur le dos et le devant du corps rouge. Tout à coup, derrière moi, j'entends une voix qui me dit : « Faites-vous une bonne pêche, M. de Cange ? » Je me retourne ; c'était M. Moser et sa fille, qui se promenaient dans le sentier tracé sous les arbres, le long de l'eau. Figurez-vous ma surprise. Je vais à eux et nous nous mettons à causer. Renonçant à pêcher plus longtemps, je plie ma ligne, et je les accompagne jusqu'à deux pas de leur village, où je n'ai pas voulu entrer, affublé comme je l'étais d'une blouse et d'un chapeau déformé.

— Et qu'avez-vous dit, durant cette promenade ?

— J'ai causé avec Mlle Helene des livres qu'elle m'a prêtés et de divers articles littéraires qu'elle a lus récemment. Avec M. Moser, nous avons parlé de la France, des bruits de guerre, enfin de plusieurs sujets intéressants. Chaque fois que je vois les Moser, je suis de plus en plus frappé de leur distinction.

— Et tu trouves probablement Hélène de plus en plus

charmante ?

— C'est vrai. Pourquoi me dites-vous cela ?

— Parce que... oui, mon cher garçon, parce que je crains que la jeune fille ne prenne une trop grande place dans ta pensée et que... Tu sais que je n'ai que 3000 francs de rente, bien juste ce qu'il faut pour notre ménage et mes petites dépenses. Toi, tu n'en as guère que 2000, quand les impôts sont payés. Comment nous tirerions-nous d'affaire avec ces modestes ressources lorsque nos besoins d'argent seraient plus considérables ? Avec une famille à élever, car il faut prévoir bien des choses quand on se marie, — nous serions dans la gêne. Je n'ose envisager la situation, tant elle m'effraye. Quel dommage que n'ayant point d'argent, elle soit si charmante, ou qu'étant si charmante, elle n'ait point d'argent !

— Mais, ma bonne tante, qui vous dit que je songe moins du monde à l'épouser ? Qui vous dit surtout qu'elle consentit à épouser un homme comme moi, qui n'a fait que des sottises, jusqu'à ce que vous l'ayez tiré du bourbier des spéculations ? Non, ma tante, je suis fort loin, pour le moment du moins, de vouloir demander à Mlle Moser de partager ma vie. Ce serait trop grand bonheur si, quelque jour, elle consentait devenir votre nièce ; mais, pour le moment, je vous affirme de nouveau, je ne songe point à me marier.

— Tant mieux. Mais pourras-tu renoncer à Hélène sans souffrir beaucoup ?

— Je ne renonce pas du tout ; mais je ne voudrais pas l'associer à ma vie actuelle. Oui, si je pouvais plus tard lui offrir un sort heureux... En tout cas, soyez bien sûre, chère tante, qu'avant tout je demanderai votre consentement.

— Tu l'aimes donc bien, puisque tu as déjà fait toutes ces réflexions ?

— Oui, je sens que je l'aime et que je l'aimerais beaucoup. Mais je veux d'abord me rendre digne d'elle.

Jusque-là, vous pouvez être tranquille.

— Tranquille... c'est facile à dire. Oui, je tâcherai d'être tranquille ; mais si nous avions une augmentation de famille, je ne sais en vérité où nous prendrions l'argent. Il faut réfléchir à tout cela.

— Oui, ma chère tante, je vous promets d'y réfléchir. Pour le moment, allons souper. J'ai grand appétit ce soir.

CHAPITRE XVI

M algré ce qu'il avait dit à sa tante, Ernest ne tarda pas de retourner chez les Moser. Un sentiment qui devenait de jour en jour plus puissant l'y attirait. Depuis qu'il devenait réellement un *homme*, prenant la vie au sérieux, non avec des aspirations fiévreuses en vue de s'enrichir ; depuis surtout qu'il se sentait responsable de l'emploi de son temps, le besoin de s'attacher par le cœur à une femme aimable, capable de le comprendre et de lui donner une affection véritable, un tel besoin, jusque-là inconnu, était né dans son âme et s'y enracinait profondément. C'était aussi pour lui une vie nouvelle, comme celle d'un retour sincère à l'obéissance filiale envers Dieu.

Tandis que sa tante, si bonne, si excellente d'ailleurs, commençait à se faire grand souci de ce qu'elle n'avait qu'un revenu de 3000 francs, Ernest accepta franchement d'être réduit à 2000 pour son propre compte. Les rôles étaient intervertis, au point que c'était Ernest qui devait encourager Mlle Marthe à la confiance. Pour être peu éclaire, peu expérimenté encore, peu aux prises avec les difficultés de la vie présente, il n'en est pas moins vrai qu'une base solide avait été posée dans ce cœur d'homme honnête et droit, malgré ses erreurs précédentes. De jour en jour aussi, les préceptes de l'Évangile lui devenaient plus clairs et plus précieux. Il en parlait peu, très peu : mais il *vivait* ceux qu'il comprenait ; et de ce nouvel état religieux et moral résultait une conscience paisible, le plus grand bien que nous puissions rechercher. Pour opérer ce grand changement, Dieu avait commencé par se servir de la parole d'un enfant de cinq ans, tant il est vrai que c'est souvent par les choses faibles de ce monde qu'il confond les fortes. C'est même, dit un apôtre, par celles qui ne pas, qu'il abolit celles qui sont. Un grain de sable détaché d'une montagne peut la faire écrouler ; un vers de terre, perçant une digue préservatrice, sera la cause première de l'inondation d'un vaste pays. Dans le domaine moral, les choses en apparence les plus minimes peuvent aussi renverser les forteresses de l'orgueil humain, comme il suffit, hélas ! d'une seule parole venant de l'esprit du mal, pour empoisonner toute l'existence.

De son côté, Hélène Moser n'avait point laissé tomber dans l'oubli le regard d'Ernest, lors de la dernière visite de celui-ci avec sa tante ; et dans sa rencontre avec la jeune fille au bord du ruisseau, ce même regard partant de l'âme, elle l'avait revu et s'en était troublée, parce qu'elle entrevoyait là un sentiment qu'elle n'avait pas encore inspiré, ni surtout éprouvé. Toute dévouée à ses devoirs de fille, heureuse avec son père, jamais aucun jeune homme n'était venu lui offrir son amour, ni solli-citer le sien. On sait qu'elle avait été absente pendant quelques années, vivant dans un milieu où les affec-tions de ce genre ne pouvaient guère s'offrir à elle ; et depuis son retour sous le toit paternel, sa vie était remplie de manière à éloigner tout soupirant, s'il y en avait eu dans la contrée environnante. Les fils de culti-vateurs n'auraient pas osé s'adresser à une personne qui leur était de tout point supérieure, sauf peut-être sous le rapport de la fortune ; et les fils de famille, les *messieurs*, avaient sans doute d'autres visées. Rares sont parmi ces derniers, ceux qui préfèrent la distinction du caractère et l'éducation, à une grosse dot ou à une position sociale élevée. M. Moser, simple régisseur de domaines et de petits rentiers, propriétaire d'une maisonnette et de quelques arpents de terre, qu'était-il aux yeux de gens qui se croient descendus, sinon de Jupiter, au moins d'ancêtres ayant tous conclu de riches mariages et dont les économies parfois sordides ont augmenté la fortune de plusieurs générations. Les noms sont peut-être communs, vulgaires ; mais on possède plusieurs campagnes, on a maison en ville et de grosses rentes ; on est de la même société que les Pacod, les Joret, les Munia, les De l'avoine et autres illustrations de ce genre. Et quant aux descendants de l'ancienne noblesse du pays, allez vous y frotter ! Comment un de ces jeunes baronnets, souvent faible d'intelligence et d'une santé chétive, pourrait-il penser à Hélène Moser et l'emmener dans sa haute famille ? Ce n'est pas possible, assurément. On allait chez le régisseur Moser, comme on l'appelait, pour lui demander un avis, un renseignement dont on avait besoin. Mais lui faire une visite de politesse, allons donc ! Ce sont des gens avec lesquels nous n'avons aucun rapport de société, et il ne faut pas les enorgueillir en leur laissant croire que nous les tenons pour nos égaux.

Hélène Moser, à vingt-six ans, semblait donc destinée à rester vieille fille. Un secrétaire du prince de S. avait bien essayé de lui faire la cour lorsqu'elle était en Allemagne ; mais il ne lui plaisait pas et n'avait qu'une position mal assurée. Elle avait donc refusé toutes ses avances, et en était là, lorsque le premier regard d'Ernest de Cange vint lui révéler l'existence d'un sentiment qui n'était peut-être qu'un feu follet, mais qui pouvait aussi devenir une flamme sérieuse. Ce que Mlle Marthe avait raconté de son neveu dans cette première visite l'avait intéressée. Ce jeune homme appauvri par la faute des autres et par la sienne aussi, mais restant moral et consciencieux, lui apparaissait comme un être à part auquel on pouvait accorder de la sympathie. Mais Hélène Moser était encore plus ferme qu'Ernest. L'imagination ne ferait pas de ravages chez elle ; ce serait avec un esprit sage, avec une pensée bien réglée, qu'elle attendrait l'avenir.

Ernest vint donc lui rapporter ses livres. Elle s'occupait dans le salon d'un ouvrage à l'aiguille ; son père compulsait dans son bureau des titres qu'un client lui avait remis pour en percevoir les intérêts. Ernest fut reçu avec la même cordialité que précédemment. Ses hôtes furent frappés de son air serein, presque heureux.

— J'ai bien tarda à vous rendre les volumes que vous avez eu l'obligeance de me prêter, dit il à Hélène ; veuillez m'excuser. J'ai lu lentement, et pour profiter de ma lecture. J'aime beaucoup Dickens en anglais ; quant à l'allemand, pour m'y remettre avec profit, il me faudrait aller passer quelques mois à Leipzig où à Berlin, et j'y suis peu disposé. Cela ne plairait guère non plus à ma tante, qui serait alors seule. — J'ai lu avec intérêt ces trois numéros de la *Bibliothèque universelle*. Il y a des articles fort bien écrits ; il y en a aussi de faibles, soit comme fond d'idées, soit comme style. Les écrivains les plus distingués de cette revue sont, parmi les suisses : MM. Ernest Naville, Eugène Rambert, Philippe Godet, T. Combe ; parmi les français, Marc Monnier et quelques autres, qui font honneur au recueil. Le meilleur compliment, peut-être, qu'on puisse adresser à la *Bibliothèque universelle*, c'est qu'elle est parfaitement honnête et peut être mise dans toutes les mains. On ne saurait en dire autant de la *Revue des Deux-Mondes* : figurez-vous que j'en ai trouvé quelques numéros chez Gattel.

— Chez Gattel ! d'où les a-t-il ? demanda M. Moser.

— D'une bibliothèque soi-disant populaire, où il a été fort étonné de les trouver. La personne qui en a fait présent à cette institution a montré peu de bon sens ; et les directeurs ne devraient au moins les remettre qu'à des lecteurs capables de profiter de ce qui est bon, en laissant de côté ce qui est mauvais. Au reste, reprit Ernest, je suis bien audacieux d'oser formuler un jugement sur des livres ou sur des publications périodiques, moi qui n'ai pour ainsi dire rien lu pendant cinq ans. Ma tante vous aura peut-être dit que, durant ce long espace de temps, je n'ai songé qu'à m'enrichir quand je possédais déjà plus que le nécessaire. Aussi, loin de favoriser mes projets ambitieux, Dieu m'en a montré la folie. Et aujourd'hui, après avoir cruellement souffert de mon insuccès, je reconnais que tout cela m'était bon, pour me faire sentir ma responsabilité d'homme et comprendre des devoirs trop longtemps négligés. Pardonnez-moi de vous faire ainsi ma confession ; mais vous avez dû porter un jugement sévère à mon égard, lorsque vous m'avez remis mes comptes, et que je me suis exprimé avec légèreté sur ce que j'appelais le mysticisme de François Gattel. Comme je tiens particulièrement à votre estime, je me suis permis d'entrer dans ces détails, dont je n'ai parlé qu'au père de mon prédicateur ordinaire, vous savez qui je désigne ainsi, mademoiselle ?

— Oui, monsieur. Est-elle toujours gentille, la chère petite Lina ?

— Certainement. Comme je la rencontrais devant la maison en venant ici, elle m'a dit :

— Où vas-tu, monsieur ?

— Chez Mlle Moser.

— Alors, tu lui diras que je l'aime bien.

Je vous fais sa commission.

— Vous voudrez bien lui dire que, moi aussi, je l'aime beaucoup. — Voulez-vous d'autres livres ?

— Oui, très volontiers. Je n'osais presque pas vous en demander, craignant d'être indiscret.

— Puisque vous lisez l'anglais, voici deux volumes de miss Brontë.

— Merci, mademoiselle. — J'ai fait dernièrement d'assez longues promenades en suivant le cours de notre ruisseau. Il y a des endroits charmants dans la partie qui se rapproche du lac. On y voit de belles villas, habitées, dit-on, par des étrangers, qui ont su gagner plus d'argent que je n'en ai perdu. Je n'ai fait la connaissance d'aucun d'eux. Ils ne viennent pas à nous, et naturellement je ne vais pas à eux. J'ai l'intention d'aller visiter prochainement le village de Bossens, que je ne connais pas encore. On me dit que c'est un beau village, qui a de grandes forêts.

— Oui, dit M. Moser, la commune de Bossens possède une fortune de plusieurs millions, essentiellement en immeubles de montagne.

— Et que fait-elle de ces millions ?

— Elle emploie une partie des revenus pour l'instruction de la jeunesse ; pour les routes ; pour les secours à distribuer aux pauvres forains ; pour élever des enfants qui tombent à sa charge, etc. Le surplus se répartit en bois, beurre et fromage, à tous les bourgeois arrivés à l'âge réglementaire et habitant la commune.

— Ce ne sont donc pas des *Communards* dans le genre de ceux qui saccageaient et brûlaient Paris en 1871.

— Non, certes pas. Les bourgeois de Bossens sont des communiers très conservateurs de leurs biens, qu'ils administrent d'une manière judicieuse et dont ils sont très fiers. Mais ils ont, tout aussi bien que nous à Collongin, leurs voyous et leurs ivrognes. La race ne s'en perd nulle part. La société de tempérance en a pourtant corrigé plusieurs. Les ivrognes atteints dans leur conscience peuvent, quand ils renoncent à leur fatale passion, devenir des hommes distingués, même des évangélistes remarquables. Nous en connaissons quelques-uns qui, après avoir été le fléau de leur entourage, sont maintenant des chrétiens exemplaires, dont la vie absolument nouvelle est une des preuves les plus éclatantes de la puissance de l'Évangile.

— Comme vous le dites, M. Moser, il faut que la

conscience se réveille et se fasse écouter, pour qu'un changement sérieux se produise dans la vie. Sans cela, même en signant pour l'abstinence des boissons alcooliques, c'est l'écorce seulement qui est atteinte. Le cœur reste le même qu'auparavant. Merci encore de votre bon accueil, monsieur, et de vos livres, mademoiselle. Ma tante m'a chargé de vous présenter ses compliments.

M. Moser, seul, fit quelques pas avec Ernest. Helene avait laissé parler les deux messieurs, écoutant avec intérêt ce que le jeune étranger avait appelé sa confession. Au moment de se quitter, elle put remarquer encore la profondeur du regard qu'il lui adressait. S'en réjouissait-elle ou en éprouvait-elle de l'inquiétude, nous ne savons.

En rentrant auprès de sa fille, le père avait un air presque soucieux.

— Je crains, dit-il à Hélène, que M. de Cange ne vienne chez nous trop souvent et qu'il n'y prenne trop de plaisir. Il te regarde parfois d'une manière étrange. Je veux tâcher de savoir par Gattel ce qu'il a été autrefois et ce qu'il est aujourd'hui. Peut-être même écrirai-je à Paris.

— Oui, mon père, tu feras bien. Je désire aussi être renseignée exactement sur ce qu'a été sa conduite, pour le cas où il reviendrait nous voir ; mais il peut très bien ne pas revenir.

— Je crois qu'il reviendra, ma chère enfant. Et avec un étranger, il faut être d'une prudence extrême.

CHAPITRE XVII

près souper, Ernest alla, comme à l'ordinaire, s'asseoir sur son banc, à quelques pas de la fontaine, dans la cour, du côté de la ferme, l'air y était frais, la vue belle sur la montagne. À certains moments, lorsque des reflets de lumière éclairent encore un peu la longue silhouette du Jura, les sapins émergent de toutes les crêtes et dessinent dans le ciel leur ligne sombre, où chaque arbre apparaît dans sa forme particulière. C'est comme une dentelle, une frange qui se dresse jusqu'à ce que le crépuscule la diminue peu à peu et que la nuit la fasse disparaître.

C'était à cette même place que, le soir de son arrivée, Ernest maugréait contre sa position et regrettait amèrement ce qu'il avait perdu. Là aussi que, pour la première fois, il avait soulevé dans ses bras la petite Lina et lui avait donné un baiser. Quel changement dès lors dans ses sentiments et dans sa vie ! Et pourtant cela n'était venu qu'à la longue, par de très petits commencements d'abord, et ensuite par les conseils sérieux de la conscience, réveillée par le babil d'un enfant de cinq ans.

Aujourd'hui il ne venait plus gémir sur la perte de sa fortune, mais se récréer l'esprit et le cœur à la vue d'un beau soir d'été, en présence des œuvres de Dieu. Il aimait à voir le bétail de son fermier s'abreuver d'eau pure, les mères vaches s'en retourner à l'étable bien repues, satisfaites d'être au monde ; et les génisses gambader dans la cour, avant de reprendre les places où on les attachait.

C'était une belle soirée d'août. Après une chaleur sèche et mûrissante dans le milieu du jour, la nuit viendrait rafraîchir toutes les plantes par une rosée qui les vivifierait et les fortifierait pour subir les ardeurs du lendemain.

Lina, qui guettait le moment où son grand ami viendrait sur le banc, ne tarda pas à sauter sur ses genoux. Ces deux êtres si différents d'âge, de position et de caractère, s'étaient pris d'affection l'un pour l'autre, on ne sait pourquoi. Tous deux avaient commencé en même temps ; mais c'était la petite qui avait eu la victoire, sans la chercher le moins du monde. C'était inconsciemment qu'elle avait exercé une si puissante influence sur cet étranger qu'elle n'avait jamais vu, jusqu'au jour où il lui donna une marque d'amitié.

— Dis-moi, monsieur, fit-elle bientôt, as-tu vu Mlle Hélène, à Collongin ?

— Oui, ma petite, elle m'a dit de te faire ses amitiés.

— Alors, il faut m'embrasser. Est-ce que tu l'as aussi embrassée pour moi ?

— Ah ! non.

— Pourquoi que tu ne l'as pas embrassée ? ça lui aurait fait plaisir.

— On n'embrasse pas comme ça les grandes demoiselles.

— Pourquoi qu'on ne les embrasse pas ?

— On t'expliquera cela quand tu seras plus grande.

— Je voudrais bien savoir pourquoi tu n'as pas embrassé Mlle Hélène. Tu n'es pourtant pas fâché contre elle ?

— Non, pas du tout, répondit Ernest en riant.

— Pourquoi que tu ris comme ça ?

— Parce que tu me fais rire avec tes questions. Voici

ton papa qui vient s'asseoir vers moi. Va jouer.

— Bonsoir, monsieur, dit Gattel. Je crains que Lina ne vous fatigue par son babil. Elle abuse de votre indulgence.

— Au contraire, sa présence et ses propos enfantins sont pour moi un délassement. Vous savez ce qu'elle a réveillé dans mon être moral il y a longtemps déjà. Que Dieu nous conserve à tous cette chère petite!

— Merci de ce souhait, monsieur. Oui, Lina est bien notre rayon de soleil. Ne m'avez-vous pas dit que vous aviez l'intention d'aller vous promener demain jusqu'à Bossens, pour voir ce village que vous ne connaissez pas encore?

— Oui, j'irai dans l'après-midi. Si je peux travailler dans la matinée, une promenade me reposera. Le travail de tête tend les nerfs et cause une lassitude que la marche dissipe.

— Il faut, en effet, rétablir l'équilibre des forces par un contrepoids bienfaisant. Pour nous autres, qui fatiguons les muscles, c'est en prenant un livre que nous nous reposons. Oserais-je vous prier, si vous allez à Bossens, d'entrer chez M. d'Arel, dont je vous parlais dernièrement?

— Volontiers. Ce que vous m'avez dit m'a donné le désir de le connaître. Ce sera la première visite que j'aurai faite, avant qu'on soit venu chez nous.

— Je voudrais vous prier de dire à M. d'Arel que j'ai, depuis ce matin, un superbe veau mâle, qui deviendrait un excellent reproducteur. Je le lui vendrai volontiers s'il veut l'acheter et l'élever. Moi, je ne puis pas avoir un taureau pour mes six vaches et mes quatre génisses; et ce serait vraiment dommage d'envoyer ce veau à la boucherie. Il est, comme sa mère, couleur café au lait.

— Je ferai votre commission. Combien il faut savoir de choses pour la simple exploitation d'une campagne!

— Oh! cela s'apprend peu à peu dans la pratique. Si nous pouvions avoir ici une agriculture, comme dans certains États de l'Amérique du Nord, par exemple comme dans le Nébraska, se serait bien différent. Un jeune homme de Collongin, parti pour l'Amérique il y a dix-huit ans, est revenu l'hiver dernier pour revoir ses parents. En quittant la Suisse, il n'était que simple domestique. Arrivé là-bas, il est entré au service d'un propriétaire, et cinq ans après il achetait, avec le produit de ses gages, un lot de soixante acres dans le Nébraska. Il venait d'épouser une compatriote qui avait quelques cents dollars, et ils purent payer leur acquisition, sur laquelle était posée une maison de bois. Le pays est une plaine limoneuse, sans un seul arbre et sans une seule pierre. Le maïs y pousse vigoureusement, les céréales et les fourrages artificiels aussi. Notre émigrant a des vaches, des chevaux ; les cochons et les poules vivent en plein air presque toute l'année. Les produits de sa ferme sont expédiés à Chicago, à deux cent cinquante lieues, par un chemin de fer qui passe dans le voisinage. Une année, ce colon vendit pour 6000 francs de maïs. La main d'œuvre est facile ; la nourriture abondante. On y trouve aussi, en grand nombre, de petits serpents inoffensifs, dont les poules se nourrissent, et, dans les grandes herbes, de temps à autre, on entend tinter les écailles d'un serpent à sonnette. Puis, il y règne aussi des fièvres. Le mauvais côté de cette contrée encore très jeune, c'est le manque de secours intellectuels et religieux. Il y a pourtant de loin en loin, une école. On n'a que de l'eau de puits ; elle ne coule pas comme ici à notre fontaine. Le vin est inconnu, mais on a de la bière. Notre jeune ex-concitoyen est devenu Américain. Ses enfants ne verront peut-être jamais le pays où leurs parents sont nés et ont été élevés.

J'ai eu du plaisir à causer avec mon ancienne connaissance. On sent que le caractère doit se tremper énergiquement dans un tel milieu et qu'il faut y devenir *un homme* dans toute la force du terme. Toutefois, ce qu'il m'a raconté de sa vie et de ses expériences, ne m'a pas donné la moindre envie de faire comme lui.

— Je te comprends. Vous êtes si heureux ici, de toutes manières.

— Oui monsieur ; je le sens et j'en suis reconnaissant envers Dieu. Mais j'ai deux fils, et je me demande parfois ce qu'ils feront, dans quelle carrière ils devront entrer. Enfin, la Providence qui veille sur tout, ne les oubliera pas. Voici nos gens qui viennent souper. Bonsoir, monsieur.

« Et voilà l'homme que j'appelais un mystique, un exalté, se disait Ernest en rentrant chez lui. Je n'ai été trop longtemps qu'un orgueilleux et un sot. Il faut maintenant que j'apprenne les leçons de la vie par ce père de famille, et aussi par la bouche d'un enfant. »

Le lendemain, à quatre heures de l'après-midi, il se dirigeait vers Bossens, un chapeau de paille sur la tête et une canne à la main. Le temps était agréable, pas trop chaud. Un souffle venant du Jura fraîchissait sur la plaine. On sentait déjà l'approche de nuits plus longues, et le soleil était moins élevé qu'en juillet. Entre la campagne d'Ernest de Cange et Bossens, les terrains ont de la variété, soit dans ce qu'ils produisent, soit dans la configuration du sol. De petits bois s'espacent d'un endroit à l'autre, laissant entre deux des prairies où le regain venait d'être fauché, et, plus haut, des champs où l'on cultive les céréales, le, maïs fourrage et la betterave. On en préparait déjà certaines parties pour les semis de froment, qui se font en septembre. Il n'y a pas de ruisseau dans le territoire de cette commune. La vigne occupe des coteaux en pente douce, rapprochés des maisons. Une jolie église à flèche élancée se détache au milieu de vieux tilleuls, plantés dans ce qui fut un cimetière, où l'on n'enterre plus depuis un demi-siècle. Bossens est un beau village, sa population est d'environ quatre cents âmes.

M. d'Arel, chez qui Ernest devait aller, habitait une belle propriété, située un peu en dehors des dernières

maisons, du côté du nord. La situation était plus élevée
que celle du quartier voisin, et la vue fort belle. Riche à
plusieurs millions, disait-on, M. d'Arel jouissait d'une
très grande considération. Généralement aimé, à cause
de son caractère affable et sympathique, très généreux
et sachant donner sans faire sonner la trompette dans
les listes publiées par les sociétés religieuses ou de
bienfaisance, il était cependant parfois attaqué brutale-
ment dans un journal, parce qu'il n'appartenait pas à la
coterie gouvernementale. Il ne se faisait nul souci de
ces grossièretés, n'y répondant jamais et continuant à
rendre des services au près et au loin, même à certaines
gens qui riaient sous cape en lisant le journal en question. C'était bien la meilleure manière de se venger des
insanités débitées à son adresse. M. d'Arel prenait à la
lettre cette parole de Jésus-Christ : « Faites du bien à
vos ennemis. » Oh ! si l'archimillionnaire, comme on le
désignait, avait été membre de l'Association démocra-
tique, il n'y aurait pas eu, de ce côté-là, assez de
bouches pour louer sa bienfaisance et son amabilité.
Mais, puisqu'il appartenait au parti libéral et qu'il était
sans doute *mômier*, il fallait, chaque fois qu'on le trouvait opposé aux idées de la majorité, l'attacher au pilori
de la vindicte publique en se moquant de lui d'une
manière parfaitement bête, quand elle n'était pas absolument méchante. Quel dommage pour ses détrac-
teurs, qu'il ne fit point porter la livrée à ses domestiques, et que lui-même fût aussi simple dans sa mise
et dans ses habitudes que le plus modeste propriétaire
de la commune ! Ah ! si on avait pu lui reprocher des
airs aristocratiques et la morgue de tel ou tel, avec quel
plaisir on l'aurait bafoué dans les colonnes de l'excellent journal ! Mais il n'y avait pas moyen de le prendre
en faute sur ce point ; M. d'Arel, avec ses millions, était
d'une affabilité et d'une cordialité républicaine déses-
pérantes. On ne pouvait donc pas le lui pardonner.

Ernest donna sa carte à un domestique, et aussitôt.

M. d'Arel vint au-devant de l'étranger qui se présentait chez lui. C'était un homme de taille moyenne, approchant de la cinquantaine, vêtu comme Ernest d'un costume de mi-saison, les yeux très doux, le visage complètement rasé.

— Soyez le bienvenu, monsieur, dit-il, et veiller m'excuser si je n'ai pas encore été vous voir à la Tourelle. C'était pourtant mon intention, je dirai même mon devoir, puisque vous êtes nouvellement arrivé dans notre pays. Mais je viens de faire un voyage avec mes fils, pour profiter de leurs vacances, et nous ne sommes revenus que depuis peu de jours. C'est bien aimable à vous de nous avoir prévenus. Permettez-moi de vous présenter ma famille. — Ma chère amie, dit-il à Mme d'Arel en introduisant le visiteur au salon, M. de Cange, propriétaire à la Tourelle, qui nous fait le plaisir de venir nous voir. — Monsieur, voilà quatre garçons qui vont au collège ; il y en a encore deux autres plus petites, et quatre filles de différentes tailles. Vous voyez que nous sommes riches. Dix enfants bien portants, c'est une grande bénédiction. — Écoute, Maxime, dit-il à l'un des jeunes garçons, va dire qu'on apporte du vin et de la bière.

— Merci, monsieur, je ne prendrai absolument rien.

— Pas même un verre de sirop ? dit Mme d'Arel.

— Non, madame, je vous rends grâces.

— Donnez-nous des nouvelles de mon ami François Gattel, reprit M. d'Arel. Savez-vous que s'il était permis de convoiter ce qui appartient au prochain, je tâcherais de vous enlever votre fermier, pour lui donner à diriger une campagne de cent cinquante arpents que je viens d'acheter à quelques lieues d'ici ? Mais soyez sans crainte. Ce n'est pas moi qui l'engagerai à vous quitter.

— Je vous en sais gré, monsieur, car je l'aime beaucoup, et je tiens à le conserver le plus longtemps qu'il sera possible. Il m'a chargé de vous dire qu'il a depuis ce matin un superbe veau mâle, bon à élever, s'il vous

convenait de l'acheter. Gattel ne veut pas avoir de
taureau pour son étable, et il serait chagriné s'il fallait
envoyer à la boucherie ce bel animal.

— Quel manteau ?

— Café au lait, sans aucune tache.

— J'irai le voir en vous reconduisant. Voulez-vous
nous faire le plaisir de prendre le thé avec nous, à sept
heures ?

— Ce serait bien volontiers ; mais ma tante, qui vit
seule avec moi, compte sur mon retour.

— Alors, nous ne vous retenons pas, dit M. d'Arel, mais
la prochaine fois, veuillez nous réserver votre soirée.

Ernest s'inclina et dit qu'il accepterait avec plaisir,
mais qu'il sortait peu de chez lui. Après un quart d'heure
de conversation, il se leva. M. d'Arel prit sa canne,
appela son chien Tello, et les deux messieurs, ayant
déjà fait une sorte de bonne connaissance, se mirent en
route pour la Tourelle.

CHAPITRE XVIII

endant qu'ils cheminaient ensemble, M. d'Arel et Ernest de Cange s'entretinrent d'une manière intéressante. Ils parlèrent de l'état politique de la France, de la division des partis à la Chambre, — c'était en 1887, — partis qui, au lieu de travailler au bonheur du pays, ne songent qu'à mettre en avant leurs théories creuses, l'un pour contrecarrer le gouvernement, l'autre pour le renverser et prendre sa place ; un troisième, dans l'espoir de miner la société par sa base et de la faire écrouler. Et tandis que le peuple français, dans les campagnes surtout, ne désire que la paix intérieure et extérieure, le Parlement semble parfois se borner à changer de ministère tous les six mois. Sans lui adresser de questions trop directes, ce qui aurait été un manque de tact, M. d'Arel amena Ernest à lui raconter en gros ce qu'il faisait à Paris, et, comment entraîné dans des entreprises aléatoires, il avait perdu une grande partie de sa fortune. La candeur qu'il mit à son récit toucha M. d'Arel. Il se sentit attiré vers cette nature honnête et droite, malgré la légèreté et la présomption qu'on avait pu lui reprocher. Un autre, à la place d'Ernest, eût condamné sans merci les brasseurs d'affaires qui l'avaient mis dans la débine ; lui n'accusait que lui-même.

— Vous pourriez, lui dit M. d'Arel, rendre de bons

services aux jeunes hommes devenus maîtres de leur fortune, en publiant dans un journal, ou dans une revue, les roueries, les appâts trompeurs des gens dont vous parlez, et cela naturellement d'une manière générale, sans nommer personne. Les clients seraient avertis, mis sur leurs gardes. Avez-vous écrit quelquefois dans les journaux ?

— Non, jamais.

— Essayez. Je me chargerai de présenter votre article et de le faire accepter.

— Je vous remercie. J'y réfléchirai, et s'il me vient quelque chose, quelque idée, et que je vienne à bout d'écrire, je vous remettrai mon travail.

— Oui, je crois que cela pourrait être utile, même chez nous, où beaucoup de jeunes hommes et même d'hommes mûrs, se jettent dans des entreprises ruineuses, croyant réaliser de gros bénéfices. L'argent ne doit pas se gagner de cette manière. Là où quelques-uns réussiront peut-être, combien d'autres verront leurs capitaux disparaître sans retour !

Arrivés chez Gattel, les deux nouveaux amis allèrent voir ensemble le veau né la veille, et M. d'Arel dit qu'il le prendrait, quand le lait de la mère serait vendable, dans une dizaine de jours.

— Quant au prix, dit-il au fermier, je m'en rapporte à vous. Je sais que vous ne voudriez pas vendre cet animal plus qu'il ne vaut.

— Vous ferez le prix vous-même, si cela vous convient, dit Gattel. Je suis déjà trop content que le veau n'aille pas à la boucherie. Quelle terrible obligation, n'est-ce pas, monsieur, que celle de tuer les animaux pour notre nourriture ! Il semble qu'il faudrait pouvoir se borner à détruire les serpents et les carnassiers dangereux. Pour peu que cela servît à quelque chose, je me ferais végétarien.

— Oui, je vous comprends. Et pourtant, Dieu a donné à l'homme tout pouvoir sur les animaux. Les poissons que nous allons chercher dans les rivières, au fond des lacs et dans la mer, ont droit à la vie, aussi bien que nos vaches. Pourquoi ne les laisse-t-on pas en paix dans leurs retraites ? Pourquoi écrasons-nous, en marchant, sans nous en douter, des milliers d'insectes ayant des organes admirables et la faculté de s'ébattre au soleil, d'aimer peut-être ? Nous ne pouvons rien à cet état de choses. Espérons en la vie future, où la mort ne sera plus. Ici-bas, c'est elle qui règne sur tout ce qui a reçu l'existence. — Adieu, mon brave monsieur Gattel. Vous pourrez continuer mes réflexions sur ce sujet l'automne prochain, quand vous viendrez chasser dans mes bois. Moi, j'ai renoncé à la chasse, parce que cet exercice me causait des palpitations. — Adieu, monsieur de Cange, et merci de votre visite, en attendant que nous ayons le plaisir de vous la rendre.

Ernest accompagna M. d'Arel jusqu'au pont qui reliait la campagne à la route.

En rentrant chez lui, il trouva sur la table une dépêche non ouverte, contenant ce qui suit :

« Arriverai demain quatre heures, pour un jour ou deux. .

» JACQUES MÉLISSE.

— Est-ce ennuyeux ! fit Ernest, en donnant le télégramme à sa tante. Moi qui croyais, dans un endroit perdu comme celui-ci, être au moins à l'abri des importuns.

— Qu'est-ce que c'est que ce *Mélisse* ? demanda la tante.

— Un ancien camarade, qui a fait sa fortune là où j'ai perdu la mienne. Il devrait bien rester où il est. S'il a le temps de s'amuser, moi, il faut que je travaille.

— Bah ! tu seras bien aise de le voir.

— Mais c'est qu'il faut le recevoir, ma tante, ce qui est fort différent ; et s'il allait se mettre en tête de rester huit ou quinze jours, cela ne m'irait pas du tout.

— Ne t'inquiète donc pas. S'il reste, il ira se promener dans la matinée et te laissera tranquille dans ta chambre de la tour.

— Ah! qu'est-ce que ce Mélisse avait besoin de venir me relancer de cette manière?

— Voyons, mon cher ami; ce n'est pas une affaire d'état que de recevoir ce monsieur. Est-ce lui qui fabrique l'eau de mélisse?

— Non; il vaudrait bien mieux. Il a fabriqué d'autres choses, moins profitables que celle-là, qui, par parenthèse, est dix fois plus chère qu'il ne faut. — Et cette lettre, d'où vient-elle? Encore de Paris. Voyons ce a qu'elle chante.

C'était un pli assez épais, chargé d'un double port.

— Bien! reprit Ernest après avoir lu les deux pages a de la lettre et jeté un coup d'œil sur une feuille imprimée qui se trouvait aussi dans l'enveloppe, je vais leur répondre de bonne encre, à ces MM. Conradin & C^le. Voici ce qu'ils écrivent:

Paris, ce ... août 18**.

« M. Ernest de Cange, en son château la Tourelle prés Collongin, Vaud, Suisse.

Monsieur,

» Nous avons l'honneur de mettre sous vos yeux le prospectus de l'entreprise extraordinairement profitable que nous venons de constituer sous la Raison anonyme des *Grands Minoteries de l'Épi d'Or*, avec forces motrices hydrauliques. L'usine marche déjà d'une manière merveilleuse. Vous trouverez les détails et les chiffres dans l'imprimé ci-joint.

» Un avenir prodigieux est assuré à cette industrie absolument nouvelle. Nous pouvons, sans jactance, parler déjà d'un bénéfice net de 30%, bénéfice qui ne peut qu'augmenter d'année en année, et qui doublera certainement le capital de fondation en peu de temps.

Dans la contrée populeuse où sont établies les *Minoteries de l'Épi d'Or* tous les anciens moulins à meules se ferment. Nos cylindres décortiqueurs et broyeurs les ont tués. À nous maintenant de les remplacer et de vivre !

» Monsieur, toutes les actions, sauf six de 5000 francs chacune, sont placées. En souvenir des affaires dont vous nous avez honorés il y a deux ans, nous vous avons réservé trois de ces actions, assurés que nous sommes qu'il vous sera très agréable et avantageux de participer à cette excellente entreprise. Veuillez nous faire part le plus tôt possible de votre décision, et agréer, etc.

» Conradin & Cᶦᵉ.

» P. S. On nous demande ces actions de divers côtés. »

En marge de la lettre, on trouvait une longue liste des opérations auxquelles se livrait la maison Conradin. Ernest se disposait à répondre sur-le-champ lorsque sa tante lui dit qu'il fallait se mettre à table et souper.

— Ce sera bien assez tôt d'écrire demain, dit-elle.

— Oui, vous avez raison, ma tante ; je suis trop en colère dans ce moment.

— Dis-moi : qui donc est ce monsieur avec qui vous causiez dans la cour ?

— C'est M. d'Arel.

— Chez qui tu es allé ?

— Oui, un homme bien aimable et distingué. Il a une belle famille : six garçons et quatre filles.

— Ça a fait dix. Quelle charge ! Mais s'il a dix millions, ce monsieur, un par enfant, ça facilite les choses. Nous, avec ce que nous possédons, toi et moi, nous serions forcés de borner notre luxe à un seul ; et encore aurions-nous bien de la peine à nouer les deux bouts.

— Donnez-moi encore une tasse de thé, ma tante, s'il vous plaît, et parlons d'autre chose. Je me sens terriblement irrité contre ces Conradin. Ce sont eux qui m'avaient fourré dans la mine de sel où j'ai perdu une grosse somme. Ils devaient savoir l'affaire mauvaise et, au lieu de m'en avertir charitablement, ils n'ont cessé de me la vanter. Peut-être même m'ont-ils endossé leurs propres actions.

— On ne sait pas. Est-ce élégant, chez ce M. d'Arel ?

— Oui, mais d'une élégante simplicité.

— Et il est venu avec toi à pied, ce millionnaire ?

— Sans doute ; il est d'une parfaite simplicité.

Avant d'aller dormir, Ernest monta dans sa chambre de la tour et écrivit ce qui suit :

La Tourelle, ce...

» MM. Conradin & Cie, agents d'affaires, à Paris.

» Messieurs,

» Si vous pouvez me rendre les 60 000 francs que vous m'avez fait perdre en me conseillant de les mettre dans la mine de sel où ils se sont fondus en peu de temps, je prendrai les trois actions *Minoteries*.

C'est assez d'avoir été une fois pris dans vos filets.

» Agréez la considération qui vous est due.

» E. DE CANGE.

M. Jacques Mélisse arriva donc le lendemain, l'heure fixée dans sa dépêche. Il se fit amener en voiture, le chemin de fer étant assez éloigné de la campagne d'Ernest. C'était un petit monsieur, fort bien mis, un peu d'obésité sur ses jambes grêles, et une moustache noire.

— Mon cher Cange, dit-il à Ernest en lui serrant la main, je n'aurais vraiment pas voulu visiter la Suisse sans m'arrêter un jour chez toi. C'est Conradin qui m'a donné ton adresse. — Comme tu as pris bonne mine, n'est-ce pas ? et l'air heureux, depuis que tu habites ce beau pays. En quittant Paris, au printemps, tu étais fatigué, énervé tout à fait. Maintenant tu fais plaisir à voir. Comme c'est joli et champêtre dans cette contrée ! Ces maisonnements sont-ils tous à toi ? la maison d'habitation, n'est-ce pas ? la ferme aussi, tout ce qu'on voit par là ?

— Oui, répondit laconiquement notre propriétaire, dont les allures parisiennes s'étaient déjà bien modifiées.

— Et ta campagne, reprit Jacques Mélisse, où est-elle ? Est-ce grand, ton *faire-valoir* ?

— Tu peux voir : mon terrain va jusqu'aux arbres qui bordent là-bas le ruisseau ; et de ce côté-ci, jusqu'au-dessus de ce petit coteau de vigne. À l'occident, ça va encore assez loin.

— Tout ça d'un seul tenant ? Mais c'est très grand. Plusieurs hectares, n'est-ce pas ? Près de Paris, ça vaudrait des millions ; ici, beaucoup moins sans doute, mais pourtant quelques cents mille francs. Je te félicite, mon très cher, d'être si bien casé dans tes vieux jours, qui sont encore très jeunes, car j'ai quelques années de plus que toi. Fais-tu encore des affaires par ici, ou avec Paris ?

— Non, je vis absolument retiré.

— Pas pourtant comme le rat dans son fromage de Hollande ? Tu vois du monde, n'est-ce pas ? les propriétaires tes voisins ? Est-ce qu'il y a des familles aimables dans les environs ? des gens riches ?

— Sans doute.

— De jolies héritières ? Une jolie fille riche fait très bien dans le paysage, même à la campagne ! Tu n'es pas encore marié ?

— Ni près de l'être.

— Moi aussi, je reste garçon. C'est plus simple, plus commode, n'est-ce pas ? On vit comme la tête vous chante. Pourtant, je comprends que dans une oasis comme la tienne on se marie et qu'on ait famille. Tu viendras passer les hivers à Paris ?

— Non ; je n'en ai pas la moindre envie.

— Alors, tu es devenu tout de bon paysan, mais à la façon suisse, c'est-à-dire gentilhomme campagnard. Chasses-tu ?

— Je chasserai peut-être en automne. Quand j'en ai le temps, je vais prendre des truites.

— Des truites ! où ça ?

— Dans le ruisseau qui limite mes prés.

— Y vas-tu aujourd'hui ? J'irai avec toi, pour voir comment ça se pratique. « Ça doit être amusant de pêcher ? »

— Aujourd'hui, l'air est trop sec et il fait du vent ; les truites ne mordraient pas.

— Eh bien ! alors, demain ?

— Oui, si le temps est favorable.

— Peux-tu me garder jusqu'à demain au soir sans dérangement chez toi ?

— Parfaitement.

— Ça m'amusera beaucoup de te voir pêcher. Elles sont bonnes, ces truites ?

— Tu les goûteras, si j'en rapporte.

— Est-ce qu'on n'en prend pas toujours ?

— Non. C'est même l'exception, quand on en a une demi-douzaine dans son panier.

— Alors, ça finit par devenir ennuyeux, n'est-ce pas ?

— Non, pas pour moi. Si je ne prends rien, je m'amuse à penser, et j'étudie un peu la nature qui m'environne.

— Je comprends. Ce doit être un genre de vie charmant, mais pourtant un peu monotone. Avec quelles familles es-tu lié ?

— Je ne suis en relation un peu intime qu'avec une seule.

— Qui habite un château, n'est-ce pas ? En venant ici, j'ai passé près d'un château. Le cocher m'a dit que c'est le château des Morilles, dont le propriétaire est un homme très riche : tu le connais ?

— Un peu. C'est M. du Terreau.

— Du Terreau, c'est ça. Il a de fort beaux équipages, m'a dit le cocher. Une jolie famille, celle de ce monsieur, n'est-ce pas ?

— Je n'ai vu ni madame ni les enfants.

— Et alors, la famille avec laquelle tu es lié ?

— C'est celle de mon fermier.

— Tu plaisantes ! lié avec ton fermier ?

— Oui, mon cher, et je te ferai faire sa connaissance. Pour le moment, allons souper. Ma tante sera bien aise de te voir.

— Comment ! tu as une tante ?

— Oui ; Mlle Saint-Hélier : une sœur de ma mère.

— Alors, elle n'est plus de la première jeunesse, cette madame ta tante ?

— Non, pas précisément. Je suis trop heureux qu'elle ait consenti à partager ma solitude.

— Allons : montre-moi le chemin.

Ernest conduisit son hôte au salon, où M. Jacques Mélisse fit un profond salut à Mlle Marthe et entra aussitôt en conversation avec elle, sur toutes sortes de sujets. Nanette vint bientôt dire que mademoiselle était servie. M. Jacques Mélisse offrit son bras à la vieille demoiselle et l'on passa dans la salle à manger.

Laissons-les souper. Nous les retrouverons demain.

CHAPITRE XIX

Ernest de Cange n'était pas un Parisien pur sang. Né en province, élevé loin de la grande ville, il n'en avait pas sucé le lait comme Jacques Mélisse. Il avait quelque chose de moins vif, de moins prompt que ce dernier ; mais il était plus réfléchi, plus renfermé en lui-même, plus accessible aux pensées sérieuses. S'il avait fini par prendre le même accent, sa parole était moins spontanée, plus lente dans l'expression. L'accent moral était sensiblement différent aussi, même avant d'avoir subi le coup de conscience qui avait fait de lui, jusqu'à un certain point, un autre homme. Si Jacques Mélisse avait un langage superficiel, qui semblait dénoter peu de fonds dans sa nature et qu'il bourrait de ses inutiles *n'est-ce pas* ; s'il manquait absolument d'instruction classique et presque d'instruction primaire, il était, en revanche, doué de manière à saisir promptement une idée et à juger avec une sorte de sûreté instinctive ce que pouvait valoir une affaire, dans la catégorie de celles dont il s'occupait. Il avait fait un apprentissage de commerce, instruction qui manquait à Ernest, ainsi que plusieurs autres connaissances nécessaires dans le milieu où celui-ci s'était trouvé à Paris. Et voilà pourquoi Ernest s'était fourvoyé, là où Jacques Mélisse avait réussi.

La visite de ce dernier rappela au souvenir de son

ancien camarade bien des choses qui lui étaient pénibles : un séjour de quatre mois loin du théâtre de ces néfastes exploits les avait déjà, sinon effacés, du moins éloignés de sa pensée habituelle. Ils revinrent, avec une bonne partie de leur amertume, se présenter à l'esprit du jeune homme et le faire revivre dans un temps qui paraissait presque oublié. De là, son premier mouvement d'humeur fâcheuse, en recevant la dépêche annonçant la prochaine arrivée de l'heureux spéculateur. Mais il ne tarda pas à reprendre des sentiments plus hospitaliers à l'égard du compagnon qui s'était souvenu de lui, et avait fait un détour pour venir lui serrer la main. Si Jacques Mélisse n'était pas pour lui un ami, ce n'était cependant pas un indifférent.

Quand ils eurent soupé à l'heure où l'on dîne à Paris, Ernest emmena son hôte dans la cour, et lui proposa de s'asseoir sur son banc pour fumer un cigare. Jacques avait mis son pardessus, l'air de Suisse lui paraissait plus frais que celui des boulevards.

— Comme on est bien ici ! fit-il en se frottant les épaules contre la planche inclinée qui servait de dossier. Cette grande montagne couverte de bois, qu'on voit dans le lointain, c'est le Jura, n'est-ce pas ?

— Oui, le Jura vaudois.

— Parce qu'il y a aussi le Jura français, n'est-ce pas ?

— Sans doute, plus à l'ouest. Au nord-est, il y a aussi le Jura neuchâtelois, et plus loin encore, le Jura bernois.

— Ah ! ça, tu sais la géographie de la Suisse, toi ?

— Pas mieux que tout le monde d'ici, sans excepter les enfants.

En ce moment, François Gattel amenait quatre vaches à la fontaine.

— Voilà ton bétail, dit Jacques. Ce sont des vaches laitières, n'est-ce pas ?

— Oui, mais elles ne m'appartiennent pas. Voici leur propriétaire, dont je t'ai parlé. — Bonsoir Gattel. Voici un de mes amis, M. Mélisse de Paris, qui me fait une

visite en passant et sera bien aise de faire connaissance avec vous.

— Je vous salue, monsieur, dit Gattel ôtant son bonnet.

Jacques répondit par une inclination de tête, puis
s'adressant à Ernest :

— Tiens ! comme ça boit, les vaches ! en peuvent-elles
pomper de cette eau fraîche ! Regarde un peu : on la voit
courir tout le long de leur gosier. — Ne craignez-vous
pas qu'elles n'en prennent trop ? demanda-t-il au fermier.

— Oh ! non, monsieur, elles s'arrêtent dès qu'elles ont
la quantité d'eau nécessaire à la digestion du fourrage.
Elles ne font pas d'excès de boisson. À cet égard, elles
sont plus sages qu'un grand nombre d'hommes.

Ayant relevé leur muffle ruisselant d'eau, les vaches
retournèrent gravement à l'étable, suivies de leur maître.

— C'est donc un fermier, cet homme, dit le Parisien ;
il parle comme une explication de dictionnaire.

— Il ne se nomme pas Gattel pour rien.

— Gattel ? qu'est-ce que c'est ?

— Le nom d'un lexicographe français.

— Comme vous êtes donc savants par ici ! Je n'avais
pas entendu parler de ce Gattel. Il y a aussi un certain
Littré, n'est-ce pas, qui a fait dernièrement un dictionnaire. Les journaux en ont parlé. On dit que le libraire a
gagné bien de l'argent en publiant ces quatre gros
volumes. Les as-tu vus de prés ?

— Oui, et même je les possède.

— Tu me les montreras. Je ne me sers, et encore pas
souvent, que d'un petit dictionnaire de poche, édité par
un nommé *Roret*, je crois. Les livres ne sont pas mon
affaire. Mais dis-moi un peu ; pourquoi ces vaches, —
en voici encore une troupe d'autres, — oui, pourquoi ne
sont-elles pas à toi puisque tu es le propriétaire ?

— Tout le chédail d'exploitation appartient au fermier.

— Paye-t-il au moins une bonne rente ?

— Oui, et à jour fixe, comme un banquier. Voilà sa
femme qui vient prendre au goulot un arrosoir d'eau

fraîche. — Bonsoir, Mme Adèle. Monsieur est un de mes amis qui nous rend visite en venant de Paris.

Jacques Mélisse ôta son chapeau. La mère de Lina fit une inclination de tête et, son arrosoir étant plein, elle l'emporta.

— Une belle femme, cette fermière, reprit Jacques. A-t-elle des enfants ?

— Oui ; deux garçons qui vont à l'école, et cette petite fille qui va venir sauter sur mes genoux et m'embrasser.

Lina, en effet, accourait. Mais quand elle vit qu'il y avait un second monsieur sur le banc, elle hésita à s'approcher.

— Viens donc, lui dit Ernest.

En deux sauts, elle fut à sa place favorite. Et quand elle eut, comme à l'ordinaire, embrassé son grand ami, elle lui dit à l'oreille :

— Est-ce qu'il restera toujours ici, ce monsieur ?

— Non, seulement un jour ou deux.

— Comment qu'il s'appelle ?

— M. Jacques Mélisse.

— Oh ! comme c'est drôle ! Nous avons aussi un buisson de mélisse dans le jardin, vers le rucher.

— Dis-moi, ma petite, fit le Parisien, qui avait entendu ce que disait Lina, veux-tu aussi m'embrasser ?

L'enfant le regarda un instant, puis elle dit :

— C'est monsieur ton ami qui m'a embrassée le premier, là, dit-elle en touchant son front de son petit doigt.

— Eh bien, je t'embrasserai aussi à la même place.

— Mais c'est que tu as une bien grosse moustache, toi ; et puis, je ne veux pas aller sur tes genoux, reprit-elle en s'avançant un peu, sans quitter le bras d'Ernest où elle se retenait d'une main.

Elle descendit ensuite de sa place et retourna vers sa mère qui l'appelait.

— Comme ils ont l'air intelligent, tes fermiers ! dit Jacques. Il paraît bien que c'est une famille distin-

guée. La mère est une belle femme. On ne lui donnerait pas même trente ans. C'est joli, ces blondes au
teint pur, quand elles ont de beaux cheveux, comme
cette Mme Gattel.

— Demain, tâche de voir son mari et de causer avec
lui. Tu seras étonné de tout ce qu'il sait. À bien des
égards et surtout pour le caractère, c'est un homme
distingué.

— Fait-il ses affaires chez toi? car pour lui c'est là
l'essentiel.

— Il cultive le domaine avec intelligence, et il élève sa
famille. C'est déjà bien quelque chose. Puis, il possède
une maison et des champs dans le village voisin. Cela
lui permet de faire des épargnes.

— Allons, tant mieux. As-tu l'occasion ici de traiter
quelques affaires?

— Je t'ai déjà dit que j'ai renoncé à toute espèce de
spéculation. J'aurais bien dû y renoncer il y a cinq ans.

— Oui, j'ai su par Conradin que tu as fait quelques
pertes. Cela arrive de temps en temps à ceux qui sont
dans les affaires, et j'en sais aussi quelque chose. Mais
la bonne chance revient à son tour. Conradin m'a
proposé dernièrement des actions d'une minoterie.
L'affaire me paraissait bonne, solide, j'ai pris trois titres
de 5000 francs. Ces minoteries ont de l'avenir. Il est
évident que le temps d'écraser le grain entre deux
pierres qui s'usent elles-mêmes par le frottement et
mêlent leur poussière à la farine n'est plus de notre
époque. Cette manière antédiluvienne doit être
remplacée par les machines modernes.

— Il faudra pourtant toujours des moulins ordinaires
pour fournir la farine aux campagnards éloignés des
villes. Les paysans préfèrent le produit naturel de leur
blé à la farine étrangère.

— C'est possible. Mais pour approvisionner les villes,
les grands centres de population, il faut des machines
en acier, qui puissent moudre des milliers de sacs de

froment en un jour. Et c'est pour cela que les minoteries ont de l'avenir. Ah! ça, nous irons prendre des truites demain, n'est-ce pas?

— Oui, mais il faut aller de grand matin. Peux-tu te lever à cinq heures?

— Pourquoi pas?

— As-tu de fortes chaussures? Pour marcher dans l'herbe pleine de rosée, il faut de bons souliers. Si tu n'en as pas, je te prêterai mes bottes de pêche.

— Oui, prête-les-moi. Il nous faut retourner chez toi, n'est-ce pas? L'air du soir est déjà bien frais dans ce pays, et pourtant nous ne sommes qu'au 25 août.

Je suis un peu fatigué du voyage, et je me coucherai de bonne heure puisqu'il faut se lever matin.

Le lendemain, Ernest vint appeler son hôte, encore plongé dans un profond sommeil.

— Nanette, lui dit-il, va nous faire une tasse de café, pendant que tu t'habilleras. Il ne faut pas aller dans l'herbe humide sans avoir quelque chose dans l'estomac. Mais dépêche-toi. Le jour est là.

Une demi-heure après, les deux jeunes gens descendaient au ruisseau, Ernest vêtu d'une blouse et Jacques les jambes enfermées dans des bottes de cuir gras.

C'était une de ces fraîches matinées qui précèdent l'arrivée prochaine de l'automne. L'herbe ruisselle de rosée; le ciel est légèrement voilé. À l'orient, si la journée doit être belle et chaude, l'aube se montre dégagée de nuages. Plus de chants d'oiseaux; le temps des amours est passé. Les uns émigrent déjà vers le sud. La huppe, les fauvettes, les pies-grièches sont parties, ainsi que les rossignols. Les loriots ont voyagé. Ils reviennent d'Allemagne et emmènent avec eux leur jeune famille. Dans notre pays où les oiseaux en général ne brillent pas par l'éclat des couleurs, c'est un joli spectacle que celui d'une petite troupe affairée et babillarde de ces loriots d'un jaune d'or, aux ailes d'un noir profond. Au moment de leur départ, ils sont moins sauvages que lorsqu'ils arrivèrent en mai.

Nos deux pêcheurs, dont l'un seulement avait une ligne, passèrent plusieurs heures le long du ruisseau. Ernest fut assez heureux pour prendre cinq jolies truites. Jacques Mélisse poussait un cri de joie lorsque son compagnon en faisait voltiger une au-dessus du courant et l'amenait au bord.

— Tais-toi, disait le pêcheur. Il faut rester silencieux. Tu vas effrayer les autres.

— C'est plus fort que moi, répondait le Parisien. Non, c'est charmant, la pêche. Quand ma pelotte sera suffisamment ronde, j'achèterai une campagne avec un ruisseau, et je pêcherai aussi.

Un bruit derrière lui, dans les buissons, le fit se retourner. C'était un renard que leur présence avait troublé dans son sommeil matinal et qui, sans se presser, allait chercher un autre gîte.

— Regarde, Ernest, cette bête. Qu'est-ce que c'est?
— Un renard.
— Comment! il y a aussi des renards par là?

Il dormait sans doute, après avoir rôdé toute la nuit.

À dix heures, nos deux hommes reprenaient le chemin du logis, le Parisien enchanté de sa matinée et se réjouissant de manger une truite à son dîner. On remit les poissons à Nanette, chargée de les mettre à la poêle. Il fut décidé qu'ils seraient frits.

Jacques Mélisse trouva les truites parfaites, et le petit blanc du cru de la Tourelle fut jugé par lui très potable, même coupé d'eau fraîche. La promenade matinale avait aiguisé l'appétit du voyageur touriste, qui fit honneur au talent culinaire de Nanette.

Après le dîner, on passa au salon, où l'on resta jusqu'à trois heures. M. et Mlle Moser vinrent rendre visite. Mlle Hélène apportait le dernier numéro de la *Bibliothèque universelle*, où elle avait trouvé deux articles intéressants.

M. Jacques Mélisse fut frappé de l'air distingué de

la fille du régisseur. Il demanda qui elle était et ce qu'elle faisait. Quand il apprit qu'elle s'occupait de ses mains au ménage de son père, il dit qu'elle avait toute son admiration.

— Cette demoiselle, ajouta-t-il, a des yeux veloutés qui m'auraient subjugué si j'étais en ce pays et que je songeasse à me marier. Et avec ça qu'elle parle mieux qu'un livre. Ma foi, mon cher ami, je te félicite d'avoir de tels yeux dans ton voisinage, et une fermière comme Mme la dictionnaire Gattel. La petite aussi est une ravissante créature, bien qu'elle ait refusé de m'embrasser. Enfin, je vois que vous êtes tous des philosophes dans ce coin de pays. Dommage seulement qu'on ne puisse pas aller le soir au théâtre. Ici, ça me manquerait immensément. — Ah! je n'oublierai pas notre matinée de pêche. Ce serait charmant, raconté dans *le Figaro*; mais je ne sais pas tenir la plume, et même je suis sûr que je ferais des fautes d'orthographe. *Le Figaro* paye très bien ses correspondants, à ce qu'on m'a dit. Il y a aussi ceux des *Débats* qui font de bonnes affaires. Mais comme il faisait frais, presque froid, le long du ruisseau, jusqu'à ce que le soleil soit venu réchauffer la nature! À qui appartient-il ce ruisseau? Je pense que tu en possèdes une bonne partie.

— Il est propriété de l'État, comme toutes les rivières.

— Ah! c'est dommage. Tu ne pourrais donc pas le changer de place, lui donner une autre direction, si tu le voulais?

— Non, il faut le laisser où il est, bien caché sous ses ombrages, et se contenter de parcourir ses bords.

— Oui, c'est pourtant bien quelque chose. Ah! que c'était donc charmant de voir sautiller en l'air ces jolies truites! Voici mon cocher et sa voiture dans la cour.

— Je vais vous dite adieu, mademoiselle, et vous remercier de votre excellent accueil. Demain, je passerai la journée à *Interlakenne*. On dit que c'est fort beau comme paysage, n'est-ce pas?

CHAPITRE XX

ien qu'Ernest de Cange eût maugréé, au premier moment, contre la visite de Jacques Mélisse, elle lui avait été, après tout, plutôt agréable qu'ennuyeuse. Il lui en resta même une impression bienfaisante, en ce sens qu'il comprit mieux le changement qui s'était opéré dans sa vie à lui, dans ses convictions aussi, depuis quatre mois. Il avait fallu la présence et le babil du Parisien, pour lui faire sentir vivement la différence de leurs pensées et de leurs aspirations. Tandis que Jacques se donnait un mois de vacances pour visiter la Suisse et ne songeait, de retour à Paris, qu'à faire de bonnes spéculations et à s'amuser, Ernest commençait à prendre la vie d'une tout autre manière. Il cherchait à développer son instruction et voulait employer le temps en homme qui comprend sa responsabilité morale devant Dieu, et le besoin d'un progrès réel dans tout ce qui peut ennoblir l'esprit, élever le caractère, fortifier l'âme pour le combat de la vie. On ne s'enrichit pas à ce métier-là, mais, avec le secours d'en haut, on y gagne mieux que de l'argent. Car enfin, arriver au but pour lequel nous avons été créés, c'est là le tout de l'homme.

Ernest se remit à ses études avec une sorte de contentement intérieur qui grandissait de jour en jour et lui rendait le travail facile. Mais il ne se bornait pas à cultiver les bons écrivains, dont le style le charmait infi-

niment plus maintenant que lorsqu'il se préparait pour
le baccalauréat; il étudiait aussi la nature au grand air
et il faisait là des remarques intéressantes qui se clas-
saient dans son esprit devenu observateur et se fixaient
parfois sur le papier avec une aisance prime-sautière,
une clarté, même une sorte de bonhomie gracieuse,
qu'il s'étonnait de posséder. Au lieu de suivre les autres
et de les copier, il restait *lui* dans ce qu'il écrivait, et il
en résultait une originalité qui avait bien son mérite.
C'était comme d'heureuses rencontres naturelles, ou,
mieux encore, d'incontestables inspirations. Peu à peu
le filon était découvert, la veine qu'il serait appelé à
exploiter, trouvée. Nul ne s'en serait douté, et lui-même
encore moins que tout autre, lorsqu'il était arrivé en
Suisse, découragé, appauvri, présomptueux, prompt à
juger en mal le prochain. Une fois rentré en paix avec
Dieu et sa conscience, il s'était fait comme une dilata-
tion de vie dans son être intérieur. La petite Lina en avait
été le premier instrument, et Hélène était venue y
ajouter la puissance que nous savons.

Tel était l'état d'âme, d'esprit et de cœur d'Ernest de
Cange, après la visite de Jacques Mélisse.

Un jour qu'il s'était aventuré avec Flora, — elle le
suivait comme s'il avait été son maître, et cela du
consentement de Gattel, — il se trouva dans les environs du village de Bossens, mais plus haut et presque
au pied des bois du Jura. Il faisait une reconnaissance
de gibier avant l'ouverture de la chasse, qui aurait lieu
le 15 septembre. C'était dans l'après-midi, déjà un peu
vers le soir. La vue était nette sur la plaine. Le lac étendait sa nappe bleue entre les deux rives encore bien
vertes, malgré l'approche de l'automne. En arrière, le
Jura dessinait ses crêtes de sapins, tandis qu'il commençait à prendre sa teinte violette sur les vastes pentes
boisées qui s'arrêtent aux prairies et aux champs situés
plus bas. Il y avait comme un doux repos dans cette
nature aux contours arrondis, qui, s'ils manquent de la

hardiesse des Alpes, n'ont rien non plus de leurs déchirures, de leurs flancs brisés, de leurs glaciers mornes et perfides. De temps à autre, Flora arrêtait une caille, blottie dans un petit creux de poussière, ou cachée sous les fanes d'une plante de pommes de terre. Dans les grandes herbes jaunes, la brave chienne suivait la piste d'un râle de genêt, décidé à faire cent tours et détours avant de se lever et de prendre son petit vol qui permet au chasseur de l'ajuster facilement. Ou bien, tendue sur ses jambes, la queue raidie dans une direction horizontale, Flora sentait un lièvre au gîte, à trois pas de son nez. Et lorsque, se voyant découvert, le lièvre partait en zigzaguant, faisant des sauts d'une toise, la chienne bien dressée ne quittait pas sa place, d'où elle suivait de l'œil le léger coureur déjà bien loin. Si c'était une compagnie de perdreaux avec père et mère qui prenaient la volée en faisant un bruit d'ailes strident, Flora restait aussi à côté de son maître, ne comprenant pas pourquoi celui-ci allait chasser sans fusil. Aux yeux du chien, cela n'avait pas le sens commun, et c'était perdre son temps que de l'employer de cette manière. Flora ne savait donc pas qu'il faut avoir dans sa poche un papier qui coûte 20 ou 30 francs et vous donne le droit de tirer sur le gibier, mais seulement lorsque la chasse est ouverte.

Dans sa promenade d'exploration cynégétique, Ernest passa près d'un champ qu'un homme de Bossens labourait avec deux chevaux.

— Eh! monsieur, lui cria cet inconnu, arrêtez-vous voir un moment. N'êtes-vous pas le nouveau propriétaire de la campagne dont François Gattel est fermier?

— Oui, pourquoi?

— Venez vous asseoir sur la *perche* de ma charrue; nous causerons pendant que les chevaux se reposeront un moment.

Ernest s'approcha, tenant Flora en laisse.

— Je me proposais, continua le laboureur, d'aller faire une visite à monsieur, pour lui dire plusieurs choses *conséquentes*; mais puisque je fais la rencontre de monsieur ici, je préfère lui parler sans témoins. Est-ce que monsieur est content de François Gattel?

— Oui, certainement.

— Et du prix qu'il paye de la ferme?

— Oui, aussi; je n'ai rien changé aux anciennes conditions.

— Mais monsieur n'a pas renouvelé le bail?

— Si bien. Nous l'avons confirmé pour trois nouvelles années.

— Tant pis; car moi j'en aurais donné 400 francs de plus que Gattel, et j'y aurais trouvé encore bien mes peines. Je croyais que le bail ne finissait qu'à la fin de l'année?

— Il devait être confirmé ou résilié le 24 juin.

— C'est différent. Je ne dis pas que Gattel ne cultive bien votre domaine; mais il n'en donne pas ce qu'il vaut, et c'est un Arabe de première classe, un mômier qui, comme notre archimillionnaire d'Arel, ne dépense pas deux sous au cabaret de toute l'année. Ce sont des aristocrates, ennemis de la démocratie populaire; des égoïstes qui ne pensent qu'à s'enrichir toujours davantage. Il ne leur manque plus que d'être de l'Armée du salut. Avec moi pour fermier, vous auriez eu un homme qui sait vivre sans faire tant de simagrées religieuses. Mais puisque c'est trop tard, n'en parlons plus.

— Quel est votre nom? demanda Ernest de Cange, en tirant de sa poche un crayon et un carnet.

— Je m'appelle Pierre Pitral, surnommé P.-P. Je suis démocrate.

— Vous demeurez?

— Là-bas, à Bossens. Je suis proche voisin de M. d'Arel.

— Est-ce que mon fermier vous a fait quelque tort, causé quelque perte?

— Non; mais je n'aime pas son air hypocrite. Et puis, comme je vous le dis, il n'entre jamais au cabaret.

— S'il a du vin chez lui, pourquoi irait-il dépenser son argent au cabaret?

— Ah! je vois que vous êtes aussi de ces braves gens de la tempérance. Tous ces grands richards se tiennent par la main. Pour peu que cela continue, ils feront abolir les cabarets. On n'aura bientôt plus de liberté.

— À cet égard, vous pouvez être tranquille, monsieur Pitral. Il y aura toujours, dans votre beau pays, plus de cabarets que cela n'est nécessaire.

— Êtes-vous de ceux qui ont signé *l'abstinence*?

— Non; je n'ai pas besoin de signer, puisque je ne fais pas d'excès de vin.

— Eh bien, moi, je suis pour qu'on boive un bon coup lorsque l'occasion se présente. J'aimerais mieux aller me pendre que de signer, car c'est s'avilir que de mettre son nom sur la liste de ces fous.

— Je n'ai pas de conseil à vous donner sur ce point ni sur aucun autre; mais je me permettrai de vous dire que vous ne me conviendriez pas comme fermier.

— C'est possible. On dit que vous êtes aussi un millionnaire, quoique vous n'ayez ni cocher ni voiture.

— Les gens qui disent cela se trompent, dit Ernest en se levant.

— Au revoir, monsieur. Ce que je vous ai dit sur Gattel restera entre nous.

Ernest ne répondit pas et s'éloigna. En longeant les bois avant de redescendre chez lui, il réfléchissait à ce que venait de lui dire ce démocrate d'une espèce particulière, et il en concluait que les gens religieux, moraux et tempérants sont, plus que d'autres, en butte à la malveillance des intempérants, des incrédules et, en général, de ceux dont la conduite n'est pas sans reproche. Si le citoyen Pierre Pitral abritait son jugement frondeur sous le manteau de la démocratie, il faisait une injure bien grave à cette forme politique d'état social Les vrais démocrates ont d'autres sentiments qui les honorent. Ils veulent réellement le bien moral et matériel du pays. Ils sont partisans de la liberté religieuse pour tous et ne jugent la conscience de personne. Cela ramenait Ernest à considérer ce qui se passe parmi les politiciens français de bas étage, qui bafouent dans leurs journaux tout magistrat qui n'est pas de leur bord et se permet d'avoir une opinion contraire à la leur, après quoi le débat se termine à la pointe de l'épée ou par l'échange de deux balles, le tout, il va sans dire, pour le plus grand bien du pays.

De retour dans son cabinet de la Tourelle, Ernest écrivit le récit de sa promenade, entremêlant les exploits de Flora des descriptions de la nature et de ses propres réflexions.

Le lendemain, cédant à un mouvement de confiance, il lut à Gattel ce qu'il avait écrit la veille. Le fermier lui conseilla d'en donner connaissance à M. et Mlle Moser, à qui cela ferait sans doute plaisir. Il n'en fallait pas davantage pour le décider à leur faire une visite.

Le père et la fille trouvèrent l'article intéressant, écrit d'une main ferme, dans un style d'une élégante simplicité. Hélène dit que c'était un genre neuf, qui plairait certainement à de nombreux lecteurs, et qu'il faudrait le publier dans un journal populaire.

— Je demanderai à M. d'Arel ce qu'il en pense, répondit Ernest ; mais je suis déjà trop content de votre suffrage.

Quand il les eut quittés, Hélène dit d'une voix qui trahissait une joie intérieure :

— Il a du talent, M. de Cange. S'il continue à observer et à travailler, il arrivera certainement à se faire lire.

— Oui, répondit le père, je le crois aussi ; mais je crains une chose que je ne puis entrevoir avec le calme nécessaire.

— Quoi donc ? mon père.

— C'est qu'il ne vienne un jour me demander ma fille.

— Oh ! cher père, à quoi vas-tu donc penser ?

— À ce que je viens de te dire, ma chère enfant. Au

reste, ce n'est qu'une supposition. J'ai parlé a Gattel, qui, de plus en plus, a une profonde estime pour son jeune propriétaire.

— Tu me rends toute tremblante d'émotion, mon cher père.

— Calme-toi donc, mon enfant, et Dieu veuille nous diriger tous. Sa volonté sera la nôtre. En attendant qu'elle se montre, gardons une grande réserve dans nos rapports avec M. de Cange. Mais il est certain qu'il est aujourd'hui bien différent de ce qu'il nous paraissait lorsque nous l'avons vu pour la première fois.

— Oui, je crois qu'on peut dire que le grain semé par la chère petite Lina, n'est pas tombé dans un sol ingrat et stérile.

Pendant que M. Moser et sa fille s'entretenaient de cette manière, Ernest, le cœur joyeux, quittait le village et revenait à la Tourelle, où sa tante l'attendait pour souper.

— Eh bien, mon cher garçon, lui dit-elle, qu'est-ce qu'ils ont pensé de bon de ton article, les Moser?

— Ils le trouvent intéressant. M\ul{lle} Helene dit qu'il faut le publier dans un journal populaire.

— Bien; mais pendant que tu étais chez les Moser, je pensais encore que jamais nous ne pourrions nouer les deux bouts, s'il nous fallait avoir plusieurs enfants à élever. Cela me trouble parfois, et j'en rêve la nuit. Pourquoi donc a-t-il fallu que tu allasses régler tes comptes avec ce Moser? Est-ce qu'il ne pouvait pas te les apporter ici?

— Sans doute, ma tante; mais si vous voulez bien vous en souvenir, c'est vous qui m'avez conseillé, le lendemain de notre arrivée, d'aller chez lui.

— Hélas! ce n'est que trop vrai.

— Le regrettez-vous sérieusement?

— Oh! non, loin de là, puisque tu es content maintenant. Mais il y a ces petits qui viennent me taquiner; et alors je m'inquiète. N'est-ce pas naturel?

— Quand ils viendront, ma tante, vous causer de l'ennui, ou du chagrin, appelez-moi pour que je les chasse. Ce sera bientôt fait.

— Oui, oui, cela te semble facile. On voit bien que tu n'as aucune idée de ce que c'est que d'avoir des enfants à élever. Tandis que moi je les vois déjà se pendre à ma jupe.

Ernest partit d'un grand éclat de rire, ce qui ne lui était pas arrivé depuis longtemps.

— Eh bien, mon cher ami, qu'as-tu donc? Est-ce que par hasard je dirais des bêtises?

— Non, ma tante; vous êtes seulement trop bonne et trop aimable; voilà tout.

TROISIÈME PARTIE

EN AUTOMNE ET EN HIVER

CHAPITRE XXI

e printemps et]'automne sont deux saisons
dont le retour exerce une influence morale sur
certains caractères sensitifs ou nerveux, plus
accessibles que d'autres à subir l'action d'une
température nouvelle. En été, le corps
supporte mieux la chaleur, quelque intense qu'elle soit,
qu'il ne s'accommode au printemps des retours de froi-
dure, lors même que celle-ci ne dure que peu de jours.
En avril, lorsque poussent les premiers boutons à fleurs ;
plus tard, lorsque tout s'éveille dans la nature, l'homme
aussi participe à ce renouvellement de vie. Mais pour
lui, comme pour les plantes, il suffit de peu de chose
pour que la sève circule mal et que tout l'organisme soit
en souffrance. Le printemps a ses tristesses comme ses
joies ; l'été son ardent soleil et ses orages ; l'automne
une sorte d'apaisement. Mais l'automne a aussi ses
jours tristes, lorsque le brouillard couvre la campagne
de son épais manteau, ou se traîne sur le flanc des
monts qu'il cache à nos regards. On éprouve alors un
abattement que l'approche de l'hiver ne contribue pas à
faire disparaître. C'est la vie qui diminue : les nuits sont
plus longues, le soleil, quoique plus rapproché de nous,
a l'air de s'éloigner de la terre, comme s'il s'apprêtait
peu à peu à l'abandonner dans une éternelle obscurité.

Heureuse l'âme qui se sent alors vivifiée par les rayons
du soleil de justice toujours le même pour donner la

santé, pour éclairer les plus sombres sentiers de la vie, et conduire l'homme au port où cesse toute angoisse, où les tempêtes n'ont plus de pouvoir.

Nous avons laissé Ernest de Cange au retour d'une visite chez les Moser, auxquels il avait lu son premier essai de récit campagnard. Le sentiment profond qu'il éprouvait pour Hélène grandissait, s'affermissait de jour en jour, non comme une passion tumultueuse, mais comme un amour sérieux auquel il voulait rester fidèle, dans l'espoir qu'il pourrait être partagé un jour par celle qui l'avait inspiré. Avant d'oser l'avouer, avant de se présenter d'une manière positive, il fallait se rendre digne de la jeune fille. Il fallait avoir une position à lui offrir, entrer dans une carrière qui fit de lui un homme honorable, très différent du jeune et présomptueux spéculateur qu'il avait été jusqu'à son arrivée en Suisse. Et bien qu'il se bornât à rire des préoccupations de sa tante à l'endroit de futurs enfants, il fallait pourtant être en mesure d'offrir à sa femme une aisance convenable, au lieu de la richesse qu'il avait perdue.

Cette position à laquelle il aspirait, n'était pas facile à créer : sans profession, et quoiqu'il fût bachelier ès-lettres et sciences, il ne pouvait guère postuler une place de maître de français dans un collège de petite ville, ni se présenter comme professeur de rhétorique dans un gymnase. D'ailleurs, son goût ne le portait pas de ce côté. Alors, que faire ? à quoi s'ingénier ? Il ne fallait pas aller demander l'avis de M. Du Terrault, encore moins celui de M. Bellecour, qui devait encore les cinq quarterons d'*aveine* à Gattel. Ce dernier, très intelligent sans doute, et très sympathique, n'était pas placé de manière à lui montrer la route nouvelle qu'il cherchait ; et M. Moser, quoique plus instruit que l'honnête fermier, plus au courant des professions libérales, ne pouvait guère être consulté, si ce n'est d'une manière générale. Restait, parmi ses nouvelles relations, M. d'Arel, qui avait montré à Ernest une bienveillance dont le jeune homme était touché. Ce serait de lui qu'il prendrait conseil.

Lorsqu'il eut relu et corrigé son article, il le copia. Sans être remarquablement belle, son écriture était nette, régulière, bien lisible par conséquent ; elle n'avait pas le caractère fiévreux, désarticulé de celle de la plupart des gens de lettres. La forme donnée au petit manuscrit de quarante pages ne laissait rien à désirer. Si on l'imprimait, il ferait le bonheur du typographe chargé de la composition. M. d'Arel non plus, ni l'éditeur, n'auraient pas à se fatiguer les yeux pour lire ce cahier, dont aucun mot ne trahissait la négligence ou une lâcheté de la main. Les manuscrits, en général, ne ressemblent pas à celui dont nous parlons, et j'en sais quelque chose, ayant consenti à en déchiffrer plus d'un, dont la forme et le fond me procuraient un vaste ennui, pour ne pas dire un énervement déplorable.

M. d'Arel, qui aimait les choses simples et bien faites, fut enchanté du travail en question. Il demanda la permission de le remettre au directeur de la *Récréation littéraire*, journal très répandu en France et en Suisse. Huit jours après, l'article paraissait. Le rédacteur du journal en demandait un second, dans le même genre d'études populaires, et il offrait à son nouveau collaborateur, tout en lui laissant la propriété de son œuvre, une rémunération convenable. Du premier coup, la position était conquise, la place enlevée d'assaut. Mais il fallait pouvoir continuer, en progressant toujours. Un moment, M. d'Arel avait hésité entre la revue en question et la *Bibliothèque universelle* ; mais ayant appris que celle-ci n'admettait pas les articles qui risquaient de déplaire à ses abonnés de France, il ne voulut pas s'exposer à un refus.

Ce premier succès obtenu par Ernest de Cange fit un vif plaisir à M. d'Arel, aux Moser et à Gattel. Mlle Marthe triomphait. Elle porta le numéro du journal aux fermiers en leur disant :

— Tenez, chers amis ; vous qui êtes dans la littérature

jusqu'au cou, lisez cela. Vous me direz si ce n'est pas
très bien pensé et très bien écrit. Ah ! que ça me fait
plaisir pour mon excellent neveu.

Puis, retraversant la cour d'un pas alerte, elle se disait
à elle-même : «Cent francs ; on lui donne 100 francs
pour ces trente-deux pages. Comme l'argent est vite
attrapé avec un bec de plume ! Mais combien en
faudrait-il de ces histoires, pour élever deux ou trois
enfants ! On n'ose pas y penser !»

L'article d'Ernest de Cange, qu'il avait signé, comme
c'est le devoir de tout écrivain, fut l'occasion d'une
visite de M. et de Mme Du Terrault.

— Comment, diable ! mon cher voisin, lui dit le
propriétaire du château des Morilles, vous ne vous
contentez pas d'être un gentilhomme campagnard.
Vous êtes encore littérateur et, ma foi, de la bonne
espèce des littérateurs, car vous n'avez rien de commun
avec les décadents de la décadence ; et si vous écriviez
des romans, vous n'y mettriez que des choses honnêtes,
des situations normales. Vrai, vos descriptions de la
nature sont charmantes, vos récits intéressants. On sent
que cela coule de source, tout seul. Ça doit bien vous
amuser, d'écrire. Mon cher, je vous fais mon compliment. Vous maniez la langue française autrement mieux
que nous autres patauds de Suisses romands, sans
parler du français fédéral qui nous vient de Berne, pour
le grand plaisir de nos journalistes et qui nous ridiculise
dans le pays des Littré, des Boiste même des Gattel,
dont votre fermier doit être un descendant. — À propos,
quand j'ai eu l'honneur de votre visite, il y a longtemps
déjà, mes vaches avaient la surlangue. C'est une fichue
maladie en tout temps, mais surtout par la chaleur.
Nous avons eu bien de la peine à nous en débarrasser.
Maintenant, Dieu merci, c'est fini. Mais la crise a été
longue. — Vous n'avez toujours pas de chevaux ?

— Non ; je ne saurais qu'en faire.

— C'est ça ! Vous avez enfourché Pégase, qui n'a

besoin, ni de cocher, ni d'*aveine*, comme dit M. Bellecour. Ah ! bien, vous allez nous donner souvent de ces bonnes petites descriptions et instructions. Ça ira très bien à nos enfants, qui aiment à lire.

— Est-ce que monsieur votre neveu a déjà beaucoup écrit ? demanda Mme Du Terrault à Mlle Marthe.

— Non, madame, je ne crois pas. À moins qu'il ne se soit servi d'un pseudonyme pour d'autres publications, c'est la première fois que je vois sa signature imprimée.

— J'espère que nous aurons le plaisir de vous recevoir aux Morilles, mademoiselle ; vous devriez venir prendre le thé un soir avec nous, sans façon. Entre voisins, c'est dommage de se voir si rarement.

— Vous êtes bien aimable, madame. Mais je suis devenue tout à fait casanière, et mon neveu sort lui-même très peu. Je ne vous suis pas moins très reconnaissante de votre invitation.

— Ma chère, dit M. Du Terrault en se levant, si nous voulons aller à Bossens, il nous faut prendre congé. — Oui, dit-il à Ernest, nous allons chez d'Arel, qui est un homme charmant, très sympathique. Le connaissez-vous ?

— Oui, un peu.

— N'est-ce pas qu'il est aimable, vraiment tout cœur ? Il dit que le veau qu'il a acheté de Gattel devient superbe. Je tiens à voir ce futur reproducteur. Adieu, monsieur. Mes respects, mademoiselle.

Le récit publié dans la *Recréation littéraire* avait donc singulièrement grandi son auteur aux yeux du facétieux M: Du Terrault. Il faisait grand cas de ce qui donnait du lustre aux hommes qu'il voyait, même à ceux qu'il n'apercevait que de sept en quatorze, comme c'était le cas pour Ernest de Cange. Le modeste propriétaire de la Tourelle n'avait ni chevaux ni voiture, et, à cause de cela, c'était sans doute un pauvre sire ; mais il écrivait dans une revue qui avait de la réputation. Cela le mettait en évidence. On pouvait donc, sans se compromettre ou déroger, entrer chez lui en allant chez le millionnaire d'Arel. D'autres gentilshommes de la contrée auraient peut-être pensé à cet égard d'une manière différente : cela importe peu et ne nous regarde pas.

Le 14 septembre, lorsque la chasse allait s'ouvrir le lendemain, Ernest ne demanda pas un permis. Avant de se décider, il voulait voir un peu comment cela se passait et la manière de s'y prendre. Puis, il lui était venu des scrupules à ce sujet. Le soir de ce jour, il s'en ouvrit à François Gattel.

— Je ne me sens pas entièrement libre, lui dit-il, de fusiller un pauvre lièvre inoffensif, ou de foudroyer une caille, à supposer que je sache tirer. S'il s'agissait d'abattre un renard ou tout autre animal carnassier, je crois que je n'hésiterais pas ; mais tuer des oiseaux, je préfère m'abstenir. J'irai avec vous demain matin, puisque vous avez l'obligeance de me le proposer, toutefois sans fusil. Je verrai plus tard à me décider tout de bon, dans un sens ou dans l'autre.

— Je vous comprends, monsieur, répondit Gattel ; et si je prends un permis de chasse chaque automne, c'est bien autant pour empêcher d'autres chasseurs de venir tuer notre gibier et fouler mes récoltes, que pour me procurer un exercice dont je n'ai pas besoin. Mais vous avez vu Jean Canard à la pêche : eh bien, le temps, selon moi, mal employé, qu'il passe à exploiter le ruisseau, est peu de chose, comparé à ce que font quelques chasseurs de profession, je dirai plutôt de passion. Il en est un entre autres, véritable loup-garou, sans l'ombre de savoir-vivre, grossier comme du pain d'orge, qui ne cesse de rôder du matin au soir dans les champs et les bois. Il tue beaucoup de gibier, qu'il vend aux marchands de comestibles, et passe à côté de moi, même dans mes pommes de terre ou au bord de mes blés-noirs, sans me saluer, absolument comme s'il était sur son propre terrain. Je suis bien aise de lui montrer que, moi aussi, j'ai un fusil et un chien de chasse. Il est d'autres chasseurs... Mais je ne veux pas médire davantage. Chacun, d'ailleurs, répondra un jour de l'emploi qu'il aura fait d'un temps précieux... Dites-moi quels sont vos scrupules sur la question de tuer un lièvre ou une caille.

— Ces animaux inoffensifs ne demandent qu'à vivre. Or, pourquoi irais-je, de gaieté de cœur, casser aux uns les jambes, et aux autres les ailes ?

— Il y a, en effet, quelque chose à dire sur ce point ; mais alors pourquoi n'avez-vous pas les mêmes scrupules à l'endroit de la pêche ? Les truites dont vous lacérez la gorge avec un hameçon, elles étaient heureuses au fond de leurs retraites. Vous les en tirez d'une manière bien plus cruelle ; elles se débattent en l'air, pendues à vos crochets aigus, et elles souffrent bien plus qu'un lièvre ou une caille abattus d'un coup de fusil. Si c'est par scrupule de conscience que vous ne tuez pas avec la poudre et le plomb, il faudrait aussi, pour être logique, ne pas tuer le poisson ; et encore n'oubliez pas que vous le trompez au moyen d'une amorce. Le chasseur ne tente pas le gibier : il le cherche ; pour cela, il se donne de la peine, tandis que vous prenez les truites uniquement pour vous amuser. La seule vraie question sur tout cela est de savoir si Dieu a donné à l'homme les animaux pour sa nourriture, ou s'il ne doit manger que des végétaux. Moi, j'ai beaucoup plus d'angoisse quand j'envoie un veau à la boucherie, que lorsque, sans avoir le temps de faire une seule réflexion, j'achève le lièvre qui respire encore au moment où Flora me l'apporte, après qu'il a été mortellement frappé. Au reste, n'allez pas croire qu'on en tue par douzaines. Cela devient plus rare d'année en année ; et sans le voisinage du Jura, nous n'en aurions bientôt plus.

— Je suis bien aise de vous entendre. Oui, l'obligation terrible de tuer est partout. La terre tout entière n'est que la poussière de ce qui a eu vie. Et nous aussi, nous serons poussière. C'est ici que les pourquoi viennent se dresser devant nous et barrer la route à la faible raison humaine.

— C'est évident. Heureusement, nous avons les déclarations de Jésus-Christ. Elles nous assurent d'une résurrection qui sera le relèvement de la poussière. Quand il me vient des doutes sur ce qui nous attend après cette vie, j'ouvre l'Évangile et j'y retrouve la parole de Celui qui a la puissance de nous procurer un bonheur parfait, dans un monde nouveau, impérissable, où la justice habitera.

Pour terminer cette conversation quelque peu sombre, voulez-vous, monsieur, que je vous appelle à l'aube demain matin ?

— Merci, ce n'est pas nécessaire de m'appeler. J'ai pris l'habitude de me lever de bonne heure, et je m'en trouve bien. C'est un si bon moment pour le travail. Je n'ai pas l'intention de rester toute la matinée avec vous ; je reviendrai peut-être déjeuner avec ma tante. Chassez-vous souvent avec M. Moser ?

— Non, rarement. Nous sommes occupés tous les deux. En novembre, quand nos travaux sont terminés, nous allons quelquefois au Jura avec son chien courant. À propos de M. Moser, j'ai appris ce soir une nouvelle qui ne m'étonne pas, mais qui m'a pourtant causé du saisissement. On disait à la laiterie que M. Bacoulin, le notaire qui a stipulé votre acte d'achat, avait conduit aujourd'hui même son fils chez M. Moser ; et l'on en conclut qu'il s'agit d'une demande en mariage pour Mlle Hélène. Ce M. Bacoulin est souvent en rapports d'affaires avec M. Moser. On le dit très riche ; on lui donne même 500 000 francs de fortune, et il n'a que ce fils.

— Bonsoir, dit Ernest qui se leva subitement ; il faut que je rentre chez moi.

— Bonsoir, monsieur. Dieu vous donne une bonne nuit. Ce sera donc demain matin, à l'aube.

CHAPITRE XXII

C e que François Gattel venait de dire à Ernest lui porta un coup terrible. Dans la perspective qu'il caressait depuis quelque temps, et presque depuis son arrivée en Suisse, la pensée qu'un autre pouvait se jeter en travers de son chemin ne lui était pas venue. Sans s'expliquer pourquoi, il lui avait semblé que Mlle Moser ne devait pas avoir d'autre soupirant que lui. Elle faisait le petit ménage de son père, c'était sa place : nul, excepté lui, ne devait songer à lui donner un sort plus en harmonie avec son éducation et ses talents. Peut-être cette manière de considérer la situation était-elle le reste d'un caractère disposé autrefois à la confiance en soi-même. Mais ce qui est certain, c'est que les deux mots de Gattel, sur la visite du notaire et de son fils, furent pour Ernest de Cange une douloureuse révélation. «Impossible, se dit-il, que le père ne préfère un gendre ayant une position toute faite et 500 000 francs, à un pauvre propriétaire n'ayant qu'un revenu de 2400 francs, juste ce que reçoit un pasteur pour l'empêcher de mourir de faim. Impossible aussi que la jeune fille n'accepte le sort brillant qu'on lui offre.» Toutes ces réflexions passèrent en peu d'instants dans l'esprit d'Ernest et lui transpercèrent le cœur. Il comprit alors à quel point il aimait Hélène, et il souffrit cruellement à l'idée que le bonheur, entrevu à grande distance, il est vrai, mais entrevu réellement, allait s'envoler pour toujours. De nouveau, il fut sur le point de maudire sa destinée. «Tout réussit aux autres, se disait-il, et à moi tout manque. Faudrait-il donc croire à la prédestination du malheur pour les uns, du bonheur pour les autres? Où serait alors la justice de Dieu?»

Il passa une nuit agitée, absolument sans sommeil. Lui qui avait cru que les sentiments du cœur peuvent se régler avec mesure, il se voyait maintenant débordé par les siens. C'était là une dure expérience, à laquelle il ne s'était point attendu. Sur le matin, cependant, l'acuité de la crise s'adoucit; il revint à des pensées moins tristes, à une disposition d'esprit moins tumultueuse, à un état moral meilleur. Quels droits avait-il donc sur cette jeune fille? Qui lui avait permis de penser à elle? Et pourquoi voudrait-il la priver d'une existence où se trouveraient des avantages qu'il ne pouvait lui offrir? Ses regrets de la perdre n'étaient au fond que de l'égoïsme. Hélène et son père n'étaient-ils pas libres de choisir? Voilà ce qu'il finit par se dire, et une sorte de calme relatif vint soulager son cœur. Mais il n'en faudrait pas moins garder la blessure pour lui seul, et assister peut-être prochainement à la ruine de ses espérances. N'ayant jamais donné son cœur à aucune femme, il sentait maintenant la puissance d'un amour qui s'est nourri d'illusions. Car enfin, ce fils de notaire, notaire lui-même, Hélène Moser ne pouvait faire autrement que de l'épouser.

François Gattel n'eut pas besoin de venir l'appeler. Chaussé de ses bottes de pêche, Ernest se rendit à la ferme, comme l'aube naissante blanchissait à l'horizon. Dans la cuisine, il trouva le fermier et sa femme, celle-ci toujours vêtue avec soin, malgré l'heure matinale. Elle faisait bouillir du lait pour le café, qui coulait à travers le grillage métallique d'une cafetière brillante en cuivre jaune, et dont les gouttelettes tombaient dans le récipient inférieur en faisant un léger bruit, comme s'il pleuvait dans le vase.

— Osons-nous, monsieur, dit Adèle, vous offrir une tasse de café au lait ?

— Merci, madame Adèle ; je n'ai absolument pas faim.

— Si vous êtes à jeun, dit Gattel, il vaut mieux ne pas aller dans l'herbe mouillée sans avoir pris quelque chose de chaud. Faites-nous l'honneur d'accepter une tasse de café.

— Eh bien, j'accepte.

Ernest s'assit à table, en face du fermier. Adèle remplit les deux tasses, et, voyant l'air accablé de leur hôte, elle lui demanda s'il était souffrant.

— Non, mais j'ai passé une mauvaise nuit. Je boirai avec plaisir ce bon café, ajouta-t-il, mais je ne puis pas manger. L'air frais du matin me servira de nourriture solide.

Les deux hommes sortirent, Gattel ayant donné ses ordres pour la matinée. Dans la cour, Flora aboyait de joie et d'impatience, en voyant que son maître avait un fusil à l'épaule.

Hélas ! le pauvre Ernest n'avait pas le cœur joyeux. Accompagner un chasseur dans sa disposition de profond abattement, c'était une dérision. Il le sentait vivement. Ah ! le moment était mal choisi pour préparer un récit de chasse et d'histoire naturelle !

Gattel était trop clairvoyant pour ne pas s'apercevoir de l'état moral de son propriétaire ; et il comprenait trop bien d'où venait la souffrance qui se lisait sur ce visage étiré. Lui aussi, n'avait pas suffisamment réfléchi avant de dire ce qu'il avait appris à la laiterie, car il savait qu'Ernest pensait beaucoup de bien de Mlle Moser ; et sa femme lui avait exprimé plus d'une fois la supposition qu'Hélène viendrait un jour habiter la Tourelle. Dans ce qu'il avait lâché à brûle-pourpoint, Gattel avait manqué de prudence, évidemment.

Tout en foulant l'herbe ruisselante de rosée, ils ne parlaient presque pas, ni l'un ni l'autre, chacun étant à ses propres pensées, qui tournaient sur le même sujet.

Le jour plein était venu. Dans les marais, à quelque distance, même parfois assez loin de nos deux hommes, on entendait tirailler. Sans doute, les pauvres cailles auraient mieux fait de continuer leur migration vers le sud, plutôt que de s'arrêter dans les campagnes vaudoises. Gattel ne voulait pas aller au marais, ce premier jour d'ouverture. Il s'y serait trouvé en compagnie de chasseurs, et cela ne lui plaisait pas. Il conduisit Ernest sur un monticule au-dessus duquel s'étage un plateau de champs, semés çà et là de buissons, parmi lesquels s'élève parfois un chêne, un poirier sauvage, des frênes, tous arbres rabougris dans un sol graveleux. Plus bas que ce monticule, un bois en plaine se développe sur une superficie de quelques centaines d'arpents, dans une terre fraîche, arrosée par des sources qui la fertilisent et permettent aux arbres fruitiers de prendre de belles proportions.

Gattel connaissait une compagnie de perdreaux déjà forts, dans les champs du plateau supérieur. Flora en prit la piste et montra bientôt, par un arrêt soutenu, que les perdrix s'étaient réfugiées dans un fouillis buissonneux. Au moment où la troupe emplumée prit son vol, Gattel ajusta successivement deux perdreaux, qui tombèrent. Les autres, une douzaine, passèrent au-dessus du petit mont et allèrent s'abattre dans le grand bois situé plus bas. Là, ils disparurent dans les taillis épais.

L'incident qui venait d'avoir lieu sous les yeux d'Ernest, le tira pour un moment de sa préoccupation. Remettant le fusil à l'épaule, Gattel conduisit son maître sur le point culminant du monticule, pour lui faire admirer la vue qu'on avait de là sur toute la plaine, sur le lac et sur les Alpes. Déjà passablement haut, le soleil argentait le Mont-Blanc et les glaciers qui se montrent dans les cirques profonds, entourés de cimes aiguës, qui ont l'air de défier le ciel. En bas, le lac prenait déjà sa teinte un peu grise d'automne. Il se zébrait, par-ci par-là, de lignes rapprochées, sorte de rayures que le soleil faisait miroiter. En arrière de nos chasseurs, le Jura profilait sa silhouette boisée, jusque dans le département de l'Ain.

— Descendons au bois, dit Gattel. Nous avons peu de chance d'y retrouver les perdrix, et ce serait d'ailleurs bien difficile de tirer dans les broussailles, mais je veux vous montrer un endroit que vous ne connaissez pas encore.

Par des chemins ombreux, servant à l'exploitation de la forêt, puis par des sentiers étroits où il fallait écarter les branches pour pouvoir passer, Gattel conduisit son maître sur les bords d'un petit lac, vraie miniature au milieu d'un silencieux désert boisé. Il y avait là, plongeant leurs racines dans l'eau, des hêtres superbes, des frênes élancés, à écorce lisse d'un vert glauque ; des chênes dont la tige inclinée s'avançait au-dessus de l'eau, comme pour s'y mirer. Au reste, tous les arbres de la rive reproduisaient leur image dans ce bleu limpide, qu'aucun souffle d'air n'agitait en ce moment.

Gattel s'assit dans un endroit éclairé par le soleil, puis engageant son maître à en faire autant, il sortit de la vaste poche de son paletot, une bouteille, un verre, du pain de ménage, et un saucisson roulé dans une feuille de papier blanc.

— Il faut manger un morceau, dit-il, et boire un verre de vin. Est-ce que la marche de bon matin ne vous a pas donné de l'appétit ? Vous devez avoir faim.

— Pas trop. Cependant, je prendrai une bouchée de pain et un doigt de vin.

— Monsieur, je vous dis qu'il faut manger. Servez-vous. J'ai plusieurs choses à vous dire, lorsque vous vous serez restauré. J'ai dix ans de plus que vous, et quoique je sois votre fermier, vous me permettrez en ce moment de parler comme si j'étais le maître. Voilà du pain cuit d'hier, du saucisson de langue qui n'est pas mauvais, et du vin de votre vigne. Ne me refusez pas.

Nous causerons après.

Ernest accepta, tout en regardant l'eau bleue qui venait jusqu'à leurs pieds et dans laquelle son image se reflétait. Avant de porter la première bouchée à ses lèvres :

— Savez-vous, dit-il, ce que je serais tenté de faire si je n'avais pas la crainte de Dieu ? si je ne sentais pas que j'ai une âme dont je suis responsable ?

— Quoi donc ? fit Gattel en dirigeant son regard sur le jeune homme.

— Je me jetterais là dedans, la tête la première.

— Vous feriez là quelque chose de beau, vraiment ! J'ai souvent pensé à ces mots de Rousseau, qui ne sont qu'une belle phrase : *La roche est escarpée, l'eau est profonde, et je suis au désespoir.* Mais vous n'êtes pas Saint-Preux, heureusement. Vous êtes, monsieur, un honnête homme, un disciple de Celui qui a dit : « Vous aurez de l'angoisse au monde, mais prenez courage. » Cher monsieur, je veux absolument que vous mangiez. Buvez ce vin. Je vous demanderai ensuite la permission dont j'ai parlé il y a un instant.

Ernest finit par se rendre au désir de son fermier, qui montrait en ce moment-là un grand cœur, un vrai courage moral. Et lorsque les provisions du chasseur furent convenablement diminuées et le reste serré, Gattel commença d'exposer ce qu'il tenait en réserve depuis leur départ du logis.

— Cher monsieur, dit-il, croyez-vous que j'aie pour vous une affection véritable ?

— Oui, vous me l'avez montré plus d'une fois et je vous en suis reconnaissant, car je n'ai rien fait pour la mériter.

— Je vous demande pardon. Vous m'avez accordé une confiance qui m'honore et que je ne trahirai jamais. Eh bien, est-ce que je me trompe en pensant que ce sont les deux mots imprudents que j'ai prononcés hier au soir, à propos de la visite d'un notaire chez M. Moser, qui sont la cause du mal dont vous souffrez ? Si c'est bien cela, ne me répondez pas et laissez, moi continuer.

Ernest resta silencieux, le regard fixé sur l'onde chatoyante.

— J'ai donc touché juste, poursuivit Gattel. Et maintenant, il ne s'agit pas de se lamenter, de se dire que tout est perdu, parce qu'un homme riche a peut-être, je dis *peut-être*, car on n'en sait rien d'une manière certaine, demandé pour son fils la main de Mlle Moser. Il n'est point dit, que ce jeune tabellion fût accepté. Moi, je crois, au contraire, qu'il serait refusé s'il se présentait. Je connais ces gens : ils sont très riches, mais assez vulgaires. Or, croyez-vous que Mlle Hélène, telle que vous la connaissez, consentirait à épouser la vulgarité, même cousue d'or ? J'ai d'elle une beaucoup plus haute opinion ; c'est ce qui me fait espérer en votre faveur. M. Moser a aussi, dans sa position modeste, une certaine fortune. L'argent ne le tentera pas, j'en suis certain. Mais voici où j'en veux venir pour ce qui vous concerne. Si réellement M. Bacoulin s'est présenté, il faut vous présenter aussi, et cela sans attendre, sans hésiter.

— Dans ma position actuelle, interrompit Ernest, je n'oserais jamais. Je ne le dois pas, tant que je n'ai rien de mieux à offrir.

— Ceci est une erreur qui vous honore. Mais je vous dis, moi, que s'il y a le moindre vent d'offre de mariage à Mlle Moser, vous devez poser votre candidature, et cela, dès que vous serez renseigné sur ce point. Il y a longtemps que ma femme a deviné vos sentiments ; elle est assez clairvoyante, et ne se trompe pas souvent dans ses suppositions. Autorisez-la à faire une visite à Mlle Moser. Je vous garantis que, sans lui adresser aucune question directe, elle saura ce qui se passe. Dites, voulez-vous ?

— Oui, mais cette démarche sera inutile.

— Non, monsieur, pas inutile, je vous en réponds. Si, comme je le crois, il n'y a rien d'arrêté avec les notaires vous vous annoncerez résolument et serez

ainsi bien placé pour empêcher toute démarche ulté-
rieure d'autres prétendants. Et si quelqu'un s'est
présenté, vous serez à position égale. Voilà mon avis.
Je vous ai parlé à cœur ouvert, parce que je vous suis
attaché et que votre bonheur m'intéresse vivement.

— Merci, dit Ernest en lui tendant la main. Je suivrai
votre conseil.

— À la bonne heure. Et là-dessus, nous allons
reprendre le chemin de la maison. Nous avons d'ici là
une heure de marche. Je ne chasserai pas, pour ne
vous point attarder. Partons, et que Dieu nous garde !

Ils retraversèrent le grand bois par un autre sentier, à
la sortie duquel ils se trouvèrent face à face avec un
homme d'environ cinquante ans, aux traits durs, angu-
leux, les yeux farouches. Il ne salua pas, bien qu'il
connût Gattel ; et celui-ci ne lui adressa pas la parole.
Du veston rapé de cet individu sortaient, derrière le
dos, les pattes de deux lièvres tués de grand matin par
ce Nemrod, qui avait assez les allures d'un brigand.

— C'est Rouch, le chasseur dont je vous parlais hier,
dit Gattel. Il n'en fait pas d'autres durant trois mois, sans
aucun profit pour sa famille. Vous voyez à son air qu'il
ne ferait pas bon avoir maille à partir avec lui sur des
questions de gibier.

Arrivés à la Tourelle, Ernest de Cange remercia de
nouveau son fidèle compagnon, qui tira de la poche
placée entre les doublures de son paletot les deux
oiseaux qu'il avait tués.

— Vous les offrirez de ma part à Mlle Saint-Hélier, dit-il,
et Nanette demandera à ma femme une tête de choux,
pour la cuire avec les perdreaux.

CHAPITRE XXIII

orsque nous nous trouvons dans une situation douloureuse, lorsque l'angoisse nous étreint de sa main de fer, que l'inquiétude revient sans cesse dans notre âme, ou simplement lorsqu'une vive préoccupation agite nos pensées et nos sentiments, il est singulièrement pénible d'avoir à écouter une conversation frivole et à y prendre part. C'est ce qui arriva à Ernest de Cange, l'après-midi du jour où il accompagnait François Gattel à la chasse. Déjà au moment de son retour à la maison, il dut répondre aux questions plus ou moins facétieuses de sa tante, qui, lui trouvant un air plus sérieux qu'à l'ordinaire, cherchait à le dérider par des saillies qui allaient à contre-fin du but qu'elle se proposait.

— Eh bien, mon cher garçon, lui dit-elle, est-ce que cette course dans les broussailles t'a intéressé ?

— Mais oui, ma tante.

— Avez-vous bien ri, toi et Gattel ?

— Non, nous avons causé.

— Il t'a raconté d'amusantes histoires de chasse ?

— Tenez : voilà deux perdreaux qu'il vous envoie.

— En vérité, c'est fort aimable de sa part. S'il y en avait quatre, on pourrait inviter les Moser pour les manger avec nous. Au fait, bien qu'il n'y en ait que deux, on peut également les inviter. Un demi-perdreau, et ceux-ci sont déjà de belle taille, est bien suffisant pour une personne. Je serai bien aise de m'entretenir un peu intimement avec Mlle Hélène parce qu'enfin...

— Ma chère tante, vous ne voyez donc pas que vous me torturez ?

— Comment ! je te torture ?

— Oui. Mlle Moser a été probablement demandée en mariage, hier, par un fils unique, dont le père possède un demi-million.

— Allons donc ? ce n'est pas possible ?

— C'est plus que possible ; c'est certain.

— En ce cas, mon cher ami, je te plains de toute mon âme. Il fallait me dire cela tout de suite. Est-ce que je pouvais deviner que tu avais un pareil chagrin ? Ce prétendant, qui est-il ?

— Le fils du notaire qui a stipulé mon acte d'achat.

— Et comment sais-tu cela ?

— C'est Gattel qui l'a appris à la laiterie.

— Tu devrais aller aux renseignements, afin de savoir d'une manière exacte ce qui se passe.

— Non ; quelqu'un ira aux informations.

— Tout cela est fâcheux, reprit la tante ; mais enfin, il n'y a peut-être rien de décidé, et, en ce cas, tu pourrais peut-être te présenter.

— Me présenter ! avec quoi, je vous prie !

— Avec toi, d'abord, mon cher enfant. Je pense que tu vaux pourtant bien quelque chose. Ensuite, avec les 2400 francs de ta ferme, et encore autant peut-être que tu gagneras en écrivant, plus les 2000 francs que je donne pour le ménage : tout cela, sans parler d'une bonne maison, n'est pas absolument rien.

— Hélas ! ma bonne tante, je crains bien que ce soit inutile.

— Et Gattel, qu'en pense-t-il ?

— Il croit que les Moser refuseront le prétendant, malgré sa richesse.

— À la bonne heure. Gattel est d'un grand sens, un brave et digne homme.

Nanette appelant Mlle Marthe, celle-ci abandonna son
neveu à ses réflexions. Tout en allant à la cuisine où sa
présence était demandée, elle se disait : « C'est une crise
qui passera. Si ça manque, il n'y aura plus à se préoccuper des petits, et de la bonne qui eût été nécessaire.
Je commençais pourtant à m'y habituer. »

Après le dîner, Ernest essaya de dormir. Sa longue
insomnie de la nuit précédente et la marche de la
matinée l'avaient fatigué. Un sommeil de deux heures
lui rendit les forces et calma ses nerfs surexcités.

Quand il revint au salon, il y trouva M. Bellecour,
causant avec Mlle Saint-Hélier. Le petit monsieur poudré
était venu pour payer l'avoine achetée de Gattel au printemps et en arrêter une nouvelle provision. Mais le
fermier était aux champs, et en attendant son retour,
M. Bellecour, comme la première fois, profitait de l'occasion pour faire une visite au propriétaire.

— Je viens d'apprendre par madame votre tante, dit-il
à Ernest, que vous avez été à la chasse ce matin. Vous
devriez venir visiter mon domaine, où l'on trouve des
cailles. Mon berger en a fait lever plusieurs, sur
lesquelles mes moutons ont presque marché.

— Je n'ai pas de permis de chasse, et même pas de
fusil. Je me suis borné à suivre Gattel.

— Ah ! il chasse, votre fermier. Ce n'est pas précisément ce qu'un fermier a de mieux à faire, mais nous
vivons en un temps où ce sont les gens des basses
classes qui gouvernent le pays. Autrefois, il fallait être
gentilhomme pour chasser ; aujourd'hui, le premier
venu parcourt vos champs, foule vos récoltes, absolument comme s'il était le propriétaire. C'est le monde
renversé. En agriculture, tout est changé aussi. Autrefois,
nous avions des jachères bien garnies d'herbe. Les
moutons trouvaient là une nourriture substantielle, qui
ne coûtait rien. Quand cette herbe était mangée, on
mettait la charrue au champ, trois fois, avant de semer
le blé d'automne. La terre s'était reposée durant tout

l'été, et elle avait profité de l'engrais laissé par les moutons en pâturant. La récolte de l'année suivante était superbe. Elle en valait pour le moins deux de celles qu'on a maintenant. Et il n'était question d'aucune de ces maladies qui nous arrivent de toutes parts, depuis quelques années. C'est que, monsieur, en agriculture, tout est devenu artificiel. Au lieu de laisser agir la nature comme une bonne mère qu'elle est, on l'épuise, on l'énerve ; elle devient anémique et finira par mourir de langueur. Moi, dans mon domaine de la Grenouillette, je laisse encore la moitie de mes champs en jachère et je m'en trouve bien. Dans notre contrée, je suis à peu près le seul qui continue ce que faisaient nos pères. Si vous demandez à n'importe quel jeune homme de vous expliquer ce que c'est que la jachère, il vous répondra qu'il n'en a jamais entendu parler ; ou, s'il en sait quelque chose, c'est comme s'il s'agissait d'un mythe. En fait de troupeaux de moutons, il n'y a plus que le mien dans nos environs. Les paysans ont un ou deux moutons qui vivent librement avec les vaches dans les étables ; mais il n'y a plus de bergers. Florian serait bien attrapé s'il revenait au monde. Il ne pourrait plus écrire de délicieuses idylles, comme celles qu'il nous a laissées.

On entendit Gattel, ramenant le char qu'il avait conduit au champ. M. Bellecour s'approcha de la fenêtre :

— C'est mon homme qui arrive, dit-il. Je vais lui demander s'il a de l'*aveine* à vendre. Je n'en cultive pas. Adieu, madame et monsieur. Nous aurons, j'espère, le plaisir de vous voir à la Grenouillette.

Ernest s'excusa de n'avoir pas encore rendu à M. Bellecour sa première visite, et dit qu'il irait certainement, dès que cela lui serait possible.

— Oui, je sais que vous êtes occupé. J'ai lu dans le dernier numéro de la *Récréation littéraire* la petite bluette signée de votre nom. C'est de bon goût et fort joli.

Dans la rue, M. Bellecour aborda Gattel, sa bourse à la main :

— Bonjour, Gattel, dit-il. Je n'ai pas eu l'occasion de vous revoir et n'ai pu, par conséquent, vous payer les cinq quarterons d'*aveine* que vous m'avez fournis.

Voici 10 francs, est-ce bien comme cela ?

— Oui, monsieur.

— Maintenant, dites-moi, Gattel, j'aurai besoin de cent mesures de belle *aveine*; pourrez-vous me les fournir ?

— Je pense que oui. Dans un mois, quand elle sera battue.

— Parfaitement. Nous nous entendrons pour le prix; ce sera le prix courant :

L'avoine se vend maintenant au poids. Lorsque la mienne sera prête à livrer, je vous le ferai savoir, et je vous dirai en même temps le prix par cent kilos. Mais c'est à la condition qu'elle me soit payée comptant. J'ai besoin d'argent pour payer mon fermage.

— C'est naturel, très naturel; mais si je paye comptant, vous ferez l'escompte du 5 % ?

— Je ne fais pas d'escompte. Ce sera à prendre ou à laisser.

— Eh bien, nous verrons : cent mesures.

— Oui monsieur; autrement dit six cents kilos.

— À revoir, Gattel.

— Bonjour, monsieur.

Ernest avait accompagné le petit monsieur jusqu'à son char de côté; on comprend combien cette conversation l'intéressait !

Depuis quelque temps, il avait écrit une nouvelle, dont le fond était l'histoire de sa vie, racontée à grands traits. Il s'était mis à ce travail, on s'en souvient, d'après le conseil de M. d'Arel. Mais au lieu de se borner à un écrit rigoureusement méthodique, il y avait mêlé des détails intimes, de l'invention et, çà et là, des réflexions philosophiques. Au lycée déjà, — nous l'avons dit, — il s'était fait remarquer par des compositions qui lui avaient valu des prix. Ce talent, sorte de don naturel qu'il avait négligé quand la fièvre du gain l'avait saisi, il y revenait maintenant, par nécessité autant que par goût. Il reprenait la plume après avoir eu le temps de faire bien des réflexions. L'espèce d'autobiographie dont nous parlons, était achevée et mise au net depuis quelques jours. Son intention était de la signer d'un pseudonyme et de la donner, comme son premier article, à M. d'Arel, pour la *Récréation littéraire*.

L'idée lui vint tout à coup de l'envoyer à Mlle Moser par Adèle Gattel, qui allait aux informations à Collongin. Il relut ses deux cahiers, où il fit quelques retouches. Puis, s'armant de courage, il écrivit un billet dans lequel il priait Mlle Moser de lire cette *histoire* et de lui dire ce qu'elle en pensait. La dernière phrase du manuscrit était celle-ci : « Dans la situation morale et temporelle de ce jeune homme, lui serait-il possible de rendre une femme heureuse, et peut-il réellement songer à se marier ? »

L'allusion, quoique indirecte, ne pouvait échapper à Hélène.

Il remit donc le manuscrit et la lettre, cachetés, à Adèle Gattel, qui devait les rapporter, si tout était perdu pour lui, c'est-à-dire, si elle apprenait que le mariage d'Hélène avec le notaire était chose décidée.

Quand, vers le soir, la fermière fut partie, il se prit à regretter d'avoir envoyé son manuscrit, et fut sur le point de courir après la messagère pour le reprendre. Mais c'était trop tard. Le vin était tiré, il fallait le boire.

À l'heure où il venait s'asseoir sur le banc près de la fontaine, Adèle n'était pas encore de retour. Il l'attendait avec une impatience fébrile. Lina vint sauter sur ses genoux en disant :

— Plouf ! Puis elle ajouta aussitôt : — Il y a longtemps, monsieur, que tu ne m'as pas embrassée. Pourquoi que tu n'es pas venu ?

— Mais j'étais ici hier, ma chère petite.

— Oui, avec mon papa. C'était nuit. Maman ne m'a pas permis de sortir. Qu'est-ce qui t'a fait mal aux yeux ? ils sont tout rouges.

— C'est que je suis fatigué.

— Et puis, tu as l'air triste.

— C'est vrai que je ne suis pas gai.

— As-tu des chagrins, comme il y a longtemps?

— Peut-être bien que j'en ai.

— Alors, qui est-ce qui te les fait, ces chagrins? Ce n'est pas moi, puisque je t'aime bien, dit-elle en lui passant ses petits bras autour du cou; et ce n'est pas non plus Mlle Moser.

— Oh! non, répondit l'infortuné, qui ne pouvait mettre l'enfant dans son secret.

— C'est bien sûr que ce n'est pas Mlle Hélène, qui est si bonne. Je lui ai demandé, quand elle est venue avec son papa, si, comme moi, elle t'aime bien. Elle m'a dit que oui.

— Elle t'a vraiment dit cela?

— Bien sûr. Moi, je ne dis pas des mensonges. Le bon Dieu n'aime pas les menteurs; il les punit.

Le cœur d'Ernest était près d'éclater. Il prit la petite dans ses bras et la serra contre sa poitrine. Puis il la reposa doucement à terre. Adèle arrivait.

— J'ai remis le paquet, dit-elle tout de suite. Dans la soirée, j'irai vous dire ce que j'ai appris.

— Merci mille fois.

Et se levant aussitôt, il rentra chez lui, s'enferma dans son cabinet, où il rendit grâces à Dieu, qui seul connaît le fond des cœurs.

En femme qui sait ce qui se passe dans un village dès qu'un fait nouveau, rendu public, s'est produit, Adèle s'était bien gardée d'aller chez les Moser, en arrivant à Collongin. Elle était entrée dans un magasin d'épicerie, où l'on vendait aussi des étoffes. Ce magasin était tenu par une femme ordinairement au courant de ce qui se dit et se fait dans la localité. Visitée par toutes les femmes de l'endroit, cette boutique était un véritable bureau de gazette campagnarde. La médisance y tenait ses assises plusieurs fois par jour, et les raconteuses d'histoires scabreuses ne manquaient pas d'y venir débiter ce qu'elles avaient appris, ayant soin d'y ajouter leurs commentaires. Il suffisait de l'achat d'une bougie ou d'un kilo de sucre pour servir d'occasion à une causerie sans fin sur le compte du prochain. La marchande se gardait bien de fermer la bouche à ces charitables commères, qui s'en retournaient chez elles, ravies d'avoir pu causer pendant un bon quart d'heure sans être interrompues par l'arrivée d'un tiers, devant qui elles auraient dû se taire.

Adèle demanda à voir une étoffe chaude ; sa petite Lina avait besoin d'une robe d'hiver. Pendant qu'elle l'examinait, la marchande lui dit :

— Et puis, vous savez la grande nouvelle ?

— Non, qu'est-ce que c'est ?

— Eh bien, pas plus loin qu'hier, le notaire Bacoulin, — vous savez, celui qui est si riche, — est venu passer un acte chez Poget du Quart-d'En haut, après quoi, lui et son fils, qui est revenu dernièrement d'Allemagne, sont allés chez les Moser, où l'on assure que Mlle Hélène a été demandée en mariage par ces messieurs. A-t-elle du bonheur, cette Hélène ! Épouser le fils unique d'un père qui a plus de 500 000 francs et un état où l'on gagne de l'argent, cela ne se voit guère. Aussi est-il évident qu'elle a tout de suite accepté. Du moins, on le croit ; mais la nouvelle n'est pas encore officielle. Allons ! les Moser ont du bonheur. Il est vrai qu'Hélène est charmante, et d'ailleurs, on dit que son père a bien une soixantaine de mille francs, outre sa maison et son terrain.

— M. Moser vous a-t-il parlé de cela lui-même ?

— Oh ! non ; c'est seulement le bruit public ; mais il n'y a rien de plus certain que les MM. Bacoulin ont fait une visite. Et c'est bien singulier que la chose ait marché si vite, car le fils Bacoulin connaît à peine Mlle Hélène. Elle lui aura plu tout de suite.

L'étoffe étant achetée et payée, Adèle se rendit, assez émue chez les Moser. Hélène était seule.

— Chère madame Gattel, lui dit-elle, que vous avez bien fait de venir. Vous avez eu chaud en marchant, je vais vite vous préparer une tasse de thé : j'ai de l'eau bouillante. Je tenais beaucoup à causer un moment avec vous, car depuis hier je suis oppressée, indignée même, de tout ce qu'on débite sur mon compte dans le village. Êtes-vous entrée peut-être au magasin de Mme Gifflet avant de venir ici ? je vois que vous avez un paquet d'étoffe.

— Oui, je viens d'acheter de la milaine pour Lina.

— En ce cas, vous devez savoir ce qu'on dit d'une visite que nous ont faite hier les MM. Bacoulin ?

— Oui, mais je ne croirai que ce que vous voudrez bien me dire vous-même. Je sais quels cancans se débitent chez Mme Gifflet.

— Mais il n'y a pas un mot de vrai dans les supposi-tions qu'on fait. M. Bacoulin avait des titres à remettre à mon père. Il n'a été question, dans cette visite, que de ce qui avait rapport à ces papiers ; ensuite, on a causé d'une manière générale, et tout s'est borné là. Comment ! c'est la première fois que je vois M. Bacoulin fils, et les gens sont assez stupides, assez ineptes, pour se figurer que je me serais engagée après deux mots de conver-sation, parce que ce jeune homme a de la fortune ! On me connaît bien peu. À quiconque vous en entendrez parler, dites bien que c'est un conte sans fondement.

— Je me demande s'il faut le regretter ou vous en féliciter, dit Adèle dont le cœur recommençait à battre régulièrement.

— Ni l'un ni l'autre, chère Mme Gattel.

— M. de Cange, reprit Adèle, m'a chargée de vous remettre ceci, un manuscrit, je crois, qu'il vous prie de lire et sur lequel il sera bien aise d'avoir votre avis.

— Merci, veuillez lui dire que nous le lirons, mon père et moi, avec plaisir. Est-il toujours le grand ami de votre chère petite Lina, dit Hélène, dont le visage se colorait à mesure qu'elle parlait.

— Ah! je crois bien. La petite drôlesse continue à s'établir sur ses genoux, et monsieur a la bonté de lui raconter des histoires qu'il invente pour elle. Il est vraiment très bon pour Lina et nous l'aimons tous beaucoup.

La tasse de thé bue, la fermière reprit à grands pas le chemin de la Tourelle.

Oui, Mme Adèle, dirons-nous en terminant ce chapitre, vous n'êtes pas femme pour rien. On peut vous charger d'aller aux renseignements et de rapporter de bonnes nouvelles.

CHAPITRE XXIV

U ne nuit paisible raffermit les nerfs ébranlés d'Ernest de Cange. Il se leva de grand matin, comme le jour précédent, mais avec des pensées bien différentes. Au lieu de croire que tout était perdu, il se reprenait à envisager l'avenir avec espoir. Il sentait que le calme du cœur doublerait ses forces morales, et que le travail lui deviendrait plus facile. Pour cela, il faudrait assurer la situation et faire un pas décisif, ce qui n'était guère possible avant qu'Hélène eût eu le temps de lire le manuscrit. Mais alors, nouvelle perplexité, il se pourrait très bien qu'en attendant, le riche fils unique fît une démarche qui préviendrait la sienne. En présence d'un tel danger, il fallait donc agir le plus tôt possible.

C'est ce que dit Gattel, occupé autour de son bétail, lorsque notre amoureux vint respirer l'air frais d'une matinée de septembre.

— Vous pourrez très bien, un de ces premiers jours, aller vous-même à Collongin, si l'on ne vous renvoie pas votre manuscrit, et vous verrez alors ce qu'il faut faire, lui dit-il. Mon avis est qu'en ces choses-là, il faut battre le fer pendant qu'il est chaud. Mais vous devez être déjà bien content de ce que M. Bacoulin n'a fait aucune demande et de ce que Mlle Moser a dit à ma femme sur ce sujet.

— Oui, sans doute. Je serais un ingrat de ne pas le

reconnaître ; mais j'ai besoin de conseils, et je ne puis en demander qu'à vous, qui prenez à cœur ma situation. S'il vous vient une bonne idée, vous m'en ferez part. Que dit votre excellente femme ?

— Elle pense exactement comme moi. En général, nous n'avons pas deux manières de voir.

— Vous n'allez pas à la chasse ce matin ?

— Non. Je n'y vais jamais deux jours de suite, et surtout pas en cette saison. Il faut préparer les champs pour semer le froment, dès que la pluie aura suffisamment trempé la terre. Puis, nous avons le blé et l'avoine à conduire au battoir. Tout cela nous prendra le reste du mois, même en supposant que le temps soit favorable. Dans les quinze premiers jours d'octobre, il faudra vendanger. C'est un moment de l'année où nous sommes très occupés.

— Vous deviez avoir une bien mauvaise opinion de moi lorsque nous sommes arrivés, et que je faisais des questions absurdes sur la campagne et sur vos occupations ?

— Je pensais que, venant de Paris, vous ne pouviez être au courant de notre agriculture.

— Mes idées présomptueuses se sont dès lors modifiées, non seulement sur ce que la terre peut produire, mais sur des points plus essentiels.

— Nous en sommes tous là, monsieur. La loi du progrès en toute chose doit régir notre vie. Et pourtant, plus j'avance dans le chemin où Dieu m'a placé, plus je sens la puissance du mal en moi, et plus j'ai besoin du secours de Dieu pour le vaincre. Cette parole de saint Paul : « Quand je veux faire le bien, le mal est attaché à moi, » me paraît toujours plus vraie. C'est surtout le matin, au début de la journée, que j'en suis frappé. Oh ! oui, je suis un être faible, sur lequel le péché a encore une grande prise.

— Si vous pensez cela de vous, qui avez de l'expérience et de la foi, que dois-je penser de moi ?

— Vous êtes dans la main de Dieu, monsieur, et moi

aussi. Tâchons seulement de nous tenir en sa présence. C'est le meilleur moyen d'être gardé dans les tentations.

Par ces quelques mots de François Gattel, on voit qu'il n'était pas un de ces chrétiens qui prétendent avoir le cœur pur, dégagé des souillures de la chair et de l'esprit et capables de faire habituellement la volonté de Dieu, sans avoir besoin de lutter avec force contre leur nature mauvaise. Il ne chantait pas à tout moment : Amen ! alléluia ! Il ne courait pas à la recherche des choses extraordinaires, surnaturelles. Le besoin de voir des miracles ne le poussait pas dans des ardeurs hors nature. Si la puissance du Saint-Esprit agissait dans son cœur sincèrement pieux, il ne lui semblait pas nécessaire que la maison tremblât, pour qu'il en reçut l'influence. Son christianisme était simple, actif et direct, sans la couleur tranchante que d'autres, pleins de zèle d'ailleurs, ajoutent au leur ; sans le *charabia* dont il faut faire usage, disent-ils, pour être dans la véritable voie du salut. À les entendre, à les voir à l'œuvre, ces partisans d'une école religieuse nouvelle, il n'y aurait plus d'individualité humaine, plus d'originalité, plus de caractères. Chacun serait comme tous, et tous comme chacun. Utopie des utopies ! Est-ce que les œuvres de Dieu dans la nature matérielle se ressemblent toutes ? Et l'on voudrait que les œuvres morales sortissent toutes du même moule ! Cela ferait un monde admirable, n'est-ce pas ?

Pardon, trois fois pardon, cher et honoré lecteur. Je vous dis là des choses que vous savez, que vous sentez aussi bien que moi. Il vaudrait beaucoup mieux continuer notre récit, et c'est ce que je vais faire. Mais que voulez-vous : il me vient le matin, comme à François Gattel, certaines idées qui s'échappent de ma plume, avant que j'aie eu le temps de les retenir. Si j'avais des vaches à soigner, au lieu de noircir du papier, je n'occuperais personne de mes réflexions. Dans la matinée aussi, Ernest essaya de travailler. Il écrivit quelques pages sur sa promenade du jour précédent. Comme il avait le don de bien voir et de décrire avec facilité ce qui le frappait, il trouva dans cette matinée de chasse la matière d'un article intéressant. Au milieu de septembre et à l'aube naissante, aller ainsi selon que le regard vous mène, à travers champs et bois, grimper sur de hautes collines, descendre au milieu d'une forêt et se trouver tout à coup au bord d'un lac en miniature, s'asseoir à l'ombre d'un sapin branchu, et là faire un repas rustique, assaisonné par l'appétit que donne l'air matinal, tout cela ne manque ni de charme ni de poésie. Il est vrai que le narrateur, à moins d'écrire un roman, ne pouvait parler de ce qui s'était dit à côté de l'onde transparente; mais il restait assez d'autres tableaux champêtres à esquisser en quelques mots, assez de choses vues, assez de réflexions à ajouter, sans entrer en des détails intimes où le lecteur n'avait rien à voir. On peut dire que si, de temps à autre, Ernest de Cange n'avait pas poussé un profond soupir du côté de ses préoccupations, il aurait eu la vie la plus heureuse qu'on puisse imaginer. Mais étant homme, il devait avoir sa part de souffrance humaine.

Dans l'après-midi de ce même jour, il dut recevoir ce certain Pierre Pitral qu'il avait rencontré labourant un champ, quelque temps auparavant. Plein de suffisance, cet individu lui demanda sans façon un moment d'entretien, qui aurait fini par s'allonger indéfiniment, si Ernest ne l'avait congédié au bout d'un quart d'heure.

— Je viens vous parler d'une affaire qui m'intéresse, lui dit Pitral pour commencer. Voici ce que c'est. J'ai misé le cabaret de notre commune de Bossens, et j'y entre dans un mois, le 15 octobre. Je veux acheter du vin vieux et du nouveau; pour cela, j'aurais besoin de 4000 francs que je veux emprunter par simple billet, ou, si on le préfère, par hypothèque. J'ai pensé qu'il vous conviendrait peut-être de faire ce placement qui sera, comme on dit, de tout repos pour vous. J'offre le 4 %.

— Monsieur, répondit Ernest, je ne suis point capitaliste et n'ai aucune somme à placer; par conséquent, il m'est impossible de vous prêter les 4000 francs que vous demandez.

— C'est bien extraordinaire. La voix publique dit pourtant que vous avez réalisé de grands bénéfices à Paris ces dernières années; et cela doit être puisque vous avez payé comptant votre belle campagne.

— La voix publique se trompe, monsieur Pitral; au lieu de bénéfices, j'ai fait au contraire des pertes.

— Tant pis. Je m'adresserais bien à notre voisin l'archi-millionnaire, qui remue ses écus avec la pelle et attache ses billets de banque avec des courroies; mais il ne prête pas son argent aux cabaretiers. Il préfère le laisser dans un coffre-fort. C'est un original, qui a pourtant parfois de bonnes idées. Par exemple, il paie volontiers la pension de quelques enfants pauvres et orphelins; mais il a une sainte horreur du vin et des cabarets. Cependant, il vend les récoltes de ses vignes aussi cher qu'il le peut, mais pas directement aux pintiers. Avec ça, il est affable avec tout le monde. Et votre Gattel: en voilà un qui se donne du bon temps! Je présume qu'il est à la chasse aujourd'hui, cet honorable fermier. Il faut qu'il gagne bien de l'argent sur votre domaine.

— Monsieur Pitral, je suis obligé de vous dire que je n'ai pas le temps de vous écouter davantage. J'ai mes occupations, et vous avez sans doute les vôtres. Ainsi, nous allons nous quitter.

— Parfaitement. Vous savez: je ne suis pas mômier évangélique. Je pratique la religion du grand Frédéric.

— Oui, monsieur, et j'ose vous dire qu'à cet égard, mômier ou non, je trouve que vous êtes à plaindre.

— Suffit. « À bon entendeur, salut. »

Et quand il fut sorti:

« Ce Français, se dit-il, est bien comme les autres richards; il ne vous offre pas même un verre de vin quand on vient chez lui. »

Comme il achevait ce monologue à vingt pas de la maison, il rencontra M. d'Arel en char découvert, qui le salua d'un gracieux :

— Bonjour, voisin. Ça va-t-il bien ?

— Parfaitement.

— Si vous m'attendiez cinq minutes, j'aurais une place à vous offrir.

— Oh ! grand merci, monsieur. J'ai de bonnes jambes, et je suis d'ailleurs un peu pressé.

— C'est pourtant bien à votre service.

Le paysan malgracieux continua sa route, et le cheval du millionnaire entra dans la cour au petit pas.

Ernest de Cange fut bien étonné de la visite de M. d'Arel, qu'il n'attendait point.

— Je n'avais pas l'intention de m'arrêter chez vous aujourd'hui, dit ce dernier ; mais je viens de Collongin, où j'avais à voir M. et Mlle Moser, qui m'ont chargé, puisque je passais près de la Tourelle, de vous présenter leurs compliments et de vous remettre ceci, dit-il en sortant de sa poche le paquet porté la veille à Hélène par Adèle Gattel. Mlle Moser, continua M. d'Arel, m'a dit que c'est un manuscrit qu'elle et son père ont lu avec un vif intérêt. Est-ce que vous me le confieriez pour deux ou trois jours ? Vous voyez qu'il y a déjà de l'égoïsme dans mon fait.

— Je vous remettrai avec plaisir ces cahiers, dit Ernest, et même je voulais vous demander, comme un service, de les lire, pour m'en donner votre avis, ainsi que j'en ai prié Mlle Moser. C'est vous, monsieur, qui m'avez fourni l'idée de cette nouvelle, dont le fond vrai est l'histoire de mes expériences. Depuis que cela est écrit, j'ai pensé qu'il faudrait le retravailler, en élargir le cadre, et l'augmenter de manière à en faire un volume, roman ou nouvelle, dont les tendances seraient absolument contraires à celles des romans qui se publient à Paris depuis quelques années. Vous me direz ce que vous en pensez, lorsque vous aurez eu l'obligeance de lire ce premier aperçu.

— A priori, répondit M. d'Arel, il me semble que l'idée est heureuse. Écrit par un Français, votre livre pourra être utile et faire du bien dans votre pays. Je trouverai facilement un éditeur.

— Merci, monsieur.

— Quand je vous rapporterai le manuscrit, nous en causerons.

— Ne vous donnez pas la peine de le rapporter ; j'irai chez vous le chercher dans huit jours.

— Vous prendrez alors le thé avec nous. Vous trouverez à la maison Mlle Moser, qui consent à remplacer pour un mois l'institutrice de mes filles, celle-ci ayant perdu sa mère dernièrement. Nous connaissons depuis longtemps M. et Mlle Moser, que nous tenons pour excellents et fort distingués. M. Moser est mon chargé d'affaires pour des titres hypothécaires, et nous avons eu souvent, ma femme et moi, l'occasion de voir sa fille, que nous estimons infiniment. Elle accepte avec joie l'humble position de ménagère dans la maison, tandis qu'elle pourrait occuper une place de gouvernante supérieure. Pendant qu'elle sera chez nous, et c'est dès demain, — une voisine préparera les repas de son père. C'est arrangé ainsi. — Avez-vous un permis de chasse ?

— Non ; je me propose de prendre un permis de travail, ce qui vaudra mieux. Mais j'accompagnerai volontiers mon ami Gattel, quand il pourra s'accorder une matinée dans les champs ou les bois. Je n'aimerais pas à tirer sur un lièvre qui viendrait en toute confiance se faire massacrer à mes pieds.

— Je suis absolument comme vous à cet égard. Et pourtant, les lièvres sont faits pour être mangés. Si on les laissait tous vivre, ils multiplieraient à tel point que nous devrions leur abandonner le pays. C'est triste, sans doute, comme tant d'autres choses du même genre. Nous n'y pouvons rien, ni vous ni moi, si ce n'est de nous abstenir de tuer nous-mêmes. Donnez-moi votre manuscrit, cher monsieur, et permettez que je m'en aille, car on m'attend.

Ernest décacheta le rouleau de papier dans lequel était une lettre à son adresse.

Lorsque M. d'Arel fut parti après avoir présenté ses devoirs à Mlle Saint-Hélier, Ernest lut la lettre qu'il venait de recevoir. La voici :

Collongin, ce 16 septembre.
« Monsieur,
» Mon père se proposait de vous reporter le manuscrit que vous avez bien voulu nous confier, mais M. d'Arel nous offrant de s'en charger, j'accepte volontiers, et je vous fais tous nos remercîments. Cette nouvelle, que nous avons lue hier au soir, nous a vivement intéressés. Sous la forme d'une fiction, vous avez dépeint une situation et des sentiments qui vous honorent. Mais, si vous me permettez de le dire, il me semble que ce récit, quelque intéressant qu'il soit dans sa forme actuelle, gagnerait encore à être élargi de manière à en faire une œuvre qui pourrait être bien utile, et en France, et parmi nos populations romandes. La fièvre du gain est partout, aussi bien chez nous, petit peuple, que dans les grands centres d'affaires. C'est du moins ce qu'affirme mon cher père, plus au courant que je ne puis l'être de la situation en vue. À la question posée à la fin de cette étude, nous pensons qu'on peut répondre affirmativement.

» Recevez, Monsieur, l'assurance de notre considération très distinguée.

» Hélène Moser.

P.-S. M. d'Arel vous aura dit que je vais passer un mois chez lui, pour remplacer l'institutrice de ses filles. Pendant cette absence, une visite de vous à mon père lui serait bien agréable. Je vous en serais reconnaissante.

Le soir venu, Ernest de Cange, sans la moindre hésitation, se rendit chez M. Moser.

CHAPITRE XXV

a démarche à faire n'était point cependant chose facile. Aller demander la main d'une fille unique à un père veuf dont elle est l'amie, l'appui, et qui la nomme l'ange de son foyer, cela demande de l'audace et un courage moral peu ordinaire, surtout quand on n'a pas, comme c'était le cas d'Ernest de Cange, une position brillante à offrir. S'exprimer de vive voix, c'est encore bien plus difficile que de le faire par écrit. En général et sauf de rares exceptions, les écrivains ne sont pas des orateurs remarquables. Il en est, dit-on, beaucoup plus qui balbutient et ont de la peine à prononcer une parole, que de ceux dont les discours enlèvent les votes et passionnent une assemblée délibérante. Pour un historien comme Thiers, pour un poète comme Lamartine, un romancier comme Disraëli, vous trouverez bien des Jean-Jacques Rousseau qui ne savent pas parler en public, bien des Victor Hugo qui n'ont jamais su prononcer un discours remarquable. Ernest de Cange écrivait avec facilité, avec une sorte de grâce qu'il tenait de sa nature, mais autre chose était pour lui d'aller dire au père d'Hélène Moser : Monsieur, veuillez m'accorder votre fille, — et à celle-ci : Mademoiselle, vous me rendrez le plus heureux des hommes, si...

Il serait bien capable de rester court après le premier mot, notre propriétaire de la Tourelle.

Quoi qu'il en soit, comme il allait se mettre en chemin pour Collongin, sa tante l'embrassa et lui dit:

— Tu vas donc présenter ta demande; j'espère que tout ira bien. Si, comme je le pense, tu es agréé par cette charmante Hélène et par son père, tu peux leur dire que tu es mon héritier, et que je te donnerai 2000 francs pour ton ménage, afin que vous puissiez cheminer. C'est ta femme qui dirigera la maison, où vraiment je n'aurai plus rien à faire la première année. Plus tard, l'ouvrage ne manquera pas, c'est évident; mais puisque la fermière se tire d'affaire avec ses trois enfants, qui sont toujours propres et dont les vêtements ne sont jamais ni salis ni déchirés, je ne vois pas pourquoi les nôtres seraient mal soignés ou mal vêtus. Allons, mon cher garçon, va faire ta demande, et que le bon Dieu t'accompagne. S'il y avait un bureau de télégraphe à Collongin, je te dirais de m'envoyer une dépêche, dès que la décision sera prise, mais il n'y en a pas. En tout cas, je te prie de ne pas t'attarder, car la nuit sera sombre.

Ainsi encouragé par le petit discours de sa tante, Ernest sortit et trouva Gattel partant avec un char. Il lui dit où il allait et dans quel but:

Je vais penser à vous, cher monsieur, et prier Dieu de vous faire réussir. Mettez en lui votre confiance; il fortifiera votre cœur.

Comme la distance entre la Tourelle et Collongin n'exige que vingt minutes de marche, Ernest arriverait encore de jour. Bien qu'on fût entré dans la seconde quinzaine de septembre, la soirée qui commençait n'avait rien da brumeux ni d'humide. La terre était sèche; le ciel pur, les montagnes découvertes. La vue partout reposante. C'était un de ces soirs d'automne bien doux et bien tranquilles. L'humidité pénétrante de nuits plus longues n'est pas encore là. On respire librement, en attendant que novembre ramène le catarrhe et l'oppression pour les poitrines délicates.

Ernest trouva le père et la fille causant dans leur modeste salon, où ils se tenaient à l'ordinaire avant d'allumer la lampe. Les devoirs de la journée terminés, ils se reposaient ainsi pendant une demi-heure. Pour eux, c'était un moment très agréable, on le comprend.

La visite d'Ernest leur causa une émotion difficile à réprimer. M. Moser en fut cependant maître au bout d'un instant, et il put recevoir sans aucun trouble le jeune homme, qui faisait probablement le sujet de la conversation que son arrivée venait interrompra.

— Veuillez vous asseoir, monsieur, dit-il ; j'espère que rien de fâcheux ne vous amène chez nous à cette heure.

— Oh ! non ! loin de là. M. d'Arel m'a remis mon manuscrit et votre précieuse lettre, mademoiselle, dit-il à Hélène en la regardant. Je tenais à vous en remercier aujourd'hui même et à vous dire que je partage entièrement votre opinion au sujet de ce qui manque à ce petit travail. Peu après vous l'avoir adressé, je m'étais déjà décidé à ne pas le publier ainsi. Ce n'est qu'une ébauche, un premier jet qu'il faut retravailler et, si possible, compléter en vue du public. M. d'Arel, qui a eu l'obligeance de le lire aussi, voudrait un volume de 300 pages, au lieu d'une courte nouvelle. Je verrai si je suis capable d'en entreprendre la composition. Mais ce n'est pas pour vous entretenir d'un sujet de cette nature que je suis venu auprès de vous ce soir, monsieur et mademoiselle. Avant de vous ouvrir mon cœur, j'ai mis sous vos yeux l'histoire de ma vie, dans les deux cahiers que vous avez lus. Maintenant, je viens vous dire que je suis cet infortuné qui pose à la fin du récit la question à laquelle vous avez eu l'extrême bonté de répondre. Ce que vous m'avez écrit m'amène à vos pieds. Je n'ai jamais aimé qu'une seule femme, et c'est vous, mademoiselle, qui êtes, depuis longtemps déjà, en possession d'un cœur trop heureux de s'être donné. Oh ! je vous en prie, ne le repoussez pas. Dites un mot qui me permette d'espérer. Vous savez maintenant pourquoi je suis ici en ce moment.

— Monsieur, répondit le père, je ne suis pas surpris de ce que vous venez de nous exposer avec une franchise que j'attendais de votre caractère. Ma fille pourra vous dire elle-même ce qu'elle pense de votre proposition ; et, quant à moi, j'ai une trop complète confiance en son jugement pour entraver en rien sa décision. Cependant, vous comprendrez qu'un père ne soit pas disposé à donner sa fille sans être parfaitement rassuré, non seulement au point de vue du bonheur qu'elle peut espérer, mais aussi au sujet de l'avenir matériel qui l'attend. Je sais que je peux compter sur l'honorabilité de votre caractère, et sur votre volonté de rendre ma fille heureuse, mais je tiens à savoir où en sont vos anciennes affaires, et si vous n'avez aucun engagement pour l'avenir.

— Je suis prêt à répondre, cher monsieur. Grâce à Dieu, je n'ai fait perdre un centime à personne. Mais jeune et présomptueux, j'ai perdu les quatre cinquièmes de ma fortune, dans des placements où j'ai été mal conseillé. Ah! si j'avais eu alors le bonheur de vous connaître! Une seule fois, dans l'espoir de retrouver une partie de ce que j'avais perdu par mon imprudence et les mauvais avis qu'on me donnait, j'ai joué à la Bourse. J'y ai laissé une assez forte somme. Il me restait alors les 100 000 francs que ma tante me conseilla de mettre à l'achat de ma campagne. Avec quelques petites valeurs insignifiantes, c'est tout ce que je possède, et vous savez ce que Gattel paie pour la ferme. À côté de cela, et sachant dans quel but je venais auprès de vous, ma tante m'a autorisé à vous dire qu'elle me fait son héritier, et continuera à fournir 2000 francs par an pour sa part du ménage. Son revenu actuel, en fonds d'État français, est d'un peu plus de 3000 francs. Je n'ai aucune dette. Voilà ma position matérielle. Sans doute, j'ai eu et j'ai encore parfois d'amers regrets d'avoir perdu les 400 000 francs que je voudrais pouvoir offrir aujourd'hui à mademoiselle votre fille, mais je sais aussi qu'il m'a été bon d'avoir souffert. J'ai l'ardent désir d'employer maintenant mon temps d'une tout autre manière ; et si Dieu bénit mes efforts, s'il me donne les facultés nécessaires, — je n'ose dire le talent, — je crois que le pain quotidien ne nous manquera jamais. Ce qui pour moi domine toute autre considération, c'est de savoir si mademoiselle votre fille ne me repousse pas.

— Tu peux parler, Hélène ; je ne m'opposerai pas à ce que tu consentes, si tu crois le pouvoir.

— Je n'ai qu'une chose à dire, mon père : avec ton autorisation, je mets ma main dans la sienne avec une pleine confiance. — Voilà cette main que vous me demandez, dit-elle à Ernest prêt à se jeter à ses genoux.

— Que Dieu vous bénisse pour toute l'éternité, répondit l'heureux jeune homme en prenant cette main qu'il pressa sur son cœur et porta ensuite à ses lèvres. Il me rend un trésor mille fois plus précieux que tout l'or de la terre.

— Il faut maintenant nous entendre pour la suite, dit le père. Vous êtes fiancés ; mais votre mariage n'aura pas lieu avant la fin de l'année, afin que vous puissiez vous mieux connaître. D'ici là, vous vous verrez aussi souvent que cela sera possible ; et maintenant que vous êtes engagés, il ne convient plus qu'Hélène fasse mon ménage. Nous allons, n'est-ce pas, ma fille, chercher une domestique un peu âgée sur laquelle je puisse compter et à qui tu céderas la cuisine. Tu auras assez d'autres occupations. De votre côté, Ernest, — vous voyez que je vous appelle par votre nom, comme je vous autorise à donner le sien à Hélène, — de votre côté, vous allez continuer à travailler. Vous êtes mieux qualifié pour tenir la plume que pour cultiver un domaine. Mais gardez Gattel, tant qu'il voudra être votre fermier.

— Vous pouvez être assuré que c'est mon désir et mon intention ; Gattel n'est pas seulement mon fermier, il s'est montré pour moi un véritable ami, et s'est acquis, outre mon amitié, ma cordiale reconnaissance. Je dois aussi beaucoup à sa petite Lina : par ses questions enfantines, elle a plus d'une fois réveillé ma conscience, et m'a fait réfléchir sur une foule de sujets importants, auxquels je n'avais jamais accordé d'attention.

— Revenons à nos affaires, dit M. Moser ; vous causerez après tous deux. Je me représente, Ernest, que vous irez demain voir M. d'Arel, puisque votre fiancée sera chez lui. Il faut donc qu'Hélène annonce à la famille, dés son arrivée, ce que nous venons de décider. Vous vous chargez d'avertir les Gattel. Je vais m'occuper dès demain à faire imprimer des communications, dans lesquelles nous mettrons simplement : *Ernest de Cange et Hélène Moser, fiancés.* Vous viendrez en prendre ici pour les expédier à vos amis, à vos connaissances. Je me chargerai d'en adresser aux nôtres. Moi, j'aime à faire les choses avec ordre, sans retard. Sommes-nous d'accord ?

— Complétement.

— Plus qu'un mot, et je vous laisse. Je ne suis pas riche ; néanmoins Hélène est assurée d'une rente de 1000 francs, que je lui payerai en quatre termes chaque année.

— Cher monsieur, dit Ernest, vous me donnez un trésor en m'accordant Helene ; je ne m'inquiète pas des choses secondaires ; mais je ne suis pas moins très reconnaissant de ce que vous avez l'intention de faire.

— Mon cher ami, ce que vous dites là c'est très bien, très généreux, mais je vous engage, moi qui ai le double de votre âge et un peu plus d'expérience des besoins de la vie, à mettre de l'importance aux choses secondaires. Vous n'êtes plus le fils unique riche, plaçant mal ses capitaux ; vous êtes le propriétaire d'une bonne et belle campagne, qui rapporte 2400 francs par an ; vous avez une bonne et aimable tante qui se dépouille pour vous en donner 2000 ; et moi, votre futur beau-père, j'en donne 1000 à ma fille. Considérez tout cela, puis apportez aussi votre part, au moyen d'un travail consciencieux, en vous servant de l'instrument que la Providence vous a confié pour en faire un bon usage.

— Avec l'aide de Dieu, je le ferai, dit Ernest.

— À la bonne heure. À présent, causez à votre aise ; je vais respirer un moment l'air du soir.

Que se dirent les fiancés, pendant que l'excellent père se promenait en silence devant sa maison. J'aurais bien voulu assister invisible à cette conversation pour l'écouter tout entière. Mais cela n'était pas possible. Je me représente seulement qu'Ernest se rapprocha d'Hélène, que leurs mains s'entrelacèrent et qu'ils échangèrent de douces paroles, la fiancée laissant parler son cœur jusque-là contenu. Depuis qu'Ernest lui avait ouvert le sien, en lui parlant de l'influence que les propos enfantins de Lina avaient exercée sur sa conscience, Hélène s'était sentie fortement attirée vers cet homme honnête et droit, dont le regard sondait le sien. Ce n'était plus maintenant cette jeune fille très réservée, froide et même un peu sèche en présence d'un étranger, mais une heureuse fiancée, donnant un libre cours à ses sentiments. Ernest l'écoutait avec ravissement. Et pendant que le père considérait la voûte étoilée, dans une profonde adoration pour son Auteur, auquel il remettait avec confiance la destinée de ses enfants, ceux-ci continuaient leur douce causerie. La main dans la main, ils vinrent appeler M. Moser qui leur dit en regardant le ciel :

— N'oubliez jamais ce que vous devez à Celui que l'univers entier ne peut contenir. Sa pensée vous doit être toujours présente. Vous voulez repartir, Ernest. Je vais faire quelques pas avec vous.

Hélène comprit que son père avait encore quelque chose à dire à son fiancé ; c'est pourquoi, serrant la main de celui qui maintenant lui appartenait, elle rentra prestement dans la maison.

Quand ils eurent dépassé les dernières maisons du

village, M. Moser, s'arrêtant, dit à Ernest:

— Vous avez vu que ma fille a mis sa main dans la vôtre sans la moindre hésitation. Eh bien, sachez que jamais elle ne l'eût fait, si, comme tant d'autres jeunes hommes, vous aviez eu jadis des relations coupables. Eussiez-vous été millionnaire, moi non plus je n'aurais pas donné mon consentement. Vous pouvez remercier Dieu d'avoir été gardé sur ce point.

— Je lui en rends grâces de toute mon âme.

CHAPITRE XXVI

ous pourrions terminer ici l'histoire que nous venons de raconter. Ernest de Cange a trouvé le chemin où il doit marcher, où Dieu, sa conscience et son cœur l'appellent. Il le suivra résolument, nous pouvons le croire, mais non sans qu'il ait encore à lutter souvent contre lui-même et contre les ennemis invisibles qui ne manquent jamais d'attaquer tout homme, quelle que soit sa condition sociale. Le combat est la loi suprême de toute existence qui ne se traîne pas dans l'ornière de la vulgarité et ne s'abandonne pas à ces trois choses : la convoitise des yeux, la convoitise de la chair et l'orgueil de la vie. Elles règnent dans le monde, dit un apôtre.

Mais si nous arrêtions aujourd'hui notre récit, bien des lecteurs nous diraient peut-être : Nous voudrions savoir quelque chose de plus sur les personnes dont nous avons fait la connaissance. Les fiançailles d'Ernest et d'Hélène ont eu lieu ; que leur est-il arrivé depuis ? Et aux Gattel ? à Mlle Marthe ? à d'autres encore ? La petite Lina, dont vous ne dites plus rien, serait-elle morte ? Il faut nous renseigner un peu sur tous ces personnages.

Soit, répondrai-je, et certes, je ne demande pas mieux. Je craignais simplement de vous fatiguer. Mais puisque vous voulez bien m'écouter, je reprends la narration au point où nous en étions restés.

En arrivant chez lui, le soir en question, Ernest entra

d'abord chez les Gattel, pour leur annoncer l'heureuse nouvelle. Ils en furent extrêmement réjouis. Le bonheur du fiancé était bien aussi, à quelques égards, leur ouvrage, car ils y avaient mis la main dès le commencement, et les conseils du mari n'y avaient point été inutiles. Ernest le sentait vivement. Mlle Marthe fut bien soulagée. Maintenant son neveu ne serait plus seul, si elle était rappelée de ce monde ; et elle-même jouirait beaucoup d'une nièce dont la présence embellirait la maison et serait le charme de leur intérieur. Ce n'est pas sans quelque terreur que son imagination lui montrait déjà, dans un avenir rapproché, tout un essaim de bébés, criant, s'accrochant à ses jupes, ou se traînant par terre ; mais, se dit-elle, ce n'est pas la place qui manque ; et puisque la jeune femme aura une rente de 1000 francs, ça fera amplement pour la bonne. Il n'y a donc pas à se tourmenter trop d'avance.

Le lendemain, dans la matinée, Ernest se rendit à la ville, d'où il rapporta des anneaux d'alliance. La chose avait été convenue ainsi la veille au soir. De son côté, M. Moser était allé pour faire imprimer des billets de part. À la fin de la journée, comme Ernest se disposait à prendre le chemin de Bossens pour y voir Hélène chez M. d'Arel, M. Moser arrivait à la Tourelle.

— Voici une lettre que j'ai reçue cet après-midi, dit-il à Ernest, elle est de M. Bacoulin le notaire. Portez-la à Hélène ; vous la lirez ensemble, ainsi que la copie de ma réponse, écrite au verso du feuillet. Ah ! mon cher ami, quel vide son départ va faire dans ma maison ! J'en souffre déjà aujourd'hui. Mais il ne faut pas qu'un père soit égoïste.

— Vous pourrez venir habiter avec nous, dit Ernest ; pourquoi ne le feriez-vous pas ?

— Non, ce ne serait pas ma place, pas du moins pendant les premiers temps. « L'homme quittera son père et sa mère pour s'attacher à sa femme,» est-il écrit ; à plus forte raison une fille doit-elle quitter ses parents pour s'attacher à son mari. D'ailleurs, j'ai mes occupations à Collongin. Heureusement, ce n'est qu'à deux pas de chez vous. Au revoir. Ah ! à propos, vous embrasserez Hélène pour moi.

M. d'Arel était venu chercher Hélène en voiture. Il ne s'était pas borné, comme d'autres l'eussent fait, à lui envoyer un char à banc, conduit par un domestique. M. Moser lui expliqua la position nouvelle de sa fille, ce qui fit un plaisir extrême au sympathique M. d'Arel.

— Je vous félicite cordialement, leur dit-il, car j'ai la meilleure opinion de M. de Cange ; et je le trouve aussi bien favorisé. Il a non seulement du talent, mais du coeur, un fond de droiture et des sentiments élevés qui ne sont pas communs dans le milieu où il s'est trouvé. C'est un véritable bonheur pour lui d'être venu s'établir en Suisse ; et pour nous, ses voisins, une excellente acquisition. Mais je me reproche, mademoiselle, de vous prendre votre temps dans un moment où vous seriez occupée à tout autre chose qu'à donner des leçons. Je pense que votre fiancé viendra souvent vous voir chez nous. Il sera toujours le bienvenu.

— Merci, monsieur, dit Hélène. Mais lui aussi veut travailler, et ses visites ne seront pas longues.

La lettre de M. Bacoulin, contenait ce qui suit :

» À monsieur André Moser, régisseur à Collongin.

» Monsieur,

» À la suite de la visite que nous vous avons faite, mon fils et moi, il y a peu de jours, nous avons pris la résolution suivante :

» D'après les excellents renseignements qui nous sont parvenus sur Mlle votre fille, nous venons vous la demander en mariage pour mon dit fils, dont la position est assurée, et la santé parfaite.

» Nous espérons que notre demande sera agréée, et nous vous présentons notre distinguée considération.

» Bacoulin & fils, notaires. »

Au verso du feuillet se trouvait la réponse.

« Monsieur E. Bacoulin, notaire, à X***.

» Monsieur,

» Depuis hier au soir, ma fille est fiancée avec M. Ernest de Cange, que vous connaissez. Je ne puis donc répondre d'une autre manière à votre honorée lettre et à la proposition qu'elle contient. Dans une position différente, nous aurions examiné, avec tout l'intérêt qu'elle mérite, la demande que vous nous adressez.

» Avec mes remerciements, je vous présente, monsieur, l'assurance de ma considération très distinguée.

» A. MOSER.

Ernest prit le thé chez M. d'Arel, placé auprès d'Hélène. Mme d'Arel, en digne compagne de son mari, avait mis un bouquet sur la table, devant les fiancés. Après le souper, Hélène fit quelques pas avec Ernest; la nuit venue, elle n'alla guère au-delà des abords de la maison. En la quittant, on peut être certain que le fiancé n'oublia pas le message du père: c'était si naturel. Il est pourtant bien facile d'oublier une commission, quand on est préoccupé de diverses choses; mais Ernest avait la mémoire bonne, et je veux croire qu'il répéta, pour son propre compte, le baiser qu'il devait transmettre à Hélène de la part de M. Moser.

— Il me semble, disait-il, que je suis un tout autre homme depuis hier. Je me sens plein de courage et d'entrain pour le travail. Je compte sur vous, Hélène, pour m'aider, pour me donner des idées quand elles me manqueront. Vous corrigerez mes fautes de style n'est-ce pas ?

— Adieu et bonne nuit, Ernest. Quand reviendrez-vous ?

— Demain, sans doute.

— Non, cher ami, pas demain. Soyons sages, et surtout gardons-nous d'être importuns. Attendez quelques jours. Moi aussi, ajouta-t-elle avec le plus charmant sourire, il faut que je travaille, et je vous assure que je m'y soumets de bon cœur.

Les faire-part, peu nombreux du reste, furent lancés : par M. Moser, à ses connaissances et aux personnes dont il soignait les intérêts ; par Ernest, à M. Du Terrault, à M. Bellecour, à Jacques Mélisse et à quelques Parisiens.

Au château des Morilles, ce fut, à l'ouverture du pli, comme une clameur de haro. Et comme, ce jour-là, M. d'Arel rendait visite à M. Du Terrault, ce dernier, qui certes n'avait pas inventé le bon sens, lui dit en se pâmant :

— Voilà donc M. de Cange qui épouse la fille de son ancien régisseur. Les bras m'en tombent. Un fils de famille dont le nom, comme le vôtre, d'Arel, et le mien, est précédé de la particule, s'allie donc à Moser, que nous connaissons tous pour un brave homme, mais avec lequel nous ne pourrions avoir aucun rapport de société. Il faut que de Cange ait les goûts vulgaires. Et pourtant, c'est un garçon qui ne manque pas de moyens, pas même d'un certain talent d'écrire, ce qui du reste ne mène à rien. Son mariage va le déclasser. Il faut que chacun reste à sa place en ce monde.

— Vous ne voyez pas juste, mon cher monsieur, lui répondit tranquillement M. d'Arel. La fiancée de notre voisin est fort distinguée. Certes, lorsqu'un de mes fils serait en âge de se marier, je voudrais bien qu'il me donnât une belle-fille comme Mlle Moser. La condition sociale m'inquiéterait fort peu. La noblesse du caractère, la bonne éducation et les talents sont très supérieurs à la particule nobiliaire. Celle-ci appartient souvent à des gens fort peu dignes de la porter. Pour moi, je continuerai à voir avec plaisir mon voisin de la Tourelle ; il sera une bonne acquisition pour le pays, je n'en doute nullement.

— Ma foi, mon cher, si vous voyez ainsi les choses,

tant mieux. Si au moins ce de Cange avait une paire de chevaux! Mais rien: pas même une vieille berline. Il est venu ici à pied, comme un pauvre hère.

— C'est bien heureux qu'il sache marcher, puisque sa fortune ne lui permet pas d'avoir une voiture. Vous verrez que ce jeune ménage ira fort bien.

— Tant mieux, tant mieux! C'est ça, très cher. Mais un bon cheval, à défaut de deux, ne gâterait rien à la position, avouez-le. Il y a aussi là une vieille tante: elle doit avoir quelque fortune qui reviendra sûrement au neveu. *Saint-Hélier*, c'est un joli nom, qui a de la physionomie. — À propos, le veau de Gattel va-t-il bien?

— Oui.

— Je l'aurais volontiers acheté, moi aussi. Ah! cette maudite surlangue nous a donné bien de la besogne. Votre écurie est-elle toujours indemne?

— Oui, heureusement.

— C'est ça! Je vous en félicite. Il a fallu désinfecter la mienne, passer les bois au sublimé corrosif, recrépir les murs, employer le chlorure de chaux, le diable et le reste. Ma foi, j'étais bien ennuyé de tout ça. Et je me déciderai, je crois, à prendre un fermier. Il faudra d'ailleurs, ou aller en ville pour nos garçons, ou les mettre en pension. Genève, je crois, convient mieux que Lausanne. On y est moins radical, moins populaire; les bonnes traditions se conservent mieux dans les anciennes familles. Que faites-vous de vos fils?

— Ils ont eu un précepteur jusqu'à l'été dernier. Après les vendanges, ils iront à Lausanne.

— C'est ça! Nous verrons aussi à nous décider, au moins pour les deux aînés.

En réponse à sa communication de fiançailles, Ernest reçut de Jacques Mélisse la lettre suivante:

Paris, ce ... septembre 18**.

« Mon cher Ernest,

» Tu sais que la rhétorique n'est pas mon fort, c'est

égal. Je veux t'adresser mes félicitations. Je me souviens très bien de cette demoiselle dont le regard un peu voilé m'aurait transpercé le cœur, si j'avais été capable d'être amoureux. Mais je suis de la race des vieux garçons qui n'ont pas l'habitude de se marier, ce qui ne veut pas dire que tu fasses mal de prendre femme.

» J'ai donc fait un très agréable voyage en Suisse. J'y ai laissé une difficulté de respiration que j'avais apportée de Paris. Maintenant je pourrais parler du matin au soir sans éprouver aucune gêne dans les poumons. Dis-moi un peu : quelles gigantesques montagnes il y a en Suisse ! C'est effrayant, rien qu'à lever les yeux jusqu'au sommet de ces pics épouvantablement hauts. Mais d'un autre côté, ces rochers couverts de neige, ça ne rapporte absolument rien. Ce sont des masses improductives. On me donnerait la Jungfrau que, ma foi, je ne l'accepterais pas. On dit qu'il y périt souvent du monde. Qu'en ferais-je ? Certes, je la laisserais bien à l'État de Berne. Mais peut-être qu'on pourrait faire payer une finance aux touristes qui se proposent d'en faire l'ascension. Ce serait une chose à voir.

» J'ai, mon très cher, de bonnes nouvelles à te donner de mes petites affaires. Et d'abord, la minoterie de l'Épi d'or marche très bien. J'ai pris les trois actions que tu as refusées, et ces valeurs font déjà 100 francs de prime. Elles ne s'arrêteront pas là. Mais voici quelque chose qui vaut mieux. J'ai acheté pour 50 000 francs un lot de terrain où l'on se met à construire des maisons, tout un quartier. Huit jours après mon acquisition, j'ai trouvé un preneur, c'est-à-dire un entrepreneur, qui a repris le tout pour 60 000. Un vrai petit coup de fortune, comme tu vois. Aussi je commence à penser sérieusement au projet d'avoir une campagne en Suisse, mais moins grande que la tienne. Seulement deux hectares avec une jolie maison moderne et un long ruisseau tout près. Si tu découvres cela dans ton voisinage, écris-moi, rue Saint-Avreul 12. Il se peut que je sois l'homme. Mais il faut que le ruisseau soit bien garni de ces excellentes truites que nous avons mangées chez toi. Arrange les choses de façon à ce qu'il y en ait beaucoup dans mon ruisseau, et de la même espèce que les tiennes. Que c'était donc joli et amusant, n'est-ce pas, de les voir se débattre en l'air, accrochées à ton hameçon !

» Et là-dessus, adieu. Où vas-tu passer ta lune de miel ? Amèneras-tu ta femme à Paris ? Bien sûr. Où la conduirais-tu, sinon à l'Opéra-Comique ? Je lui présente mes compliments les plus galants, à ta tante mes respects, et je reste ton vieil ami.

» JACQUES MÉLISSE. »

Un jour de septembre encore, après avoir bien travaillé dans la matinée, Ernest éprouvait le besoin d'une longue promenade. Quand on a noirci une vingtaine de pages, et dîné ensuite avec modération, rien ne raffermit les nerfs et ne délasse le cerveau, comme de marcher pendant une ou deux heures, mais en plein air de campagne et non dans les rues d'une ville. S'il existe un bois dans le voisinage, on en prend le chemin ; on s'asseoit sur un tronc d'arbre et l'on songe là, sans rien dire, à l'ouvrage qui est sur le métier. Et puis, si l'on a le bonheur d'avoir avec soi sa compagne, on lui cueille des fleurs d'automne, des rameaux dont les feuilles sont d'or ou de pourpre, et l'on continue à cheminer, bénissant Dieu d'être deux pour s'aimer, pour se confier en lui, pour attendre tout de sa bonté paternelle.

Ernest ne pouvait retourner voir Hélène ce jour-là, étant allé chez M. d'Arel le soir précédent. Pour se reposer la tête, il se décida à rendre la visite qu'il devait à M. Bellecour. Pour cela, il dut traverser un village et suivre ensuite un chemin ombreux qui l'amena chez le vieux petit monsieur poudré. La Grenouillette est une campagne absolument plate, avec peu d'arbres autour de la maison. Aucune plante grimpante n'en tapissait les murs. C'était tout le contraire de ce qui se voyait à la Tourelle. Au lieu des belles cultures des champs de Gattel, au lieu des grasses prairies ou de fourrages artificiels dont la dernière herbe allait à la hauteur du soulier, on voyait dans les espaces planes de la Grenouillette des terrains maigres, sur lesquels un troupeau de moutons mérinos broutait de claires pousses de graminées sans saveur. Depuis quinze jours déjà, on aurait dû y mettre des engrais et la charrue, pour y semer le froment d'hiver. Mais le bon monsieur n'avait pas d'attelage pour labourer. Il attendait que ses voisins eussent fait leurs semailles, après quoi il louerait un homme avec deux boeufs pour exécuter son travail. Le payerait-il quand l'ouvrage serait terminé? La chose était douteuse.

M. Bellecour reçut fort bien Ernest et le complimenta sur son prochain mariage, quoiqu'il ne connût point Mlle Moser, — il prononçait *Mosair*, — mais il avait entendu faire son éloge par M. d'Arel.

— Nous serons charmés, Mme Bellecour et moi, dit-il, de faire la connaissance de Mme de Cange. Et puisque j'ai le plaisir de vous voir, mon cher monsieur, auriez-vous l'obligeance de dire à votre fermier que je ne prendrai pas l'*aveine* dont je lui ai parlé. J'en trouve plus à ma portée. Un de mes voisins, avec qui je suis en affaires, m'en remettra. Je vous serai fort obligé de me rendre ce service.

— Avec plaisir. Je verrai Gattel ce soir.

Quand Ernest fut de retour et qu'il eut soupé, il alla sur son banc. Gattel s'y reposait un moment, sa petite Lina sur ses genoux.

— Ah! voilà monsieur, dit l'enfant. Il faut me raconter une histoire à présent que tu n'es plus triste. Qu'est-ce qui te rend comme ça content?

— Je te le dirai quand tu seras plus grande.

— C'est le bon Dieu, n'est-ce pas, qui t'a ôté tes chagrins?

— Oui, ma chère petite.

— Alors, il faut bien l'aimer.

— Certainement.

— Moi aussi, j'aime bien Mlle Hélène.

— Viens ici, elle m'a chargé de t'embrasser.

En apprenant que M. Bellecour ne prendrait pas les 600 kilos d'avoine, Gattel sourit :

— C'est qu'il ne lui convenait pas de les payer comptant, dit-il. Je les vendrai facilement à un autre, et même je le préfère ainsi. Mais quelle singulière manie que celle de ne pas payer tout de suite ce qu'on achète, quand on a l'argent chez soi ! Il y a encore bien des gens riches qui conservent cette mauvaise habitude, dans notre pays.

CHAPITRE XXVII

L e temps passe-t-il vite pour les fiancés ? Non, il se traîne souvent, et, si, par malheur, le moindre nuage s'élève entre deux âmes, entre deux cœurs qui doivent s'aimer, il se peut que cette vapeur malsaine devienne la cause d'un refroidissement momentané, peut-être même d'un orage et, plus tard, d'une rupture complète. Cela s'est vu tant de fois ! On croyait s'être bien compris, s'être donné pour toujours, et voilà qu'on va s'éloigner l'un de l'autre pour ne plus se revoir. C'est que la base d'une affection qui semblait véritable n'était pas solide. Elle était peut-être avant tout charnelle et de fantaisie. Comme il s'agit bien là d'une maison à bâtir, si Dieu n'est pas avec les fiancés, c'est en vain qu'ils voudront s'entendre pour édifier leur demeure. Ils finiront, décou- ragés, par s'en aller chacun de leur côté.

Ce ne fut point le cas d'Ernest de Cange et d'Helene. Au contraire, plus ils apprirent à se connaître, plus ils s'attachèrent l'un à l'autre, plus ils s'aimèrent. Ils eurent soin de conserver toujours entre eux l'Hôte divin qui sanctifie toutes les affections. Puis, par certains côtés du caractère et aussi par les dons intellectuels que chacun des deux avait reçus, ils se complétaient l'un l'autre d'une manière heureuse. L'influence d'Helene s'exerçait discrètement sans la moindre nuance d'autorité morale, qualité rare chez une femme ; et Ernest, de son côté, embellissait l'existence de sa fiancée, par toutes sortes d'attentions délicates qui la charmaient. Les jours passaient donc aussi doucement que possible, en attendant qu'ils ne fussent plus qu'un pour toute la vie.

Six semaines s'étaient écoulées depuis la grande décision. Octobre avait fait place aux premiers jours de novembre. L'automne était beau jusque-là. Il y avait eu en septembre des jours superbes et des soirs magnifiques. Par le clair de lune, on aurait pu rester des heures à contempler le ciel. Au coucher du soleil, toutes les montagnes s'illuminaient pour saluer de leurs reflets la création tout entière. Elles chantaient de joie, comme dit l'auteur d'un psaume. Octobre vint avec les vendanges et les semailles. Durant tout ce mois, François Gattel fut très occupé. Il ne fut pas question d'aller chasser, mais bien de tenir les manches de la charrue dès le matin, et, dans l'après-midi, de prendre le sac à l'épaule pour semer le froment sur les sillons labourés de frais. Plus d'une fois, lorsque le fiancé sentait sa tête fatiguée d'un travail absorbant de la pensée, il posait la plume, fermait ses livres et ses cahiers, puis il allait au champ, où Gattel lui permettait de conduire la charrue, pendant qu'il semait quelques essaims. Ernest jouissait beaucoup de ce travail et de la confiance que lui accordait son fermier, devenu de plus en plus un ami précieux. Au milieu de ces travaux champêtres, dont il comprenait maintenant la poésie, son âme s'élevait pieuse et reconnaissante jusqu'à l'Être éternel qui créa l'univers et donna la terre à l'homme pour la cultiver. Sans doute, elle n'est plus le jardin d'Éden, où nos premiers parents n'avaient qu'à avancer la main pour se nourrir de fruits délicieux qui croissaient d'eux-mêmes ; et le sillon dans lequel marche aujourd'hui le laboureur, est un emblème du sillon de la vie, creusé aussi par le soc qui le défriche et le prépare pour l'éternité. Il y a partout des ronces et des épines que ce soc moral doit extirper, afin qu'elles n'étouffent pas le bon grain répandu par le Semeur céleste, dont le semeur humain est une faible image.

Lorsque les semailles furent terminées, Ernest et Gattel causaient un soir sous l'avant-toit de la maison du propriétaire. On y avait mis un banc neuf, qui faisait concurrence à l'ancien, placé près de la fontaine, et l'on y était à l'abri du serein[5]. C'était dans la première semaine de novembre.

— J'ai l'intention, disait le fermier, d'aller demain au Jura avec mon fusil. Voulez-vous venir avec moi ? Nous y trouverons peut-être des bécasses, et je serais bien aise d'en offrir une à Mlle Saint-Hélier. Nous ne ferons pas que chasser ; je vous promènerai sur des alpages et dans des bois que vous ne connaissez pas. Cela aura quelque intérêt pour vous.

— J'irai avec plaisir.

— Eh bien, soyez prêt à sept heures. Je prendrai des provisions, car nous ne pourrions pas être de retour pour midi. Vous mettrez vos bottes de pêche, ou, mieux encore, des guêtres de gros drap, si vous en avez. Bonsoir, monsieur, et bonne nuit ! Vous dormirez mieux, je l'espère, que lorsque je vous fis mon imprudente communication le 14 septembre ?

Ernest donna une cordiale poignée de main à Gattel, et ne lui répondit que par ces mots :

— Je sens au fond du coeur ce que je vous dois, et ce que vous avez été pour moi.

— Bien peu de choses, monsieur.

Le lendemain, à l'heure dite, les deux hommes quittaient la Tourelle, pour monter à travers les campagnes directement au Jura. On se souvient que la propriété d'Ernest en était éloignée de deux kilomètres. Flora quêtait à droite et à gauche de son maître, qui, pressé d'arriver dans les bois, ne lui permettait pas de s'attarder sur le pâturage nocturne d'un lièvre. Il n'y avait

---

5 - NdÉ: Une vapeur humide et froide, tombant après le coucher du soleil.

plus de cailles, toutes avaient pris le chemin du midi, où on les massacre sans pitié, lorsqu'elles arrivent exténuées sur les plages de la Méditerranée. Les ramiers aussi étaient partis. Ces volées d'oiseaux voyageurs passaient hors de la portée du fusil. La matinée était claire, fraîche déjà, presque froide. Sur les près humides et dans les marécages semés çà et là dans la plaine, se tenaient des vapeurs basses, attirées par l'eau dormante ou contenue dans le sol. En quelques endroits, une gelée blanche se montrait comme une nappe étendue sur le gazon. C'était une vue touchant à l'arrière-automne. Mais le moindre rayon de soleil ferait disparaître en peu de temps l'œuvre de la nuit.

Les bois étaient encore feuillés, mais sans verdure. Dans les taillis de hêtres, le jaune d'or et le rouge pourpre dominaient. Par-ci, par-là, un alisier montrait ses fruits rouges, ses feuilles grises à l'extérieur, blanches en dessous. On trouvait encore quelques gentianes bleues à longs cils, à la lisière du bois, et des touffes d'asters violets le long des sentiers pierreux.

Gattel ne voulut pas s'arrêter dans les taillis inférieurs, où sans nul doute d'autres chasseurs viendraient lui faire concurrence. Il proposa de monter tout de suite aux forêts de sapins qui s'étagent sur les hauteurs et descendent dans les vallées intérieures. Il n'y avait plus de bétail alpé là-haut ; les vaches étaient à la plaine depuis un mois. Si elles avaient encore occupé les pâturages montagneux, il n'aurait pas été prudent de se montrer avec un chien dans leur voisinage. Un troupeau entier, taureaux en tête, eût pu fondre sur les chasseurs en poursuivant Flora.

La montagne était donc déserte, les chalets fermés, l'herbe rasée jusqu'au sol. Dans certaines combes, les tiges flétries de la grande gentiane jaune se montraient au milieu d'une solitude triste et abandonnée.

Gattel parcourut, avec son maître, des forêts de jeunes sapins, parmi lesquels une clairière venait tout à coup se montrer aux regards et laisser pénétrer la lumière. Il eut la chance d'y lever successivement deux bécasses pendant la matinée, et fut assez heureux pour les abattre au vol. Cette chasse, pour qui la connaît bien, a beaucoup d'attrait. Elle exige de l'intelligence, de l'activité, un coup d'œil rapide et le fusil prêt à tirer, au moment où l'oiseau se décide à quitter ses ruses dans le fourré, pour prendre son vol et filer plus loin. Ernest se disait que peut-être, une autre année, il viendrait aussi chasser dans les parages où il suivait Gattel en ce moment. Mais cela plairait-il à Hélène ? question délicate, qu'il lui soumettrait quand on en serait là.

Comme il pensait à cette agréable éventualité, un incident imprévu vint lui fournir des réflexions absolument contraires. Ils étaient alors dans un chemin creux, conduisant à une pente rocheuse que Gattel voulait escalader. Tout à coup, dans le bois voisin, Flora donna de petits coups de voix.

— Un lièvre, dit Gattel.

Et à l'instant même, l'agile sauteur déboucha dans le chemin, à vingt pas de distance des deux hommes, devant eux. Un coup de fusil, sec, qui résonna dans les rochers, roula le pauvre lièvre sur le sol, où Flora vint le saisir et l'apporter en plein corps à son maître. Il fallut achever l'infortuné qui se débattait et essayait de s'échapper des mains de Gattel.

La vue de cette fin sanglante fit une si douloureuse impression à Ernest, qu'il ne put s'empêcher de dire à son compagnon :

— C'est fini : je ne chasserai jamais.

— Je vous comprends, jusqu'à un certain point. À moi aussi, cette boucherie répugne. Mais, ne chassant pas, pourrez-vous encore prendre des truites à la ligne, et les assommer sur la pointe de votre botte ? Voyez comme nous sommes pleins de contradictions. Aidez-moi à fourrer ce lièvre dans la poche de mon paletot, et ne parlons plus de chasse ni de pêche. Nous dînerons au sommet de cette rampe, d'où vous aurez une vue superbe.

La croupe de montagne où ils arrivèrent bientôt est un vaste pâturage, tout entouré de bois. Au milieu de cet espace libre, caressé par le soleil, est un chalet, désert aujourd'hui, comme tous ceux de cette contrée montagneuse, mais dans lequel sont réunies en été, matin et soir, les cent vaches qui forment le troupeau de cet alpage élevé. Comme ils avaient très chaud, après avoir gravi la pente rocheuse par laquelle ils avaient atteint ce lieu solitaire, les deux hommes vinrent s'asseoir devant le chalet, sur des fagots de branches déposés sous le grand avant-toit de la maison. Gattel déplia les provisions que, cette fois-ci, Ernest trouva excellentes. De larges tranches de jambon rose et blanc ; du pain frais de la veille, et quelques verres de vin le réconfortèrent et lui firent oublier la fatigue d'une marche de toute la matinée. Pour le dessert, des poires de beurré blanc, juteuses et pleines de saveur, dans lesquelles on mordait à belles dents. Un brin de soleil et les senteurs résineuses des forêts voisines, ne gâtaient rien à ce repas en plein air. Tout en mangeant, ils causaient. Ernest se souvenait de ce qu'il avait souffert au bord du petit lac, et les paroles du brave Gattel n'étaient point non plus oubliées. Aujourd'hui qu'il était heureux, il ne voulait pas être ingrat, c'est pourquoi il rappelait à son compagnon ce qu'il lui avait dû dans cette crise aiguë. Gattel le laissait dire, tout en affirmant que Dieu avait tout conduit pour le bonheur des fiancés, et que c'était envers lui qu'il fallait être reconnaissant.

Quand ils furent bien restaurés, Gattel engagea son compagnon à essayer de dormir sur les fagots, pendant qu'il irait, lui, faire un tour dans un bois de sapins, où l'on trouvait parfois des coqs de bruyère.

— Je reviendrai dans une heure, dit-il, et nous redescendrons à la plaine directement.

Pour alléger un peu sa charge, il posa le lièvre sur le

tas de fagots. Ernest dit qu'il voulait écrire, pendant qu'il serait seul, n'ayant aucun besoin de dormir, ajouta-t-il. Avisant une planchette abandonnée devant la porte du chalet, il la mit sur ses genoux, s'en servit comme d'un pupitre et écrivit au crayon, sur une feuille de grand papier, la lettre suivante :

De la montagne, ce 6 novembre.
« Chère Hélène,
» Nous sommes partis ce matin, Gattel et moi, pour chasser la bécasse et faire une promenade dans le Jura. C'est-à-dire que notre ami, seul, a un fusil. Je me borne à l'accompagner en curieux et a le voir faire. Et je vous assure qu'il fait très bien, puisque, arrivant ici à midi, il avait déjà deux bécasses et un lièvre, dans l'espèce de sac intérieur pratiqué entre les doublures de son paletot. Nous venons de dîner, assis sur des fagots de branches de sapins, peu moelleuses sans doute, mais qu'on est content de trouver ici. C'est de là que je vous écris, pendant que Gattel est allé à la recherche d'un grand coq de bruyère dans la forêt voisine. Il est habile tireur. En voyant Flora lui rapporter délicatement une bécasse abattue, j'ai eu, pour quelques instants, la pensée que, moi aussi, je pourrais bien, l'année prochaine, si toutefois cela vous agréait, demander un permis de chasse et tirailler dans les bois. Mais lorsque j'ai vu un lièvre rouler sur lui-même et se débattre, en bêlant, dans son agonie, j'ai renoncé immédiatement à la velléité de devenir chasseur. C'est donc fini, et je ne fournirai pas de gibier notre ménage. Partant du même principe, ou subissant la même impression, peut-être devrai je renoncer aussi à la pêche. Et pourtant, le Seigneur n'a-t-il pas dit à Pierre : « Avance en pleine eau et jetez vos filets ! »
» Gattel dit que nous sommes pleins de contradictions, et c'est vrai. Il sait se maîtriser, lui, il peut dominer une situation, prendre les choses comme Dieu les a faites pour l'homme, tandis que je me sens encore un enfant.

» Mais qu'est-ce que je viens philosopher avec vous, chère bien-aimée? Comme si je n'avais rien de plus intéressant à vous dire! Ah! je lui dois beaucoup à notre ami Gattel, depuis le jour où il devina mon angoisse, au bord du petit lac dont je vous ai parlé. Sans lui, sans son intervention chaleureuse, j'aurais peut-être perdu tout courage, et je ne serais pas aujourd'hui votre heureux fiancé. Ma tante m'avait aidé à sortir du bourbier des spéculations financières; la petite Lina a ranimé ma conscience religieuse; son père m'a ramené à la confiance en Dieu, et vous, Hélène, vous avez deviné que je vous aimais. Vous avez répondu à mon amour par le don de votre cœur. Soyez-en bénie, et laissez-moi m'écrier avec le psalmiste: «Que rendrai-je à l'Éternel? tous ses bienfaits sont sur moi. »

Le lieu où je suis en ce moment est un vaste cirque de pâturages, tout entouré de bois de sapins. Sur le point culminant est le chalet d'où je vous écris. J'ai oublié d'en demander le nom à Gattel, mais c'est un endroit assez élevé. La vue s'étend au loin sur les vallées intérieures de la montagne, et sur les sommités qui couronnent cette partie du Jura vaudois. Du côté du sud, je découvre une roche dénudée, en forme de coin, qui s'avance au-dessus de l'abîme, comme la proue d'un navire. C'est bien là que Rousseau aurait pu écrire la phrase fameuse que Gattel connaissait et qu'il ne craignit pas de citer, le jour où j'étais aussi au désespoir. On dit que la tradition populaire, une de ces légendes qui se retrouvent un peu partout, prétendait qu'on voyait encore sur les flancs de cette roche l'anneau de fer où fut amarrée l'arche de Noé, lorsque les eaux se retirèrent de dessus la terre. Et figurez-vous que Gattel eut un jour la visite d'un explorateur qui s'occupe d'archéologie et qui le priait de lui indiquer l'endroit où le dit anneau était fixé.

» J'aperçois aussi, mais plus à droite, d'autres rochers, les uns aigus, les autres arrondis, puis partout des forêts immenses, des pâturages déserts. En été, lorsque tout est vert et fleuri dans des espaces où les gelées blanches règnent maintenant pendant la nuit, la vue générale doit être bien belle, fraîche et reposante. Aujourd'hui c'est triste et solitaire. En décembre et janvier, lorsqu'une neige profonde recouvre le sol et pèse sur les grands sapins, dont les branches s'inclinent, ces montagnes doivent se montrer sous un aspect désolé. Je vois aussi la plaine vaudoise, et le lac, et les grandes Alpes, plus désertes et plus glacées que le Jura. J'aperçois même à la simple vue, la tourelle de ma maison. Mais ce que je vois surtout dans ma pensée, c'est vous, chère Hélène. Voici Gattel qui revient sans coq. Nous allons redescendre. Je n'ai plus que le temps de vous serrer sur mon cœur.

» Votre ERNEST. »

CHAPITRE XXVIII

M. Moser était un homme trop pratique pour ne pas comprendre qu'un temps de longues fiançailles n'est jamais bon pour deux êtres qui s'aiment et ont besoin de vivre ensemble d'une manière intime. Ils sont gênés vis-à-vis de leurs parents, et ceux-ci sont gênés de même en leur présence. C'est le cas de dire qu'il ne faut pas séparer ce que Dieu a uni. La vie en commun, tout entière, devient nécessaire dans une telle situation. C'est pourquoi le père d'Hélène dit à son futur gendre que le mariage pourrait se faire dès la fin de novembre, et c'est ce qui eut lieu. Les époux firent leur voyage de noces en Italie. Partis par le Mont-Cenis, ils visitèrent Turin, Gênes et Milan, et revinrent en Suisse par le Gothard. Cela leur prit deux semaines. Dès leur retour, ils s'installèrent chez eux, où tout avait été disposé pour les bien recevoir. M. Moser, de son côté, avait organisé sa vie de solitaire. Une servante d'âge mûr tenait en ordre sa maison ainsi que le jardin. Au besoin, elle soignait la vache dans l'écurie. Le dimanche, Ernest et Hélène, au retour du culte, emmenaient leur père pour dîner avec eux. M. Du Terrault n'avait pas, reparu à la Tourelle, ni personne de chez lui. On se passait parfaitement de sa présence. Ernest avait pourtant fait avec sa femme une visite au château des Morilles, dont le propriétaire avait changé le nom trop rustique, en celui plus distingué de *château des Mores*, qui devait être, sans aucun doute, le nom primitif. Quand le bel équipage du châtelain craqueur arrivait à la porte du temple de Collongin, M. Du Terrault répondait au coup de chapeau d'Ernest par un gracieux sourire, dans lequel se montrait la supériorité évidente du riche monsieur, sur le modeste ménage qui venait toujours à pied. Que faire ? Chacun en ce monde, comme il peut : l'essentiel est de ne pas vouloir s'élever trop haut, ni prendre des airs protecteurs que rien ne justifie. M. d'Arel n'agissait pas de cette manière ; il recherchait la société de ses voisins de la Tourelle et leur témoignait un véritable intérêt.

Ernest avait continué à publier de temps à autre quelques articles dans la *Récréation littéraire*, Ils avaient été remarqués par un éditeur parisien, M Froideau. Un jour, Ernest reçut une lettre de ce monsieur, qui lui demandait un volume composé de morceaux dans le genre de ceux qui avaient déjà paru et qu'on pourrait reprendre en seconde main, pour les joindre à d'autres inédits. Ernest répondit qu'il était en mesure de fournir le manuscrit, et demanda quelles conditions lui seraient faites. M. Froideau, en homme prudent, voulut lire la copie qui lui fut envoyée, après quoi il dit qu'il offrait à l'auteur les conditions d'usage à Paris, soit le 10 % de la vente brute. Que si l'on tirait, par exemple, 1000 exemplaires vendus à 3 francs, l'auteur recevrait 300 francs pour ses honoraires, demeurant, cela va sans dire, propriétaire de l'ouvrage. Ernest trouva que c'était bien peu payé et que le métier d'auteur ne valait pas grand'chose, s'il fallait continuer sur ce pied-là. Toutefois, comme on ne pouvait connaître l'accueil que le public ferait à son petit livre, il accepta l'offre de l'éditeur. *Les Récits à travers champs* furent publiés pour la fin de l'année, et l'édition placée immédiatement. Une seconde édition ne tarda pas à être mise sous presse. Depuis l'époque de ses fiançailles, Ernest s'était mis à la composition du livre contenu en substance dans les

deux cahiers lus par les Moser et par M. d'Arel. Dés son
retour, il l'avait repris avec ardeur. Hélène l'aidait de son
excellent jugement.

Elle n'aurait pu tenir elle-même la plume, mais elle
voyait juste, et si Ernest se détournait pour un instant
de la vraie ligne à suivre, s'il employait une expression
douteuse ou malsonnante, — ce qui arrive parfois dans
le premier jet, à tous les écrivains d'imagination, —
Hélène s'en apercevait tout de suite, et trouvait le mot
qu'il fallait pour remplacer celui qu'elle n'approuvait
pas. Et lorsqu'un chapitre était terminé, revu et corrige,
la jeune femme le copiait sur les feuillets destinés à
fournir le manuscrit à l'éditeur. C'était charmant de
voir ces deux époux travailler ensemble de cette
manière, Ernest soutenant parfois son opinion malgré
les remarques d'Hélène, et celle-ci persistant dans son
dire, lorsqu'elle avait le sentiment qu'elle ne se trom-
pait point. S'ils faisaient semblant de se disputer à
propos d'une phrase ou d'une idée, ils ne s'embras-
saient que plus tendrement lorsque la discussion avait
pris fin. C'est ainsi qu'ils passaient la matinée dans la
petite chambre de la Tourelle, bien chauffée par un feu
de hêtre qui brûlait dans la cheminée. Pour eux, c'était
un nid où le bonheur avait élu domicile. De la, ils
voyaient la campagne couverte de neige, et ils entendaient les hurlements de la bise faisant grincer la
girouette rouillée de la tour. Dans l'après-midi, mettant
châle et manteau, ils allaient à Collongin visiter leur
père, et le soir ils se retrouvaient au salon avec la
tante, toujours préoccupée de ce qu'on sait, mais gaie
cependant, d'une bonne gaîté toute française.

Un jour, voyant à Ernest un air un peu plus songe-
creux qu'à l'ordinaire, elle dit à Hélène :

— Il faut, ma chère, faire attention à votre mari. Il me
semble qu'il est triste ou malade. Voyez : il ne nous dit
rien. Les pieds sur les chenets, enfoncé dans son
fauteuil, il a l'air d'un homme qui nourrit des pensées

lugubres. Figurez-vous que, le jour de notre arrivée ici, — il a osé me dire qu'il s'ennuyait à tel point que, pour un rien, il irait se pendre ou se jeter au lac. J'ai pris la chose au grand sérieux, car je l'ai prié de m'avertir quand il serait décidé à faire cette belle action, parce que je serais bien aise d'assister à un tel spectacle.

— Vraiment, Ernest a pu tenir un tel propos ?

— Oui, ma chère. Ainsi, surveillez-le. Voyez, il ne dit mot.

— Ernest ?

— Quoi donc, Hélène ?

— Es-tu souffrant ?

— Moi ? pas du tout.

— Notre tante dit que tu es triste.

— Absolument pas. Je cherchais dans ma tête comment il fallait arranger un incident survenu dans la situation de mes personnages. Tu m'aideras demain matin à trouver le joint, n'est-ce pas ?

— Tout de suite, si tu veux.

— Non, merci ; pas ce soir, cela te fatiguerait.

— Dis-moi, est-il vrai que tu voulais te noyer, quand vous êtes arrivés de Paris, il y a dix mois ?

— Me noyer ! C'est trop dire. Mais j'étais bien malheureux. Sans vous tous, je ne sais pas ce que je serais devenu. Comment va ce soir la chère petite Lina ?

— Mieux, Dieu soit béni. La poitrine se dégage, et le docteur a dit que le danger est passé. J'ai été la voir il y a un instant.

Lina avait une fluxion de poitrine[6]. Pendant plusieurs jours on put craindre de la perdre, mais elle guérit et, après cette maladie, n'en parut que plus gentille.

— Oui, reprit Ernest, je ne sais comment je me tirerai d'affaire à l'endroit en question.

— Tu verras que cela viendra tout seul quand tu auras bien dormi, dit la tante.

— Tout seul, tout seul, c'est facile à dire. On voit bien,

---

6 - NdÉ : Pneumonie.

ma tante, que vous n'avez jamais fait un livre.

— Ni même eu envie d'en faire la queue d'un.

— La queue ! mais c'est ce qu'il y a de plus difficile.

Lorsque cette fameuse queue fut trouvée et le livre terminé, la copie achevée d'une belle écriture sur un seul côté des feuillets, et sur fort papier, Ernest écrivit à M. Froideau. L'éditeur répondit qu'il fallait lui envoyer le manuscrit, et qu'il dirait son opinion après avoir lu. Il lisait vite, M. Froideau, et il répondait sans faire attendre, ce qui n'est pas le cas de tous les éditeurs. Ceux-ci, en général, se considèrent comme des espèces de monarques, trônant dans leurs bureaux encombrés de paperasses. Ils ont, après tout, le droit de se montrer difficiles, car ils doivent lire souvent des manuscrits non seulement ennuyeux et qui vous agacent les nerfs, mais parfois indéchiffrables. On serait de mauvaise humeur à moins.

Le manuscrit expédié à M. Froideau, rue Saint-Pancrace, avait pour titre : *La fièvre du gain*. C'était une nouvelle, dans le cours de laquelle l'auteur avait fait intervenir ses anciennes expériences, et une situation inventée, mais reposant sur des données réelles, prises dans le milieu de gens d'affaires où il avait été mêlé pendant cinq ans. Le livre avait une tendance morale prononcée, bien que l'auteur eût été très sobre de réflexions. Cela se faisait lire, non seulement sans fatigue, mais avec un intérêt soutenu.

Après en avoir pris connaissance, M. Froideau répondit qu'il était prêt à publier *La fièvre du gain*; mais que, pour diminuer les frais d'une seconde édition, il fallait tirer tout d'un temps 2000 exemplaires ; et il proposait les mêmes conditions que pour les *Récits à travers champs*.

Sûr de la position maintenant, Ernest écrivit à l'éditeur la lettre suivante :

« Monsieur,

» Je vous remercie de la bonne opinion que vous avez de l'ouvrage que je vous ai adressé, et je consens volontiers au tirage d'une édition à 2000 exemplaires. Mais ne vous est-il pas possible de modifier les conditions que vous me proposez pour mes droits d'auteur ? Veuillez, monsieur, avoir l'obligeance d'examiner encore cette question. Sans doute, puisque je combats dans cette étude la fièvre du gain en général, je serais mal placé pour fixer moi-même la somme que je pourrais peut-être exiger, et pourtant j'ai besoin de gagner une partie de ce qui m'est nécessaire. Ce n'est donc point en vue de thésauriser que je vous prie de me proposer des conditions plus acceptables.

» En ne recevant que le 10 %, des écrivains consciencieux, doués de quelque talent, ne peuvent absolument pas trouver dans le produit de leur travail le pain de leur famille, tandis que les libraires réalisent un bénéfice considérable sur la simple vente de leurs livres. Il y a dans ce fait une injustice criante, une sorte d'iniquité. Pour être bien payé à son auteur, faut-il donc qu'un livre soit immoral, qu'on présente au lecteur des tableaux dont tout honnête homme doit détourner les regards ? Montrer la passion impure avec son cortège d'intrigues, de scandales, d'adultères et de duels ? Est-ce qu'un peuple n'est pas bien malade quand il recherche avec avidité une telle nourriture, et qu'il contribue à enrichir de cette manière les empoisonneurs qui répandent leur venin dans toutes les classes de la société ?

» Je ne fixe rien moi-même pour ce qui me concerne, mais j'attends de votre loyauté ce qu'il vous sera possible de faire, et je vous prie d'agréer... »

M. Froideau répondit qu'il ne lui était pas possible de changer ses conditions, à moins que le livre n'eut un grand succès, et que de nombreuses éditions ne devinssent nécessaires. Jusque-là, il s'en tenait au 10 %

proposé. Le volume fut donc imprimé.

Pour nos connaissances de la contrée où Ernest de Cange, échoué de Paris, est venu planter sa tente, l'hiver se passa d'une manière paisible. M. Bellecour faisait manger de la paille d'*aveine* à ses moutons, et leur donnait aussi un peu de grain.

M. Du Terrault n'avait plus la surlangue dans son étable à vaches. En parlant du propriétaire de la Tourelle, il disait : « Ce Français qui publie de petits livrés a une espèce de talent. Mes enfants se sont amusés à lire ses *Récits à travers champs*; mais il ne serait, sans doute, pas capable d'écrire un livre sérieux. C'est dommage qu'il ait épousé une femme du peuple, et qu'il n'ait pas de chevaux. »

M. d'Arel et sa famille sont toujours très aimables pour le jeune ménage. Ils invitent souvent les de Cange à prendre le thé chez eux. Les jeunes filles aiment beaucoup Mme Hélène.

Pierre Pitral, le voisin hargneux, continue à déblatérer contre la Société de tempérance, les mômiers et les salutistes. Il se glorifie d'être de la religion du Grand Fréderic de Prusse, qui n'en avait aucune. En pêchant dans le ruisseau, un jour qu'il avait la tête lourde, Jean Canard tomba dans un creux profond, d'où il fut retiré mort.

Jacques Mélisse continue à vivre en vieux garçon à Paris; il est peu probable qu'il soit jamais acquéreur d'une campagne en Suisse.

Chez les Gattel, tout va bien. Lina a repris depuis longtemps sa bonne mine et sa gentillesse d'enfant. Les deux garçons font leurs devoirs d'école d'une manière satisfaisante. Le père et la mère continuent à s'instruire, à travailler et à se tenir en la présence de Dieu. L'aîné des fils parle de devenir instituteur, peut-être même pasteur. Il faudra voir s'il en a réellement la vocation. Le cadet veut être agriculteur comme son père.

M. Moser va et vient de Collongin à la Tourelle; il

règle les comptes de ses régies et se porte bien. Les soirées, quand il les passe seul, lui semblent longues, quoiqu'il ne veille jamais tard.

Mlle St-Hellier a toujours ses cheveux blonds, avec quelques fils d'argent de plus ; mais elle est encore vive et alerte. Elle rêve parfois qu'elle a douze petits neveux et nièces, et qu'elle doit engager une troisième bonne ; les terreurs que lui causent ce cauchemar s'évanouissent au premier déjeuner, lorsqu'Hélène, fraîche et souriante, l'accueille par un filial baiser.

Ai-je donné des nouvelles de tout notre monde ? il me semble que oui.

CHAPITRE XXIX

 rande nouvelle !

On lit dans le dernier numéro de la *Récréation littéraire* l'entrefilet suivant : « Notre collaborateur, M. Ernest de Cange, vient d'obtenir de l'Académie française un prix de 5000 francs, pour son excellent volume intitulé *La fièvre du gain*. Nous l'en félicitons cordialement. »

Et nous aussi, quoique de loin, nous lui adressons nos meilleurs compliments, ainsi qu'à son aimable et intelligente compagne.